Bruna Rossi

A-Merica:
il regno di Venere

I Vespucci e Firenze alla scoperta del Nuovo Mondo,
raccontata dagli artisti del Rinascimento

Titolo | A-Merica: il regno di Venere
Autore | Bruna Rossi
ISBN | 978-88-91196-49-1

mail: bruna@montecatinit.it
tel.: 328 8339623

Youcanprint *Self-Publishing*
Via Roma, 73 - 73039 Tricase (LE) - Italy
www.youcanprint.it
info@youcanprint.it
Facebook: facebook.com/youcanprint.it
Twitter: twitter.com/youcanprintit

Non si volta chi a stella è fisso.

(Leonardo da Vinci)

Ai miei figli Luca e Alessio, con l'augurio che possano trovare sempre una lucente stella che guidi il loro cammino nella vita.

Introduzione

Al momento di andare in stampa, mi è stato chiesto di decidere in quale categoria editoriale io intendessi inserire il libro...
In realtà non so come definire questo lavoro: un saggio storico, uno studio sull'arte, un romanzo, o più semplicemente un viaggio della fantasia...
Pur cercando di dare consistenza documentaria e scientifica alle tesi proposte, mi rendo conto, infatti, che molte delle cose che ho scritto solleveranno dubbi e critiche e probabilmente si scontreranno con una storia ormai consolidata dai secoli e con lo scetticismo degli accademici. O forse no, forse daranno voce ai molti che come me amano cercare risposte oltre le convenzioni, seguire gli invisibili fili della mente e talvolta annodare fra loro dati e racconti che solo apparentemente possono sembrare lontani fra loro anni luce...
Soprattutto, a me piace pensare che quel luminoso periodo che chiamiamo, non a caso, *Rinascimento*, pur custodendo ancora delle zone d'ombra, ci abbia lasciato dei messaggi che aspettano di essere interpretati per consentirci di risolverne i misteri e svelarne gli ultimi segreti...
Lascio così al lettore il compito di definire quest'opera, di darle la consistenza della verità o la leggerezza del fantastico, ma spero che la sua lettura, oltre a risultare piacevole, susciti interrogativi nuovi e spinga qualcun altro a trovare ulteriori connessioni, a cercare una stella che possa, con la sua luce, invitare a percorrere nuove strade, o meglio, a solcare nuovi mari, a toccare nuovi mondi...
Buona lettura!

12 Ottobre 1492:
la ri-scoperta dell' "A-MERICA"

Fin da piccola, mi aveva sempre affascinato quella data: 12 ottobre 1492!

Più che una data, un varco, attraverso il quale gli uomini erano penetrati non solo in un nuovo mondo, ma soprattutto in un nuovo capitolo della storia, superando i confini della loro stessa conoscenza...

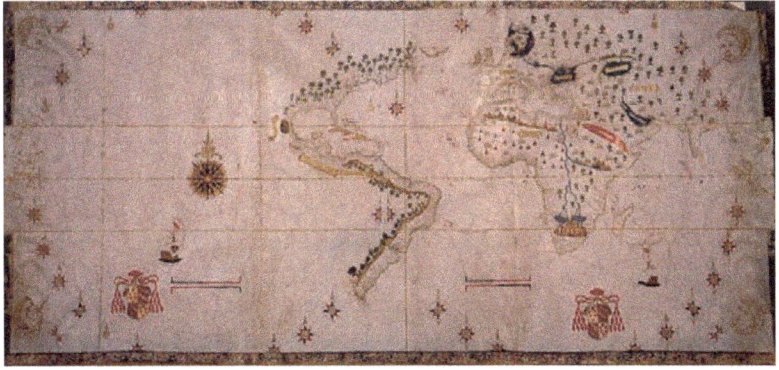

Era il mito dell'America, ben presto innalzata a simbolo di libertà e progresso, e tutto grazie al coraggio e alla determinazione di un italiano: Cristoforo Colombo!
Certo, non mi piaceva molto l'idea che il nostro navigatore per eccellenza avesse dovuto affidarsi, ed asservirsi, a sovrani e denari stranieri, ma si sa, l'Italia da sempre ha assistito alla desolante fuga

di cervelli ed eroi,... chissà come avrebbe potuto essere l'America italiana; forse oggi, in ogni scuola del mondo, si sarebbe studiata la dolce lingua di Dante e perfino tutti i computer (ma come si sarebbero chiamati?) avrebbero dialogato nel nostro idioma...

Però, mi dicevo, che assurda scelta quella di chiamarla *America*[1], dando al nuovo continente il nome di un altro navigatore, pur sempre italiano, è vero, ma diverso da quel Colombo che aveva ormai scritto una delle più indelebili pagine nella storia dell'umanità!

Così, lentamente, molti interrogativi si sono fatti strada, ed ho cominciato a chiedermi se forse le cose non fossero andate diversamente da come le trovavo scritte sui libri, se per qualche ignoto motivo il corso della storia non avesse improvvisamente cambiato la sua direzione, offrendo al mondo una versione dei fatti se non falsa, perlomeno velata!

Adesso, saranno maturi, finalmente, i tempi per riconoscere la verità?

L'attribuzione a Cristoforo Colombo della scoperta del continente americano viene oggi contestata da numerosi ricercatori, convinti che l'America fosse ben conosciuta molto tempo prima della nascita

---

[1] "***America*** Il nome A. ricorda quello del navigatore fiorentinoAmerigo Vespucci, che esplorò le coste dell'A. Meridionale; proposto dal cosmografo M. Waldseemüller, apparve per la prima volta nel 1507 in un opuscolo (Cosmographiae introductio) e nella carta che l'accompagna, riferito all'odierna A. Meridionale, già denominata Mundus Novus per distinguerla dal continente asiatico, mentre si supponeva che le Antille fossero parte dell'Asia. La separazione dalle terre antartiche fu accertata nel 1520 dalla spedizione di F. Magellano, mentre solo verso il 1560 si ammise la separazione, a NO, dall'Asia. Il nome di A. fu esteso verso il 1570 all'intero continente, ma si conservò anche quello di Indie Occidentali per l'area centrale." in: http://www.treccani.it/enciclopedia/america/

del navigatore genovese. Le suggestioni sono molteplici: si è ipotizzato di passaggi attraverso aree ghiacciate, o su terre emerse molto più ampie delle attuali, di esplorazioni ed insediamenti cartaginesi, romani, vichinghi; di navi greche e fenicie che trasportavano e commerciavano in Europa grandi quantitativi di rame estratto nella zona dei laghi dell'America del Nord, di viaggi templari; addirittura di mappe particolareggiate di antica origine tramandate dai filosofi greci, rinvenute in Sicilia, o provenienti dalla Biblioteca di Alessandria, altre dal Tempio di Salomone, da Qumram..., attestanti conoscenze arcaiche finite per secoli e secoli nelle nebbie dell'oblio... Si parla anche di minuziose carte cinesi, che proverebbero una conoscenza delle rotte e dei venti, e una frequentazione delle coste americane da parte dei popoli asiatici, databili almeno due secoli prima della scoperta ufficiale del "nuovo" continente..., come si raccontano le storie dei pescatori del Galles che si recavano segretamente a pescare lungo le generose coste americane

Il quesito relativo alla scoperta dell'America torna prepotentemente alla ribalta avvicinandoci al periodo rinascimentale, in cui si possono individuare le molteplici contraddizioni tra quello che gli storici hanno voluto tramandarci e quanto ci viene invece suggerito da fondamentali opere dell'epoca.

Indizi ricorrenti instillano, nella mente dell'osservatore attento, il seme del dubbio.

Un dubbio che, per me, ha anche il nome di *Merica*...

Merica, la luce che guidava gli antichi...

A questo punto mi sono fatta un'idea abbastanza precisa di come potrebbero essere andate realmente le cose,... anche se molte intuizioni sono emerse proprio scrivendo questo libro, una vera *scoperta dell'America* anche per me!

Il nome *America*, è legato ormai indissolubilmente a quello del Vespucci e non è mia intenzione convincere i lettori del contrario, anzi, alla fine del libro scoprirete che la figura di Amerigo Vespucci ne sarà uscita doppiamente rafforzata e vincente, a maggior gloria delle imprese nautiche dei Toscani e degli Italiani...

Per poter arrivare a quanto appena espresso, però, devo partire da lontano, facendo una divagazione che sembrerà troppo fantasiosa ai più, magari anche un po' faticosa, ma che mi è indispensabile per offrire una diversa interpretazione di molte opere dei grandi artisti rinascimentali, a supporto e sostegno dei viaggi di Amerigo.

Vi prego pertanto di pazientare un po' e di seguire per gradi quella traccia luminosa che ci guiderà fino alle rivelazioni finali...

Pur disponendo di strumenti di nuova invenzione, nel Rinascimento gli elementi per orientarsi durante i viaggi e la navigazione restavano ancora, essenzialmente, quelli degli antichi, ossia gli astri: il Sole di giorno e le stelle di notte.

Alcune stelle si prestavano particolarmente, sia per la loro eccezionale lucentezza, sia per l'inclusione in costellazioni che ne rendevano estremamente facile l'identificazione; ma soprattutto per la loro posizione e il modo di spostarsi nel cielo, che rappresentavano un sicuro indicatore della via da seguire.

Noi ormai non guardiamo quasi più il cielo stellato, anche perché le luci delle aree urbane e lo smog ne rendono più faticosa l'osservazione. Siamo stati comunque istruiti a cercare il nord con la stella Polare, facilmente individuabile grazie alle costellazioni dell'Orsa; ma nei lunghi viaggi verso ovest erano anche altre le stelle (o i pianeti) che aiutavano a tracciare e mantenere la rotta.

Fin dai tempi più lontani, lo studio degli astri aveva rivestito grande importanza per la vita sociale, religiosa, agricola e commerciale di intere comunità, e coloro che sapevano farlo godevano di enorme prestigio. Si conoscono reperti relativi all'osservazione delle stelle che risalgono addirittura all'età neolitica, e questi si moltiplicano avvicinandoci alle grandi civiltà, anche se non tutti purtroppo, sono ancora chiaramente decifrati o interpretati.

Esistono, ad esempio, alcuni ritrovamenti mesopotamici nei quali si trovano, accuratamente annotati in caratteri cuneiformi, la registrazione dei fenomeni astronomici e gli spostamenti regolari delle stelle e dei pianeti.

Nella *terra fra i due fiumi* astronomia e astrologia erano strettamente connesse e costituivano una vera disciplina; vi facevano ricorso re e sacerdoti e sul *tempo siderale* erano incentrati i ritmi stagionali ed umani.

La più antica testimonianza di una rilevazione sistematica pare essere costituita da una tavoletta risalente al primo millennio a.C., ma le cui osservazioni astronomiche si ritengono effettuate intorno al XVII sec. a.C., denominata *tavoletta di Venere di Ammi Saduqa*.

Essa fu scoperta a Ninive insieme ad altri reperti sull'astrologia babilonese e pubblicata nel 1870.

Vi sono elencate le apparizioni del pianeta Venere nel cielo, sia all'alba che al tramonto, con gli spazi di intervallo, in un arco di tempo di 21 anni!

L'estrema precisione delle indicazioni fornite ha consentito addirittura di utilizzare questo *documento* per la determinazione della cronologia dei re e del succedersi dei vari regni in Mesopotamia.

Venere aveva grande importanza per tutte le civiltà dell'antichità, che la identificavano e la adoravano come divinità: era la dea babilonese *Ishtar* e la sumerica *Inanna*.

Era per tutti la *regina del cielo*!

Essa aveva una doppia valenza: sia come dea della femminilità, dell'amore e della fertilità, come anche della guerra e delle battaglie...

Alle osservazioni su Venere troviamo associate quelle delle fasi lunari, che riconducevano al dio *Sin*.

A questi si aggiungeva, a completare la triade, il disco solare, il dio *Shamash*.

Sin e Ishtar comparivano insieme in molte rappresentazioni e sono ancora individuabili, ad esempio nelle monete bizantine, nella bandiera turca, o nel simbolo ottomano e poi in quello islamico della stella con una falce di luna, a conferma di una ininterrotta tradizione e cultura astronomica.

Possibile che in occidente il ruolo di primaria importanza assegnato dagli antichi al pianeta Venere sia andato gradualmente perduto con il passare dei secoli? O esso ha semplicemente subito una trasformazione, richiesta dalle mutate situazioni politiche e soprattutto religiose a seguito dell'avvento del cristianesimo?

Ciò che mi ha colpito particolarmente, però, è stato scoprire che questa "stella" veniva chiamata *Merica* dalle popolazioni che abitavano la Mesopotamia, e forse questo toponimo poteva indicare proprio *l'astro dei Sumeri*.

Vari storici, tra cui Giuseppe Flavio, uno studioso ebreo vissuto nel primo secolo d.C., testimonierebbero questa denominazione del pianeta Venere, o comunque la sua conoscenza, da parte dei Mandei (da Manda=Conoscenza).

D'altra parte, però, come possiamo leggere in nota, nel 1934 si affermava ancora che l'Europa non avesse avuto, fino al XVII secolo, alcuna conoscenza dell'esistenza dei cosiddetti *cristiani di san Giovanni*, conoscenza che sarebbe giunta intorno al 1625 ad

---

2 Venere, o *Merica*, rappresentava la dea Istar per i popoli mesopotamici

opera di Piero dalla Valle e quindi approfondita dal missionario carmelitano Ignazio di Gesù.[3]

Questa almeno era la versione ufficiale, ma non possiamo esimerci dall'immaginare che vi fosse stata anche precedentemente una diffusione selettiva delle conoscenze di questo popolo, attraverso una lunga tradizione di trasmissione orale. Essa si sarebbe mantenuta obbligatoriamente segreta non solo per il contenuto

---

[3] I Mandei vennero definiti anche *"cristiani di San Giovanni"* e uno dei loro riti di iniziazione era il battesimo attraverso immersione nell'acqua corrente; ma è estremamente interessante leggere la definizione dell'Enciclopedia Italiana (1934): **MANDEI.** - Setta gnostica mantenutasi fino a tempi recenti col favore di speciali circostanze d'isolamento, nella zona paludosa presso il luogo di congiunzione tra il Tigri e l'Eufrate, e che prima era diffusa anche a Basrah e nelle vicinanze di Shustar in Persia. La prima notizia della loro esistenza fu data all'Europa da Pietro della Valle (*Viaggi*, p. 3ª, lettera 10ª par. 9, del 20 maggio 1625), che li conobbe a Baṣrah e rammenta, oltre al nome di mandei, quelli di sabei, con cui li designavano i musulmani (certo con allusione ai *Ṣābi'ūn* di cui è fatta menzione nel Corano) e di cristiani di S. Giovanni, dato loro dai cristiani, esprimendo l'opinione che essi fossero una setta di cristiani eretici i quali avessero dimenticato e confuso le dottrine e le pratiche della loro fede primitiva, oppure "reliquie di quegli Ebrei che S. Giovanni battezzava col battesimo di penitenza". Il favore che incontrò la prima ipotesi spiega l'interesse mostrato per i mandei dal missionario carmelitano Ignazio di Gesù, il quale mandò a Propaganda Fide i primi manoscritti mandei conosciuti in Europa (oggi nella Biblioteca Vaticana) e per primo diede notizia, peraltro alquanto erronea e confusa, delle loro credenze e dei loro riti. (...) I mandei sono certamente i rappresentanti di una delle molteplici diramazioni della corrente di gnosi orientale (v. gnosticismo) nella quale, nonostante le divergenze regnanti tra gli studiosi circa la sua origine e il suo carattere, è lecito ravvisare il prodotto di una speculazione "razionalistica" sui dati forniti dal sincretismo tra la religione astrale babilonese nella sua fase seriore e il dualismo iranico, non senza, forse, l'intrusione o la conservazione di miti naturistici d'origine anche più antica. Un particolare interesse è conferito alla dottrina mandea dall'assenza completa di elementi greci nella sua sistemazione, mentre questi sono presenti in tutte, o quasi, le rimanenti dottrine gnostiche, compreso il manicheismo. Alla concezione religiosa mandea è estraneo il concetto di un Dio supremo personale; l'origine delle cose è ravvisata in una specie di forza impersonale, "il grande *mānā*" (lett. "strumento"), identificato talora con l'*ayar* ("etere"), dal quale emanano tre mondi successivi, l'ultimo dei quali è quello terreno, misto, come in tutti i sistemi gnostici, di un elemento materiale e di uno spirituale. A costituire questo mondo, come anche i due anteriori posti al di fuori della realtà spaziale e temporale, hanno contribuito varie specie di esseri, emanazioni anch'essi dell'ente supremo, nei quali (anche questo in armonia col resto della gnosi, p. es. quella di Valentino e il manicheismo) concezioni astratte rivestono figura di esseri mitologici (o, più esattamente, antiche personalità mitiche sono volte a significare concetti ingenuamente filosofici). Nel mandeismo questi esseri intermediarî, detti *Uthrā*, tentano di costituire il terzo mondo, ma alla loro opera si associa quella degli spiriti malvagi, provenienti dal mondo delle tenebre o, secondo la terminologia mandea, delle "acque oscure"; tra questi spiriti, chiamati col consueto termine pansemitico *rūhā*, figurano gli spiriti dei pianeti e delle costellazioni dello zodiaco, ossia precisamente coloro i quali, nell'astralismo babilonese e nei sistemi che si riallacciano a esso, costituiscono le divinità maggiori che, subordinate all'ente supremo inconoscibile e trascendente, presiedono ai destini umani. Tratto anche singolare, tra questi spiriti malvagi uno è chiamato *rūhā d qudshā* "Spirito santo" e un altro *Isū mshīhā* "Gesù Cristo"! L'opera nefasta di questi spiriti rovinerebbe irrimediabilmente la creazione, se non fosse per l'intervento di una creatura del "grande *mānā*", il *mandā d hayyē* "sapienza della vita", che interviene in varie fasi successive a combattere l'influsso degli elementi del male; da lui origina tutto quanto vi ha di spirituale e di divino nel mondo della materia e a lui, sia per la sua azione diretta, sia per quella di varie sue emanazioni (le principali sono chiamate *Hibil Zīwā, Shitil, Enosh*, con probabile influenza del giudaismo, come si dirà più oltre), è dovuta la possibilità di salvezza per l'anima umana, che egli stesso ha ispirata nel primo uomo (Adamo) e da lui si trasmette ai suoi discendenti. *Mandā d hayyē* (...) non è dunque altro che la personificazione della gnosi redentrice, e costituisce il centro della teologia dei Mandei, che appunto da lui hanno preso il nome col quale essi stessi si designano. (...) Come tutte le religioni di redenzione, il mandeismo pone come condizione necessaria, e sufficiente, per la liberazione dal male e per la congiunzione col principio vivificatore una cerimonia d'iniziazione, consistente in un battesimo per immersione, il quale deve essere sempre compiuto in acque correnti, alle quali è dato il nome simbolico di "Giordano". Oltre al battesimo, il mandeismo conosce anche una comunione, sotto le specie del pane e dell'acqua (talvolta con l'aggiunta di un po' di vino, il quale nell'uso quotidiano è peraltro vietato) e molteplici unzioni con l'olio. La cerimonia religiosa centrale, nell'abitazione del sacerdote (forse avanzo di un antico costume orientale), ha il nome di *masseqtā* "elevazione"; durante la preghiera i fedeli si rivolgono a settentrione.(...) Alla possibilità che i mandei rappresentino una derivazione di sette battistiche giudaiche, e più precisamente da quella che fece capo a Giovanni Battista (la quale, come oggi nessuno più dubita, continuò per qualche tempo a sussistere indipendente anche dopo il sorgere dell'apostolato cristiano), aveva già pensato, come si è visto, il primo europeo che conobbe l'esistenza dei mandei, Pietro della Valle. (...) http://www.treccani.it/enciclopedia/mandei_(Enciclopedia-Italiana)/

esoterico, ma anche a causa delle persecuzioni perpetrate dalla Chiesa nei confronti di ogni movimento o gruppo ritenuto eretico rispetto ai dogmi stabiliti: dai giudei, ai bogomili[4], fino ai templari, senza dimenticare i roghi delle presunte streghe, e ai

---

[4] BOGOMILI. - Setta cristiana apparsa fra gli Slavi della penisola balcanica sullo scorcio del sec. IX, il cui nome è fatto risalire alla voce bulgara bogu-mil "caro a Dio" (cfr. gr. θεόφιλος); altri sostenne che Bogumil sia stato il soprannome del fondatore della setta, un prete Geremia.

La dottrina dei bogomili si compendia in un dualismo, secondo il quale Dio ha creato soltanto tutto ciò che è spirituale, e quindi eterno e fuori della contingenza; mentre tutto ciò che è materiale, temporaneo, contingente - perciò anche il mondo e il corpo dell'uomo - è opera del demonio, in lotta con Dio. Sicché tutta l'umanità fu preda del Male, fino alla venuta del Cristo, che non può aver rivestito un corpo mortale (docetismo; v.); e falso è l'Antico Testamento, con la sua legge e i suoi profeti. Appaiono in queste credenze e nella loro prassi gli spunti ereditati da sette dualistico-gnostiche più antiche (manichei, pauliciani, massaliani), ma anche qualche traccia della religione primitiva degli Slavi, improntata a un dualismo naturistico.

In conseguenza di tali dottrine, il cristianesimo ortodosso non è la vera religione di Cristo, perché profanata da false cerimonie e da insegnamenti contrari al Vangelo. Veri cristiani, "buoni cristiani", sono soltanto i bogomili, che rifuggono da tutto quanto sa di materiale e tendono a un puro ascetismo. Respingono gran parte dei sacramenti, perché in essi si presume di attirare la presenza divina con atti contrari alla predicazione di Cristo o usando materia profana e peritura. Sono naturalmente avversi al matrimonio e alla procreazione, con cui si perpetua la prigionia dello spirito nella carne; pure aspramente combattuto è il culto della croce, che è fatto di materia peritura e ricorda la crocifissione di Cristo, il quale è, poi, puro spirito. Per motivi consimili si abborriscono le immagini e gli ornamenti sacri; le chiese sono demolite e abbandonate perché Iddio onnipresente non può essere venerato in luoghi chiusi. Perciò le riunioni della comunità si tengono di preferenza all'aperto; quando però sia necessario tenerle in luoghi chiusi, basta una semplice stanza in una casa privata, dove non siano né immagini, né ornamenti, né pergami, né campanelli (le "trombe del demonio").

La cerimonia più solenne si ha quando un convertito entra nella comunità, dopo un lungo periodo di penitenza e purificazione. La solennità consiste nell'illuminazione della stanza con candelette collocate sulle pareti e con la celebrazione dei soliti riti. Del resto, riti e cerimonie si riducono a ben poca cosa: preghiere, prediche, lettura del Nuovo Testamento, benedizione. L'eucarestia non è disgiunta dall'agape, il banchetto fraterno, dove il più anziano compie il rito della frazione o benedizione del pane, in ricordo dell'ultima cena di Gesù. La preghiera, per lo più il Padre Nostro, è invece frequente, ripetuta sino a sette volte al giorno e a cinque la notte; per i defunti non si prega, perché il purgatorio non esiste. Conformemente alle loro idee religiose, i bogomili non riconoscono autorità terrene, odiano i potenti, professano la povertà lavorando solo quanto basta per aiutare i malati e i vecchi della comunità. Tutto ciò che sa di rapporto con la materia, che imprigiona lo spirito è da loro respinto: perciò si astengono da cibi animali. Nell'omicidio non è possibile fare penitenza; la guerra, suscitata da cupidigie terrene e che costringe a uccidere è da loro ripudiata. Tra loro si amano e si aiutano; con gli altri sono freddi, diffidenti, sprezzanti, tanto da essere scambiati per cospiratori pericolosi; di qui le persecuzioni.

Il movimento dei bogomili fu già in pieno fiore all'epoca dell'imperatore bulgaro Pietro (927-969). I suoi primi focolari furono le regioni di Filippopoli e di Salonicco. Durante il primo impero bulgaro il bogomilismo ebbe campo di diffondersi rapidamente. Ma appena i Bulgari vennero assoggettati da Costantinopoli (1019), incomincia una forte reazione. Condanne e persecuzioni per opera di concili e di imperatori si ripeterono lungo i secoli XI e XII. Nei successivi secoli XIII e XIV gli stessi sovrani bulgari, resisi nuovamente indipendenti, perseguitarono fieramente i bogomili mandandoli in esilio e sterminandoli. Ma essi diedero filo da torcere ancora al patriarca Teofilo nel sinodo del 1325, e al monaco Teodosio nel concilio del 1360. Cedettero soltanto quando la marea musulmana alla fine del sec. XIV ingoiò stati, nazioni, religioni. Esuberanti in patria, i bogomili si espansero anche oltre i suoi confini; a Costantinopoli anzitutto, ove nel 1111 avevano una propria comunità che vantava già mezzo secolo di esistenza. (...) Molti apocrifi dell'Antico e del Nuovo Testamento risalgono ai bogomili; ad essi anche si riallacciano parecchie favole della cui esistenza si ha notizia persino dalla Russia. È accertato inoltre che la letteratura popolare e anonima degli Slavi meridionali e orientali contiene tracce evidenti della loro dottrina.

In occidente. - Dalla penisola balcanica, i seguaci della setta si disseminarono per l'Italia, la Francia, la Germania, l'Inghilterra, la Spagna ed altre regioni europee, diffondendo la loro dottrina e facendo numerosi proseliti. Nei secoli XII e XIII sono conosciuti in Occidente con il nome di bulgari (fr. boulgre, bougre) o Bulgarorum haeresis. Benché confusi talvolta con i valdesi, con patarini ed altri eretici affini, i bogomili alimentarono propriamente le grandi correnti dell'eresia catara o albigese (v. catari), con le cui origini si confonde il loro proselitismo occidentale.

Enciclopedia Italiana (1930) di A. Cro. - *, *

catari[5], via di seguito, fino alla fine del 1700, quando, per primo,

---

[5] in *Federiciana (2005)*: **Catari**
L'eresia dei catari sembra sorta per infiltrazione in Occidente dei bogomili (dall'antico bulgaro bogumil, 'caro a Dio'), una setta presente in Tracia e in Bulgaria fin dal X secolo. Trovò un terreno favorevole in Europa tra XI e XIII sec. per il fermento sociale e religioso che accompagnò l'ascesa delle nuove classi urbane: dapprima a Colonia e in Renania, dei cui gruppi ereticali parla la lettera di Evervino di Steinfeld a s. Bernardo (1144); poi nella Francia settentrionale (Borgogna e Champagne) e nelle Fiandre; nella Francia meridionale (Provenza), dove prese vita il movimento degli albigesi (dalla città di Albi); quindi in Dalmazia e in Italia settentrionale, dove si chiamarono patarini perché ritenuti continuatori della pataria milanese. Nel 1167 gli eretici provenzali e italiani tennero un vero e proprio concilio a Saint-Félix-de-Caraman, presso Tolosa, in cui si posero le basi per la Chiesa catara, organizzata in vescovati e diocesi.
I catari, cioè i puri (dal greco katharòs), affermavano, al pari dei manichei, una concezione dualistica della realtà. Secondo i loro miti cosmogonici, all'origine dell'universo stavano due principi coeterni e antitetici: Dio e Satana, spirito e materia. Di conseguenza la salvezza dell'uomo era possibile solo a patto della separazione dell'anima dal corpo, che poteva essere conquistata attraverso la sofferenza fisica e la morte, senza alcuna mediazione né del clero né dei sacramenti. Da questa teologia scaturiva una durissima serie di precetti: ascetismo, verginità, astinenza dalla carne, povertà, condanna del matrimonio e della procreazione. Il radicale spiritualismo e il desiderio di liberarsi dai lacci corporali potevano anche sfociare nel ricorso alla morte volontaria per digiuno, l'endura.
I catari si consideravano l'unica e vera Chiesa di Cristo, in contrasto con quella di Roma, che ne era invece la falsificazione e il tradimento. Si dividevano in due classi fondamentali: i "perfetti" e i "credenti". I primi - sottoposti al rito dell'imposizione delle mani, il cosiddetto consolamentum - erano simili ai sacerdoti e avevano l'obbligo di rispettare integralmente le norme etiche; gli altri fedeli, pur non aspirando allo stato di perfezione dei "perfetti", dovevano comunque sforzarsi di imitarli.
La religiosità profondamente drammatica dei catari, il coraggio con cui affrontavano le persecuzioni, l'esemplarità della loro condotta confrontata con l'opulenza e la corruzione di tanti prelati, esercitarono un fascino intenso sulle coscienze del tempo, tanto da ottenere l'appoggio non solo delle classi popolari, ma anche di alcuni feudatari. A questi successi si oppose con intransigenza la Chiesa romana, attivando controversisti, come s. Bernardo, e inviando missionari. La controffensiva papale sfociò, nel 1209, nella crociata promossa da papa Innocenzo III contro gli albigesi, che si concluse dopo lunghe ed efferate campagne con lo sterminio degli eretici provenzali e con l'annessione della Francia meridionale al Regno capetingio (pace di Parigi, 1229). Federico II a sua volta combatté i catari nel settentrione italiano, dove si erano rifugiati molti albigesi, e nel 1224 emanò una disposizione legislativa che introduceva la pena di morte per eresia, convinto, come confermavano le Costituzioni di Melfi (1231), che le idee dualistiche comportassero una negazione dell'autorità regia.
in *Enciclopedia Dantesca (1970)* di Raoul Manselli: **Catari**. - Eretici dei secoli XII-XIV, documentati sicuramente dalla metà del secolo XII in Renania, nel territorio di Tolosa e, come molti indizi inducono a ritenere, anche in Italia; raggiunsero una notevole diffusione negli ultimi decenni dello stesso secolo XII e per la più gran parte del Duecento, estinguendosi poi assai lentamente agl'inizi del Trecento.
Base della loro fede era il dualismo; o radicale (tutta la realtà era il risultato di uno scontro tra due principi coeterni e di pari potenza, l'uno buono e spirituale, l'altro maligno e materiale) o più vicino alle posizioni della teologia cattolica (un unico principio divino aveva dovuto affrontare la ribellione del più caro dei suoi angeli, che, espulso dal cielo, aveva dato origine al mondo materiale). Da questo dualismo traeva le sue origini, sul piano dell'azione morale, una decisa opposizione alla materia, che veniva considerata creazione o, comunque, realtà diabolica, e ritenuta quindi prigione degli spiriti celesti. Si condannava quindi la sessualità come inganno demoniaco per perpetuare la vita come esistenza della materia; l'astensione da ogni rapporto con la materialità e l'imposizione delle mani, unico sacramento dei c., assicuravano perciò la salvezza, fatta conoscere agli uomini da Cristo. Questi era però creduto non Figlio di Dio, ma soltanto un angelo mandato da Dio in un'apparenza di corpo umano e nato da un altro angelo, Maria, sua madre.
Distribuiti in Italia in più Chiese, a Concorezzo, presso Milano, a Desenzano sul Garda, a Vicenza, a Mantova, nella valle Spoletana, i c. ebbero un notevole rilievo a Firenze specialmente verso la metà del Duecento, quando si fecero notare per il loro appoggio alla Parte ghibellina: si venne allora stabilendo quella coincidenza fra patarini (così furono chiamati, in Italia e a Firenze, i c.) e ghibellini, che più volte troviamo testimoniata dai cronisti coevi.
Si spiega così il fatto che dopo la battaglia di Benevento e quella di Tagliacozzo, nella repressione del ghibellinismo vennero travolti anche i c., cominciando così il loro declino; ma ancora nel 1296 si rivelava eretico un canonico di Santa Reparata a Firenze e prevosto di Prato, Alcampo, che pur era stato celebrato, alla sua morte, in un panegirico di Remigio de' Girolami, il ben noto domenicano, discepolo di s. Tommaso.
D. non ricorda mai i c., neppure sotto il più consueto nome di patarini, né fa cenno alcuno a loro idee o tesi. Né è silenzio casuale, anche se non è facile intenderne le ragioni, quando si pensi al fatto che certamente c. (o favorevole ai c.) fu Farinata degli Uberti, di cui abbiamo ancora il dispositivo della condanna postuma, e che sospetti d'eresia s'addensavano anche su Guido Cavalcanti. Si può allora persino pensare che tra i seguaci di Epicuro nel canto X dell'Inferno si debbano includere, coi ghibellini, appunto i c., come intende, ad esempio, il Del Lungo nel suo commento a If X 13-16.

Pietro Leopoldo di Lorena ordinò la chiusura dei tribunali dell'Inquisizione nel Granducato di Toscana...

Allo stesso modo non si può più ignorare la ventata di cultura che dall'Oriente arrivò improvvisamente a Firenze con il Concilio del 1439, al quale parteciparono i più eminenti rappresentanti della filosofia, della religione e della politica dell'area bizantina, poco prima che essa finisse definitivamente sotto il dominio musulmano.
E' a questo grandioso evento, importante e coraggioso tentativo di ricongiungimento delle due chiese cristiane ad opera di Cosimo de' Medici, che si attribuisce l'esplosione del Rinascimento in Toscana, dalla quale esso si estenderà velocemente, a macchia d'olio...
E' ormai noto che furono proprio le conoscenze introdotte dai saggi ospitati a Firenze dalla corte medicea, a motivare la creazione dell'Accademia Platonica, aprendo la strada alla ricerca e ai successivi studi di antichi testi filosofici, ermetici, alchemici... e, perché no, anche astronomici e geografici...
Eppure, come vedremo più avanti, nel 1439 questo processo di riscoperta dei saperi antichi si era ormai radicato da tempo nell'ambiente erudito toscano, seguendo un preciso sentiero tracciato dai grandi poeti Dante, Petrarca e Boccaccio, dei quali si mettono sempre in evidenza le eccezionali doti di letterati, piuttosto delle loro profonde conoscenze matematiche, astronomiche e geografiche.
Il concilio di Firenze ne fu solo una naturale evoluzione...

6

Oltre ai Mandei, anche altri popoli si tramandavano le conoscenze astronomiche e riconoscevano in *Venere-Merica* la loro stella guida.

C'erano ad esempio i Caldei

---

[7] In questa stele babilonese conservata al Louvre di Parigi e risalente al XII sec. a.C., le divinità vengono rappresentate con simboli astrali. Il re Melishipak presenta sua figlia alla dea Nannaya. In questo caso, accanto al Sole e alla Luna, Venere viene rappresentata come stella ad otto punte.

(Caldei=conoscitori delle stelle)[8];

---

[8] Rifacendomi nuovamente a diverse edizioni dell'Enciclopedia Italiana, trovo che i Caldei vengono così definiti:

Caldei *(gr. Χαλδαῖοι)* Società aramaiche dell'Asia anteriore, forse originarie dell'Arabia orientale, che verso l'11° sec. a.C. entrarono da S nella Mesopotamia, stanziandosi tra la Babilonia e il Golfo Persico. Negli scrittori classici e nella terminologia scientifica fino alla metà circa del 19° sec. il nome fu usato per indicare i Babilonesi in genere, così come Caldea fu usato come sinonimo di Babilonia. In realtà i C. furono fino a 625 a.C. (ascesa al trono babilonese del caldeo Nabopolassar) i tradizionali nemici dei Babilonesi.

Per i primi secoli le notizie sono rare: dopo i tre re della dinastia del 'paese del mare' (1027-07), durante il 9° e 8° sec., le vicende dei piccoli Stati c. sono intimamente legate alla politica filobabilonese dei re assiri. Nel 731, Ukīnzēr è il primo sovrano c. che riesce a salire sul trono di Babilonia e solleva le sorti del suo popolo. Dopo di lui, Merodach Baladan resiste per 12 anni (721-10) a Sargon, finché, scacciato, si rifugia presso gli Elamiti. Un altro principe c., Munzhezib-Marduk, sale sul trono di Babilonia (692), ma viene deposto dagli Assiri. I successivi tentativi insurrezionali di figli e parenti di Merodach Baladan riescono tutti vani. Solo nel 625 i C. trionfano e Nabopolassar fonda la dinastia neo-babilonese o c., che avrà termine nel 538 con Nabonedo. È da allora che c. diviene sinonimo di *babilonese*.
http://www.treccani.it/enciclopedia/caldei/

Caldei Popolazione della Bassa Mesopotamia, attestata dal 9° sec. a.C., di immigrati di origine semitica occidentale, stanziatisi lungo il basso Eufrate, dove diedero vita a cinque Stati di origine tribale: Bit Ammukani, Bit Dakkuri, Bit Yakin (➔) e le minori Bit Sha'alli e Bit Shilani. Per la forte organizzazione politica, con capi che assursero al titolo di re, la florida economia agricola e commerciale (con prodotti provenienti dall'Arabia e dal Golfo Persico), erano ben diversi dalle povere tribù pastorali degli aramei orientali (lungo il Tigri). Si opposero strenuamente alla conquista assira (specie con Marduk-apla-iddina), furono ripetutamente vinti, ma fu una dinastia di origine caldea (con Nabopolassar e Nabucodonosor II) a metter fine all'impero assiro e a regnare in Babilonia dal 625 al 539, quando Nabonedo fu vinto da Ciro il Grande. Inseriti nell'impero persiano, rimasero l'etnia dominante in Babilonia, e il mondo greco recepì poi come «caldee» la scienza e la magia tardobabilonese.
http://www.treccani.it/enciclopedia/caldei_(Dizionario-di-Storia)/

CALDEA e CALDEI.- Nome di territorio e di popolo che appaiono nei documenti cuneiformi e nella Bibbia.

La voce *Kaldu* (*Kaldi*, *Kalda*), secondo Fr. Delitzsch, doveva originariamente suonare *Kashdu* e alla lettera significare "la regione dei Cossei o Cassiti (v.)". *Kashdu* in progresso di tempo forse si trasformò (secondo le leggi fonetiche del linguaggio assiro) in *Kaldu* Caldea"; il nome etnico ("i Caldei") fu *Kaldū*; e il gentilizio *Kaldū'a* ("il caldeo").

(...) *Caldea come sinonimo di Babilonia*. - Nelle iscrizioni cuneiformi *Kaldu* (o*Kashdu*) designò dapprima la Babilonia centrale; ma, come il biblico *Shine'ar* si generalizzò, così avvenne anche dell'assiro *Kaldu*, parola che passò ad esprimere tutta la Babilonia.

(...) Se poi la lingua dei Caldei sia indicata nell'espressione di Daniele (I, 4; scrittura e lingua dei *Kasdīm*) è sempre soggetto di controversia. Notoriamente nel testo biblico alla voce Kasdīm convengono due significati: quello di Caldei (popolo) e quello di *astrologi* (o sapienti in generale). Nabucodonosor, condotto che ebbe prigioniero in Babilonia Joachim re di Giuda, ordinò ad Ashpenaz, capo degli eunuchi, che procurasse per la reggia alcuni giovinetti ebrei i quali potessero dimorare nel palazzo, ed essere ammaestrati nella scrittura (ebr. *sepher*) e nella lingua dei *Kasdīm*. Si tratta dell'idioma comune che fu parlato in Babilonia? Questo hanno sostenuto varî assiriologi ed ebraicisti. Ovvero si tratta del*sumerico*, il più antico scritto in segni cuneiformi, e studiato dai Babilonesi anche dopo la sua estinzione? Questo anche è ammissibile. Neppure potremmo escludere una terza interpretazione: che lo scrittore biblico con lingua dei Kasdīm accennasse a qualche gergo segreto e sacro proprio di essi. Perché Kasdīm nella Bibbia ha, oltre il significato di Caldei, quello di sapienti e astrologi o in generale studiosi di scienze occulte, significato che manca a Kaldū o Kashdū delle iscrizioni cuneiformi.

(...) *Babilonesi e Caldei*. - La distinzione fra Babilonesi e Caldei non rimase ignota a certi scrittori classici (come Beroso, coetaneo di Alessandro il Macedone); si dica altrettanto della distinzione fra Caldei e Assiri. Sappiamo da notizie greche che Nabopolassar era *caldeo*, Nabonid invece *babilonese*. Ci si dice ancora che Neriglissar, genero di Nabucodonosor e babilonese di stirpe, sebbene si trovasse in relazione di parentela con la famiglia regnante nella Babilonia, considerava come illegittimo il governo di tale famiglia. Queste notizie non solo mostrano l'esistenza dopo Nabopolassar di due razze aspiranti del pari al trono di Babilonia, ma fanno indovinare le loro lotte. Testi cuneiformi più antichi di Beroso e di altri greci eruditi ci informano sul primo svolgersi di esse.

(...)Verso il sec. XI a. C. i Caldei, gente dell'Arabia orientale entrano nella Babilonia e movendo da S. a N. occupano gran parte del paese. Coi proprî condottieri prendono dimora specialmente nelle campagne, lasciando le città ai vecchi abitanti. Nelle campagne sorgono piccoli stati caldei che vengono a conflitto con la popolazione babilonese. I Caldei aspirano a conquistare il potere, a impadronirsi della corona reale, e arrivano qualche volta al trono. In difesa dei Babilonesi intervengono qualche volta gli Assiri, e i Caldei dal canto loro si appoggiano all'Elam. Questo è il quadro generale dei conflitti, ai quali pose fine l'impero caldeo inaugurato da Nabopolassar (605 a. C.).

Intorno al primo periodo dei Caldei abbiamo pochi particolari: tre re loro furono al potere nella Babilonia, formando la cosiddetta dinastia del "paese del mare" (1038-1017).
http://www.treccani.it/enciclopedia/caldea-e-caldei_(Enciclopedia-Italiana)/

i Sabei[9] (ma vedi anche Sabii[10]) e gli stessi Egizi, i quali rappresentavano il pianeta con la figura di un airone, attribuendole anch'essi le caratteristiche dell'elemento femminile.

---

[9]I Sabei vengono così definiti:

Sabei (gr. *Σαβαῖοι*) Popolazione semitica dell'Arabia sud-occidentale, attestata nel 1° millennio a.C. e nella prima metà del 1° sec. d.C.; nei documenti epigrafici locali è indicata con il nome *sb'*, letto *Saba'* sulla scorta degli autori classici (*Σαβά*) e dell'etiopico *Sābā*.

La regione occupata inizialmente dai S. corrispondeva alla parte centro-orientale dello Yemen attuale. Le più antiche menzioni si hanno in testi assiri dell'8° sec. a.C.: i re Tiglatpileser III, Sargon II e Sennacherib parlano di tributi ricevuti, anche in pietre preziose e aromi, dai re di Saba. (...)

http://www.treccani.it/enciclopedia/sabei_(Enciclopedia-Italiana)/

SABEI. - 1. Antica popolazione dell'Arabia preislamica di sud-ovest, che prese il nome dal territorio e dalla città di Saba: v. Yemen. 2. In parecchie traduzioni europee del Corano è errata denominazione dei Sabii, setta religiosa non ben identificata di cui è menzione nel Corano stesso, e per cui v. sabii.

Si parla anche di un popolo denominato Sabii, considerato una setta religiosa monoteista menzionata nel Corano e nei libri sacri, ritenuta portatrice di una rivelazione celeste e dedita alla pratica del battesimo (seba=immergere nell'acqua).

Il Vocabolario Treccani ci dà anche un'interessante definizione del termine sabeismo:

http://www.treccani.it/vocabolario/sabeismo/

sabeismo (meno com. **sabaismo**) s. m. [prob. der. del nome dei Sabei (v. sabeo); altri pensa a una derivazione dall'ebr. çaba «esercito (celeste)», per cui la parola significherebbe «adorazione degli astri»]. – Termine che nella storia delle religioni non ha un sign. preciso, riferendosi alla dottrina e al culto di sette e gruppi diversi; così, nel Corano, indica una forma di religione giudaizzante, monoteista, con pratiche (divinazione, sacrifici) di origine pagana; altra forma è quella, sempre paganeggiante, sopravvissuta all'islamismo, e oggi ancora presente in Iran, che affonda le sue radici in culti astrali di origine orientale. La denominazione di sabeismo, infine, è stata usata anche come sinon. di mandeismo.

[10] Grahm Hancock e Robert Bouval, nel loro libro *Talismano, Le città sacre e la Fede segreta*, Ed. Corbaccio, 2004, affermano che: *I Sabii veneravano il dio-luna Sin, ed erano noti come appassionati astronomi e astrologi. Selim Hassam, un egittologo che lavorò alle piramidi di Giza negli anni Trenta (...) sosteneva che il nome dei sabii, in arabo Saba'ia, poteva derivare dall'antica parola egizia Saba'a, "stella". Sembra che i sabii di Harran compissero pellegrinaggi annuali alle piramidi di Giza da tempo immemorabile fino ad almeno tutto l'XI secolo. Presso le piramidi eseguivano osservazioni astronomiche e rituali che erano forse residui dell'antica religione astrale dell'antico Egitto. Hassan riteneva che i sabii considerassero le piramidi di Giza come monumenti dedicati alle stelle, il che lo ispirò a prendere il nome "Saba'ia" cioè "il popolo delle stelle".*

Vediamo cosa si legge invece nell'Enciclopedia Italiana (http://www.treccani.it/enciclopedia/sabii_(Enciclopedia-Italiana)/)

SABII (dall'arabo *ṣābi'*; al plur. *ṣābi'ūn* o *ṣābi'ah*). - Sono i seguaci di alcune sette religiose non bene precisabili, delle quali è cenno nei libri arabi e nel diritto musulmano. La prima menzione ne ricorre nel Corano, in passi che appartengono al secondo periodo (il medinese) della predicazione di Maometto: in due (II, 59 e V, 73) è detto che nella vita futura non avranno a temere presso Dio coloro che credono, coloro che seguono il giudaismo, i cristiani e i *ṣābi'ūn*; nel terzo (XXII, 17), che nel giorno della risurrezione Dio farà distinzione "fra credenti (musulmani), seguaci del giudaismo, *ṣābi'ūn*, cristiani, zoroastriani e politeisti". Dai primi due versetti risulta che Maometto considerò i *ṣābi'* come una comunità religiosa distinta dagli ebrei e dai cristiani, ma al par di loro monoteista e avente ricevuto una rivelazione celeste; donde la norma di diritto musulmano che i *ṣābi'* facciano parte della "gente della Scrittura", e che quindi a loro vadano applicate tutte le regole di tolleranza prescritte per gli ebrei e i cristiani.

Sappiamo d'altra parte che, nella fase più antica della predicazione di Maometto, questi e i primi musulmani erano considerati da molti oppositori meccani come *ṣābi'*. Questo fatto, e alcuni accenni contenuti in scrittori arabi posteriori di oltre tre secoli, portano a supporre che il vocabolo, privo di etimologia araba, sia il participio attivo del verbo aramaico *ṣēba'* (pronunzia addolcita per *ṣēba'*), che significa "immergere (nell'acqua), battezzare", e che quindi designasse qualche setta cristianizzante o giudaizzante, i cui frequenti lavacri rituali somigliassero alle abluzioni prescritte da Maometto prima delle preghiere canoniche quotidiane. Studiosi europei fino al sec. XVII pensarono ai mandei o cristiani di S. Giovanni (...)

Nell'età posteriore alla morte di Maometto il nome di sabii fu assunto da due comunità religiose nettamente diverse fra loro. Una è quella dei mandei, che vivono nella parte centrale dell'Irāq, sono considerati dai musulmani come una setta cristiana, sono rinomati come lavoratori di oggetti artistici d'argento e vengono abitualmente denominati Ṣubbah (...).

L'altra è la comunità ellenistica pagana, che continuò sino alla fine del sec. XI d. C. nella Mesopotamia, avendo come centro Ḥarrān (la Carrhae dei Romani); il culto dei sette pianeti e delle dodici costellazioni dello zodiaco teneva il massimo posto nella loro religione, la cui lingua liturgica nell'età musulmana sembra fosse il siriaco. (...) Questi Sabii di Ḥarrān, cultori di scienze e di filosofia, diedero illustri personaggi alla cultura arabo-musulmana, fra i quali Thābit ibn Qurrah e suo figlio Sinān; sabio fu anche il padre del famoso astronomo al-Battānī od Albatenio.

18

Secondo le credenze di questi popoli, una stella di nome *Merica* brillava sopra una terra rigogliosa e lontanissima, situata ad occidente dell'oceano, caratterizzata da un clima caldo in ogni stagione, ma non torrido, perché addolcito dai freschi venti alisei.

In questo luogo paradisiaco abitavano popolazioni dal cuore puro, ma esso era anche ritenuto la meta ultima delle anime meritevoli.

La stella Merica quindi contrassegnava quel luogo, ma probabilmente l'interpretazione dovrebbe essere diversa: Merica era l'indicatore che, grazie all'applicazione di conoscenze ataviche, poteva consentire di trovarne la via.

Seguendo le sue apparizioni nel cielo, con il sostegno dei venti alisei, i navigatori potevano finalmente approdare alle coste del continente americano, mitico paradiso in Terra!

11

Ma del resto Afrodite, che faceva parte delle divinità maggiori dell'Olimpo greco e, come Venere, era profondamente *venerata* dai Romani, è stata definita anche *stella dei Magi,* in quanto pare che proprio lei, o meglio il pianeta che porta il suo nome, grazie ad una particolare e stretta congiunzione planetaria con Giove[12], avesse

---

[11] Rappresentazione di Venere in un affresco pompeiano

[12] http://www.donboscoland.it/articoli/articolo.php?id=1944
http://www.comeallacorte.unina.it/upload_file/dic_03.pdf
http://www1.adnkronos.com/Archivio/AdnAgenzia/1992/12/15/Altro/NATALE-ERA-COMETA-O-VENERE-QUELLA-DEI-MAGI_124800.php

illuminato la via ai Magi, che si misero in viaggio per rendere omaggio al piccolo Gesù, offrendogli i loro simbolici doni!

13

Il ruolo di guida perciò è stato ripreso anche dalla tradizione cristiana, che ha poi assegnato quel simbolo all'immagine della Madonna...: *Maria, Stella Maris, la Stella del Mare*, riferimento, guida e salvezza dei fedeli nelle tempeste della vita, così come Venere rappresentava un sicuro riferimento per i navigatori del mare!

[13] Mosaico in Sant'Apollinare Nuovo, a Ravenna

Venere: dall'astronomia alla mitologia, alla magia, ai viaggi, all'arte...

Naturalmente, pur se conquistata dall'idea di una possibile esistenza di una stella di nome *Merica*, che fosse stata fin dall'antichità la luce guida per ecellenza dei navigatori, la mia naturale diffidenza mi aveva fatto prendere le distanze...

Il collegamento con il toponimo *America* era troppo evidente: se ancora nessuno si era fatto paladino di questa ipotesi, poteva solo significare che essa era di difficile dimostrazione.

Andando a cercarne le fonti, sono risalita ad un articolo apparso sulla rivista Hiram, nel quale gli autori, Knight e Lomas, affermavano di aver trovato il nome Merica in un testo di Giuseppe Flavio.

La questione viene analizzata e dibattuta dagli studiosi anche su alcuni siti internet, ma nonostante numerosi riferimenti e citazioni, non si giunge ad una sua definizione esaustiva.

Mi sono imbattuta anche nella recensione di un libro, dal titolo *La Merica*, pubblicato nel 2013, che naturalmente ha attratto immediatamente la mia attenzione. L'autore, uno storico e analista informatico presso il governo degli Stati Uniti, di nome Arthur Faram, di origine celtica, si dichiara portatore di un'atavica tradizione orale dei suoi antenati, che racconta l'origine delle colonizzazioni precolombiane dell'America da parte delle antiche popolazioni occidentali.

Il testo è interessante e molto ben documentato e ricostruisce una storia che passa, sorprendentemente, attraverso il popolo etrusco, che a sua volta avrebbe trasmesso le proprie conoscenze ai Celti, suoi alleati nelle guerre contro Roma, favorendo la loro diffusione verso le coste della Galizia, fino a quelle vichinghe e scozzesi, per essere raccolte poi dai Templari e dalla Massoneria.

Secondo Faram, il toponimo *Merica* corrisponderebbe all'antico nome dell'*America*, preesistente comunque ai viaggi di scoperta europei.

Poter dimostrare il nesso reale tra *Merica* e *Venere* e il ruolo della stella-pianeta anche nell'orientamento durante i viaggi verso ovest, oltre l'Atlantico, assumerebbe una valenza di grandi proporzioni, perché il suo nome si ricollegherebbe immediatamente a quello dell'*America* e, esaminati sotto questa luce, gran parte dei riferimenti a Venere presenti nelle opere artistiche medioevali e rinascimentali rivelerebbero una chiave di lettura completamente inedita, aprendo la strada a nuove e rivoluzionarie interpretazioni che la storia ufficiale ha fino ad ora abilmente mascherato.

Esse infatti andrebbero sovente a testimoniare i viaggi effettuati dai fiorentini, e dai loro alleati del tempo, nel continente americano, collocabili almeno qualche decennio prima della presunta scoperta di Cristoforo Colombo.

Non potendo tuttavia produrre prove certe di quanto esposto fino ad ora, pur provandone un'intima convinzione, decido di effettuare un percorso inverso.

Mi propongo cioè di riesaminare alcune opere di universale valore, la cui interpretazione risulti tuttavia ancora poco chiara, se non addirittura misteriosa, assegnando al personaggio mitologico di Venere il ruolo di rappresentazione allegorica di un reale corpo celeste, per capire se in tal prospettiva i dipinti in esame acquistino ed esprimano un significato inaspettato...

Riferimenti ai pianeti, alle stelle e alle costellazioni di appartenenza compaiono spesso nelle opere e nei dipinti di grandi artisti, soprattutto quelli rinascimentali. Non sempre però essi sono riconoscibili come tali, perché molte informazioni venivano mimetizzate allo scopo di poter essere lette soltanto da chi fosse stato informato sulla simbologia a loro assegnata.

Continuando a prendere come riferimento le conoscenze relative al pianeta Venere, potremmo esaminare, appunto, la *Nascita di Venere* del Botticelli (realizzata tra il 1482 e il 1485)[14].

Al centro della scena è naturalmente Venere, protagonista di affascinanti storie mitologiche. Non dimentichiamo che la dea, nata dalla spuma del mare fecondata da Urano, esprime sul mare la propria sovranità: è venerata infatti come protettrice della

---

[14] Il vero nome del Botticelli, nato a Firenze nel 1445 era Alessandro di Mariano Filipepi

navigazione; è a lei che si affidano i naviganti per ottenere un mare calmo, un vento favorevole ed un viaggio senza imprevisti...
E' con queste parole che Lucrezio si rivolge a Venere:

Aeneadum genetrix, hominum divomque voluptas,
alma Venus, caeli subter labentia signa
quae mare navigerum, quae terras frugiferentis
concelebras, per te quoniam genus omne animantum
concipitur visitque exortum lumina solis.
Te, dea, te fugiunt venti, te nubila caeli
adventumque tuum, tibi suavis daedala tellus
summittit flores, tibi rident aequora ponti
placatumque nitet diffuso lumine caelum.
Nam simul ac species patefactast verna diei
et reserata viget genitabilis aura favoni,
aeriae primum volucris te, diva, tuumque
significant initum perculsae corda tua vi. (...)[15]

TRADUZIONE:
Madre degli Eneadi, piacere degli uomini e degli dei,
Venere vivificante, che sotto gli erranti astri del cielo
ravvivi il mare solcato da navi
e la terra portatrice di messi,
poiché per opera tua ogni specie di esseri viventi
è concepita e, appena nata, vede la luce del sole.
Te, o dea, te fuggono i venti,
le nubi del cielo si dileguano al tuo sopraggiungere,
per te la terra ingegnosa fa nascere fiori soavi,
per te ride la superficie del mare
e, tornato sereno, il cielo brilla di un chiarore diffuso
Infatti non appena la bellezza primaverile del giorno
si svela e, liberatosi,
prende vigore il soffio fecondatore del favonio,
per primi gli uccelli dell'aria annunciano te
ed il tuo arrivo, o dea,
colpiti nel cuore dalla tua potenza. (...)

La figura di Venere potrebbe tuttavia essere interpretata come un messaggio nascosto, in cui la dea rappresenti in realtà proprio la stella, o meglio il pianeta *Venere, cioè il più luminoso corpo celeste che possiamo ammirare nel nostro cielo dopo il Sole e la Luna.*

---

[15] Tito Lucrezio Caro, *Inno a Venere*, nel Proemio del suo poema *De rerum Natura, I sec. a.C.*
La scoperta del manoscritto del poeta latino è attribuita all'umanista toscano Poggio Bracciolini, che l'avrebbe rinvenuto nel 1417 in un monastero tedesco. Allo stesso Poggio si deve il ritrovamento di altre importanti opere classiche, tra cui il *De Architectura* di Vitruvio, nell'Abbazia di Montecassino.

Si potrebbe così affermare che nel dipinto del Botticelli i venti non stiano spingendo Venere, ma che essi soffino nella direzione da lei stessa indicata, immergendosi nella sua luce e nei suoi profumi (rappresentati dalle rose, fiori sacri alla dea), inseguendola fino a raggiungere, scortandola alla meta, l'imbarcazione/conchiglia sulla quale la dea si sposta sul mare...

Proviamo allora a rileggere alcuni versi del Poliziano, immaginando che si riferiscano non soltanto alla dea, ma alla stella Venere seguita dai navigatori:

«*Una donna non con uman volto*
Da' Zefiri lascivi spinta a proda
Gir sopra un nicchio; e par che 'l ciel ne goda
Vera la schiuma e vero il mar diresti,
E vero il nicchio e ver soffiar di venti:
La dea negli occhi folgorar vedresti,
E 'l ciel ridergli a torno e gli elementi
L'Ore premer l'arena in bianche vesti,
L'aura incresparle e'crin distesi e lenti:
Non una, non diversa esser lor faccia,
Come pare che a sorelle ben confaccia »
(Poliziano, Le Stanze per la Giostra)[16]

_____

[16]Angelo Ambrogini, detto il Poliziano (Montepulciano 1454 - Firenze 1494), fu uno dei maggiori umanisti e poeti del Quattrocento (...). Accolto giovanissimo in casa Medici come segretario personale di Lorenzo il Magnifico e precettore dei suoi figli, divenne subito una delle figure di spicco nel circolo di intellettuali ivi raccolti; dal 1480 fu inoltre professore di retorica e poetica presso lo Studio fiorentino.
Il Poliziano fu scrittore dottissimo e raffinato in volgare, latino e greco. La sua produzione volgare comprende un poemetto mitologico-encomiastico in ottave, le *Stanze per la giostra*, iniziato nel 1475 e interrotto nel 1478; un testo teatrale, la *Fabula di Orfeo*, risalente agli stessi anni o forse al 1480; una raccolta di *Rime* scritte in momenti diversi e quasi esclusivamente in metri popolareggianti e cantabili (rispetti e ballate, con un solo sonetto e una canzone). A lui si attribuiscono inoltre una raccolta di facezie, i *Detti piacevoli*, una breve serie di testi bilingui latino-volgare a scopo didattico, i *Latini*, tre sermoni e una quarantina di lettere.
Di queste opere (a eccezione delle lettere) non sono conservati gli autografi, né il Poliziano si curò mai di raccoglierle e stamparle, a differenza di quanto fece con le proprie opere latine. Anche se in questo atteggiamento è forse ravvisabile una traccia di snobismo umanistico, l'esperienza del Poliziano si inserisce in un movimento di grande rilancio della letteratura volgare e del volgare stesso come strumento capace di competere alla pari con le lingue classiche. Questo movimento aveva proprio nella cerchia di Lorenzo il Magnifico un suo centro propulsore, alimentato dal programma letterario e politico-culturale di rinnovare l'eccellenza artistica di Firenze sulla scena italiana e di affermare il carattere sovraregionale del suo idioma, ricollegandosi agli esempi della grande letteratura due-trecentesca.Al Poliziano si deve quasi certamente la realizzazione del più esplicito manifesto di questo programma: la *Raccolta aragonese*, una antologia di poesia toscana allestita come dono del Magnifico per il figlio del re di Napoli nel 1476-1477.
(Carlo Enrico Roggia in http://www.treccani.it/enciclopedia/poliziano_%28Enciclopedia-dell%27Italiano%29/)

Se nella *Nascita di Venere* vi sono tutti gli elementi che potevano ricordare agli "iniziati" i viaggi per mare, una simile situazione si potrebbe ipotizzare per molte altre opere rinascimentali, sia dello stesso Botticelli, che di Piero della Francesca, ma anche del Ghirlandaio, del Verrocchio, del Pollaiolo, di Leonardo da Vinci...

La novità consiste nel fatto che i riferimenti a tali viaggi non si limitano alle acque e agli approdi ben conosciuti dalla ricca borghesia mercantile dell'epoca, bensì mirano a testimoniare spedizioni ben più avventurose, oltre le mitiche Colonne d'Ercole, affrontando le insidie dell'Oceano in direzione del Nuovo Mondo!

Non è affatto vero che nel Medioevo non vi fosse ancora la coscienza di abitare su un pianeta sferico! In realtà circolavano da tempo trattati sulla sfericità della terra [17], come quello del frate domenicano Giovanni Sacrobosco [18], risalente al 1230 ed intitolato appunto *Tractatus de sphaera...*

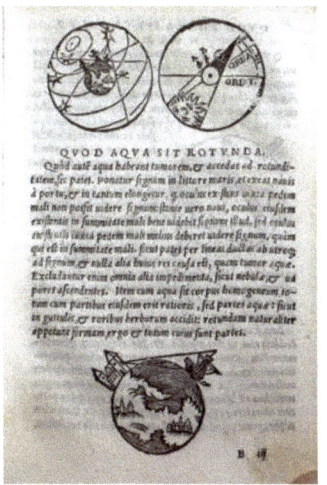

---

[17] Si veda anche la sintetica ma chiara esposizione di Umberto Eco nei primi due capitoli del volume *Storia delle terre e dei luoghi leggendari,* ed. Bompiani, 2013

[18] Giovanni Sacrobosco fu un matematico e astronomo, vissuto nel XIII secolo. Nel 1220 ottenne a Parigi il grado di dottore. Scrisse tre trattati, ma il primo venne pubblicato soltanto nel 1472. Nel *Tractatus de sphaera* propone con un linguaggio accessibile e corredato da numerosi disegni, tutte le conoscenze astronomiche del suo tempo, rifacendosi alle teorie tolemaiche, ma combinando la tradizione cristiana a quella greca e araba. La sua opera ebbe molta fortuna e venne ristampata e commentata da vari studiosi. Anche Bartolomeo Vespucci, nipote di Amerigo, nel 1508, ne ripropose ed integrò una nuova edizione.

... o il poemetto in ottava rima dal titolo *La Sfera*, composto nel XIV secolo da Leonardo di Stagio Dati:

(...)

7.

Veggio la Stella in su che il polo gira
Con quelle sette e due, che vanno intorno,
La qual per nicistà molto si mira
Da' naviganti quando manca il giorno:
Chi la cercasse, e trovarla disira,
L'occhio suo guardi la bocca d'un forno:
Chi più s'appressa ad averle supine
Più freddo sente e ghiacciato confine.

8.

Dall'opposita parte è l'altro polo,
Simile a questo freddo di Natura,
Che non si può mirar dal nostro suolo,
Perché tra noi e quello ha grande arsura,
La quale è sempre sotto un cerchio solo,
Che fa le notti e i dì d'egual misura:
Tra questa calda e le due fredde zone
Sono i luoghi abitati e le persone.

9.

Dentro a sì grande e tal circunferenza
Di Stelle sono un numero infinito,
E ciascuna produce sua influenza
Ne'corpi umani e nel terrestre sito:
Benché di poche se n'abbia scienza,
Perché sovente rimane smarrito
Chi dà giudicio di cose future:
Perché di tutte non sa lor nature.(...)

Gli studiosi antichi sapevano benissimo che la Terra non è piatta, come tramandato già diversi secoli prima di Cristo, anche da Pitagora, Parmenide, Platone, e da molti altri filosofi-maghi-astronomi-matematici. A Eratostene da Cirene (III sec. a.C.), soprattutto, si devono grandi riconoscimenti in campo matematico, geografico e astronomico: egli misurò la circonferenza della Terra, avvicinandosi sorprendentemente alle dimensioni reali, ma anche l'inclinazione dell'eclittica; usò le coordinate sferiche per calcolare la longitudine e latitudine... Non solo: nel suo trattato sui *Catasterismi* egli descrive oltre 50 costellazioni di entrambi gli emisferi, raccontandone i miti e descrivendone le stelle che le compongono; enumera più di 750 stelle e dedica due capitoli della sua opera alla trattazione sui cinque pianeti e sulla Via Lattea.

Di seguito due tavole che illustrano le costellazioni secondo gli studi di Eratostene:

Ed ecco invece come Eratostene presenta Venere:

66 ERATOSTHENIS CATASTERISMI. CAP. 43. 44.

Jovis. Secundus vocatur Phaëthon non ita magnus, hic a sole sic denominatur; Tertius est Martis, dicitur Pyrois, non multum splendidus, similis est aquilae. Quartus Veneris est, Phosphorus, candidus colore: horum omnium astrorum maximus est planeta, quem Hesperum et Phosphorum vocant. Quintus Stil- [19]

[19] Eratosthenis Catasterismi cum interpretatione latina et commentario / Johann Conrad Schaubach.
Gottinge : apud Vandenhoeck et Ruprecht, 1795
(in: http://www.e-rara.ch/zut/content/titleinfo/727970?lang=en)

Fu la Chiesa che, più tardi, impose diverse credenze, portando a supporto un'ingannevole interpretazione di alcuni passi della Bibbia. Forse proprio la Chiesa voleva mantenere il segreto sull'esistenza di nuove terre, allo scopo di assicurasene l'esclusivo sfruttamento... Molti storici affermano infatti che le imponenti cattedrali gotiche furono costruite grazie ai tesori reperiti in quei territori dai navigatori templari, prima che questi divenissero talmente ricchi e potenti da rappresentare una minaccia anche per l'autorità della stessa Chiesa, che non esitò così ad esautorarli ed annientarli, nei modi che ci sono ormai noti.

Essi erano i depositari di un'antica sapienza, ma il tentativo del papato e del regno di Francia, di impadronirsi, oltre che delle ricchezze, anche delle loro conoscenze, probabilmente fallì e a nulla valsero le torture e le persecuzioni.

Da quel momento, però, tutte le grandi potenze iniziarono la "caccia" a quel segreto che "brillava" imperturbabile sopra le loro teste, accuratamente protetto da una ristretta cerchia di persone informate, o, per meglio dire, *illuminate*!

La stella Polare era ben conosciuta, ma essendo un astro circumpolare, non è visibile nell'emisfero australe; del resto, non è singolare che proprio Venere fosse la *luce* che rappresentava l'Ordine Templare?

Il simbolo del pianeta Venere è una stella a cinque punte, denominata appunto *"pentagramma (o "pentalfa") di Venere"*.

 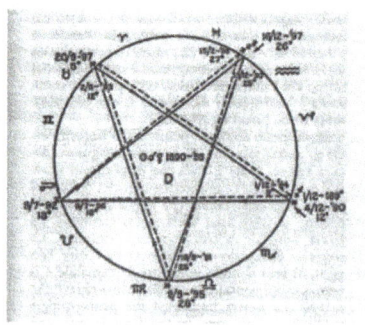

(M. Knapp: *Pentagramma Veneris*, Basel 1934)

A questo simbolo sono stati assegnati anche significati esoterici molto forti, a dimostrazione del fatto che esso era conosciuto fin dai tempi più antichi: con la punta rivolta verso l'alto, indica la luce, la forza creativa e femminile ed ha un valore apotropaico, perciò è usato come protezione positiva dell'individuo che aspira ad una elevazione spirituale, sollevandosi dalla materia.

Ruotato invece con la punta verso il basso esprime il lato maschile e spesso bestiale dell'uomo, l'aspetto materiale della sua natura, perciò era condannato dalla Chiesa come simbolo del male, di Lucifero, appunto.

Il pentagramma, il pentagono e più in generale il numero 5 rappresentano l'incontro e l'unione del maschile con il femminile, facendosi portatori dei valori legati all'amore, al matrimonio e alla fertilità, attributi, come ben sappiamo, peculiari proprio di Venere! L'equilibrio cosmico richiamato da questo disegno è stato reso ancora più evidente con l'assegnazione, ad ogni punta, dei cinque elementi: acqua, fuoco, terra, aria e spirito (quest'ultimo situato al vertice superiore della stella).

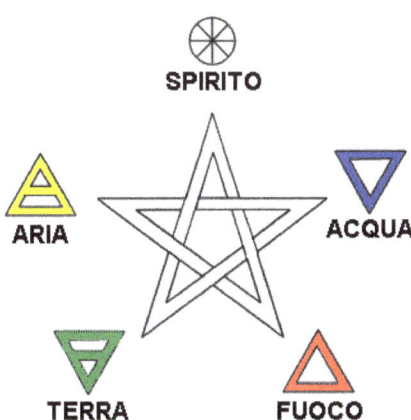

In realtà, il pentagramma non è altro che la traccia del percorso disegnato nel cielo dallo spostamento del pianeta lungo lo zodiaco, che si sviluppa attraverso cinque cicli venusiani, per la durata di otto anni terrestri.

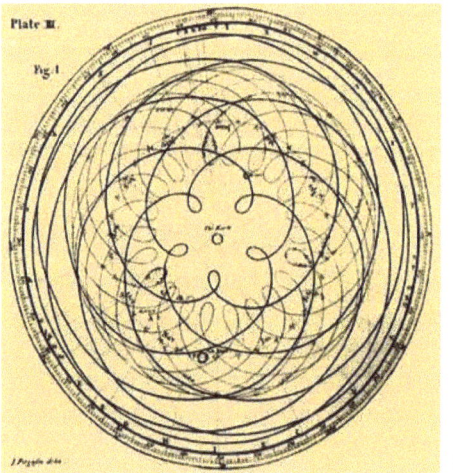

20

L'alterno orientamento della punta si riferisce alle diverse congiunzioni Terra-Venere rispetto al Sole[21].

Ad ogni ciclo di otto anni, il pentagramma si sposta retrocedendo di 2°, in modo che dopo 31 cicli (243 anni terrestri, corrispondenti a

---

[20] James Ferguson, nel 1799, rappresentava così i cicli di Venere nel libro *"Astronomy Explained Upon Sir Isaac Newton's Principles"*

[21] Viene chiamata *congiunzione superiore* la posizione che Venere assume quando si trova dalla parte opposta al Sole, rispetto alla Terra, raggiungendo da questa la massima distanza; la *congiunzione inferiore* invece si determina quando Venere si trova fra la Terra e il Sole, alla minima distanza dal nostro pianeta. Venere si sposta con un moto retrogrado, cioè in senso antiorario. Le quattro fasi principali del pianeta sono rispettivamente di 220 giorni (dalla congiunzione superiore alla massima elongazione orientale); 72 giorni (dalla massima elongazione orientale alla congiunzione inferiore); ancora giorni 72   (dalla congiunzione inferiore alla massima elongazione occidentale); 220 giorni (per tornare alla congiunzione superiore); per un totale di 584 giorni, che corrispondono al suo ciclo sinodico, cioè il tempo occorrente perché un osservatore, dalla Terra, possa seguire il suo intero corso, da non confondere con la durata effettiva della sua orbita intorno al Sole, che dura invece 225 giorni. Durante questi cicli Venere si presenta con fasi crescenti e decrescenti, come accade per la Luna.
Durante i 584 giorni del suo ciclo sinodiale, Venere appare prima dell'alba, verso est, 4 giorni dopo la sua congiunzione inferiore e resta visibile in quella direzione per 263 giorni circa; scompare poi per circa 50 giorni, facendo quindi la sua ricomparsa verso ovest, seguendo il sole a tramonto per altri 263 giorni, dopo i quali scompare nuovamente per altri 4 giorni, per poi iniziare un nuovo ciclo.
Per maggiori informazioni vedi:
Leonardo Magini, *Le feste di Venere. Fertilità femminile e configurazioni astrali nel calendario di Roma antica*, L'Erma di Bretschneider, 1996
Franco Foresta Martin, *Laboratorio di astronomia*, edizioni Dedalo , 1988

152 periodi sinodici) si raggiunge una rotazione di 72°, che porta ogni vertice del pentagramma ad occupare la posizione del vertice successivo: per ottenere una rotazione completa occorrono 5 cicli di 243 anni, per un totale di 1215 anni circa.

A causa della diversa inclinazione dei piani di rotazioni dei due pianeti, i transiti di Venere, che ci consentono di scorgere il pianeta stagliarsi davanti al disco solare, sono raramente visibili: si presentano infatti con lo stesso schema ogni 243 anni: a coppie di due (distanziati di otto anni), che si ripetono ogni 121 e 105 anni circa. Gli ultimi si sono verificati nel giugno 2004 e 2012 e per avere il successivo bisognerà aspettare il dicembre del 2117 e 2125.

Venere veniva rappresentata anche con la stella ad otto punte, in quanto il suo ciclo, come già detto, ha la durata di otto anni terrestri, suddiviso in quattro fasi che si ripetono.

Tuttavia, nella stella con otto punte viene riconosciuta pure la stella *Sirio*, altro oggetto lucente del cielo, di fondamentale valore per le civiltà del passato. Non mi dilungo oltre sulla immensa simbologia legata all'ottava, di cui già tanto è stato scritto.

E' singolare però che gli Egizi rappresentassero nelle loro bellissime e vivide pitture soltanto stelle a cinque punte: siamo veramente sicuri, allora, che il loro astro di riferimento fosse Sirio,

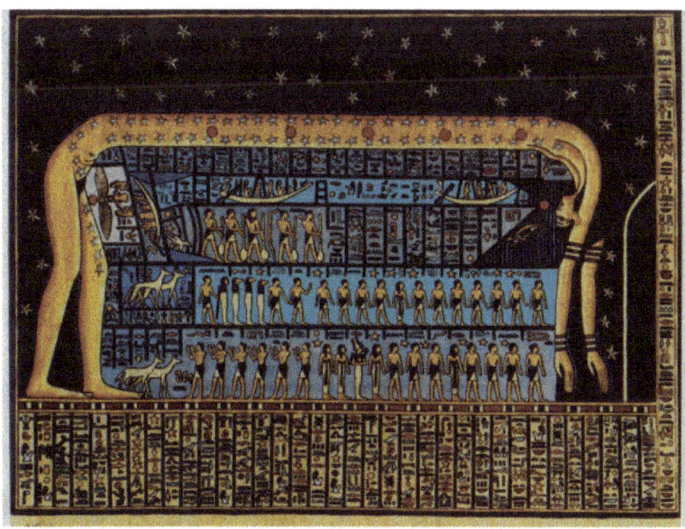

piuttosto che Venere?[22]

Il pentagramma di Venere è anche la figura in cui Leonardo da Vinci disegna il suo Uomo Vitruviano e sulle sue linee si possono applicare le proporzioni della sezione aurea.

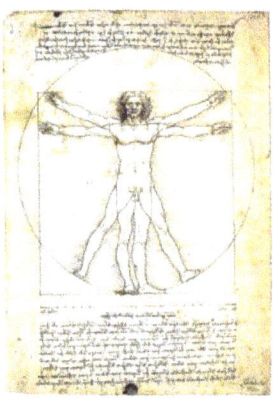
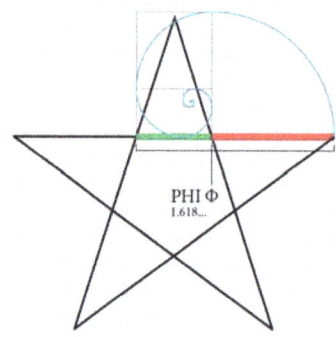

Fu proprio dallo studio della figura pentagonale che i Pitagorici ricavarono i rapporti aurei e il numero irrazionale 1,6180..., indicato in un primo tempo con il simbolo del *tau* e più tardi rappresentato con il segno Φ (phi), che è la ventunesima lettera dell'alfabeto greco ed oggi viene utilizzata anche in ambito geografico per indicare la latitudine...

Questo simbolo pare fosse stato attribuito in onore del famosissimo scultore greco Fidia, del cui nome era la lettera iniziale.

Tra le opere più importanti di Fidia si annovera una grande statua di Venere, sulla quale ritornerò più avanti.

---

[22] Mi viene spontaneo allora ritornare un attimo a parlare degli antichi Mandei, considerati di origine mesopotamica, ma provenienti in realtà, a detta dei pochi rappresentanti ancor esistenti di quel popolo, dalla terra egizia. Questi Mandei, identificati anche con i Sabei, solevano chiamarsi anche Nozrai, nome che ha poi dato origine al termine Nazareni[9]. A questa comunità gnostica appartenevano, secondo la tradizione, molti personaggi biblici, come Sansone, Giovanni Battista e lo stesso Gesù.
Una delle caratteristiche della loro dottrina, che li differenzia da altri gruppi religiosi dualistici sfociati in seguito nell'*eresia* catara, consisteva nella grande importanza che essi davano al matrimonio, considerando il celibato come un vero peccato che avrebbe condannato lo spirito dell'uomo, dopo la morte, a reincarnarsi, invece di trovare la sua dimora definitiva nella Luce originaria. Giovanni, battezzando Gesù, lo accoglie ufficialmente nella comunità mandea, anche se egli sarà considerato come un impostore da molti, che continueranno a preferirgli la figura del Battista come unica fonte di verità, dando origine ai cosiddetti *giovanniti*. Ad ogni modo Gesù si sarebbe adeguato alla cultura mandea e di conseguenza alla necessità di scegliere una sposa: Maria Maddalena?

Da stella, a rosa, a uovo...

Dalle rotazioni delle orbite di Venere ha origine anche la rappresentazione della *rosa mistica,* con cinque petali, che ritroviamo continuamente nei luoghi dedicati al culto mariano, per lo più sovrapposto a quello pagano.
La rosa perciò, che secondo la mitologia era il fiore sacro ad Afrodite, legato alla femminilità e all'amore, passa a rappresentare la figura della Vergine Maria.

23

---

[23] *Madonna della Rosa* attribuita a Piero di Giovanni Tedesco (1399 circa) in Orsanmichele, Firenze.
Anche la colomba richiama Venere alla quale l'animale era sacro.

Troviamo un riferimento forte alla rosa anche nel dipinto della *Sacra Conversazione* di Paolo della Francesca (*Pala di Brera*), dove proprio le rose a cinque petali si ripetono in cicli regolari che vanno a coprire l'intera volta.

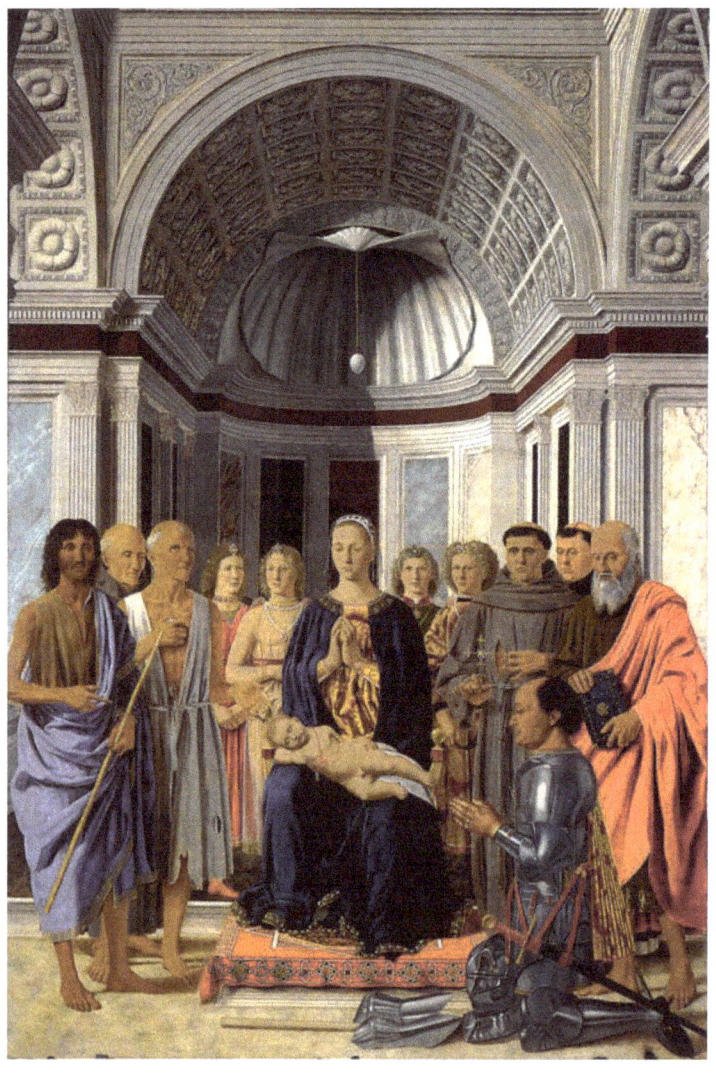

Esse si ripropongono nei due archi ai lati, su file verticali di quattro rose per parte, suggerendo sia i due gruppi di quattro giorni che separano la fine di un ciclo di Venere dall'inizio del successivo, sia il ripetersi di quattro diverse posizioni di Venere rispetto alla Terra, in ogni anno, per una durata degli otto anni necessari a completare il disegno celeste della rosa (o del pentagramma), con le cinque orbite di Venere, che troviamo forse rappresentate dalle corrispondenti specchiature in marmi policromi dello sfondo.

L'ampia conchiglia, sacra a Venere, riproduce la forma dei primi planisferi, invitandoci ad una nuova e superiore visione del mondo, ma anche all'osservazione della volta celeste. Se la colleghiamo idealmente alla conchiglia che sostiene la Venere del Botticelli, ricomponiamo con le due valve l'intero, otteniamo una completa visione dell'universo che rappresenta l'assioma ermetico del "*come sopra, così sotto...*", espresso in modo tale che l'elemento femminile rappresenti il *trait d'union* tra l'elemento materiale, terreno e quello superiore, divino: sia la dea Venere che la Vergine Maria assumono il ruolo di mediatrici tra la Terra e il Cielo!
Ma cosa può significare quell'uovo sospeso, oltre alla ormai consueta simbologia della fertilità, della rigenerazione, della nascita di qualcosa di nuovo, dell'origine divina del Creato?
Ad ampliare il quadro della simbologia, contribuisce in questo caso un antico mito di Igino[24], relativo alla nascita di Venere.
Igino, invece di riportare la versione greca del mito, quella ripropostaci da Ovidio nei *Fasti*, ci narra nelle sue *Fabulae* una storia di origine mesopotamica:

"*Si racconta che nel fiume Eufrate cadde dal cielo un uovo di straordinaria grandezza. Si narra che i pesci si riversarono sulle sponde, mentre delle colombe si posarono sull'uovo e, scaldatolo, si aprì portando alla luce Venere, in seguito chiamata dea Syria.
A quella dea, poiché superò gli altri numi in giustizia e probità, da Giove fu data la facoltà che i pesci fossero trasformati in astri. Per questo motivi i Siri considerano i pesci e le colombe nel novero degli dei e non se ne cibano.*"

---

[24] Gaio Giulio Igino è una autore latino vissuto nel I secolo d.C.

Ma Igino non era solo scrittore e bibliotecario, liberto di Ottaviano Augusto: egli fu anche geografo e soprattutto un astronomo, uno studioso degli astri, di cui rappresentava l'origine attraverso i miti.

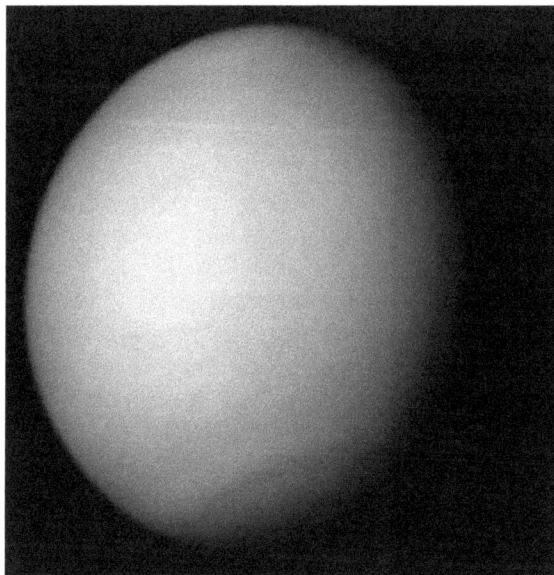

Stupirà allora scoprire che proprio il pianeta Venere, se osservato anche con un semplice binocolo, appare esattamente in una forma ovoidale, dalla superficie omogenea, luminosa e lattiginosa.

25

Anche i personaggi che compaiono nel dipinto di Piero segnano probabilmente i momenti salienti del viaggio all'insegna di Venere: i due san Giovanni (Battista ed Evangelista), ai lati estremi, indicano ad esempio il solstizio d'estate e quello d'inverno[26], unici momenti dell'anno nei quali sarebbero stati possibili i transiti di Venere davanti al disco solare; gli angeli potrebbero suggerirci i periodi dell'anno favorevoli per intraprendere il viaggio nelle due diverse direzioni, mentre la croce luminosa tra le mani di san Francesco ci ricorda la costellazione principale dell'emisfero australe, descritta non solo dal Vespucci e da Colombo, ma addirittura da Dante nella sua *Commedia*!

---

[25] Venere fotografata dalla sonda spaziale Mariner 10

[26] San Giovanni Battista è festeggiato il 24 giugno, in prossimità del solstizio d'estate ed è detto anche "San Giovanni che piange", in quanto rappresenta la svolta dell'anno che si avvia ad una diminuzione di luce, in direzione dell'inverno. Invece la festa di San Giovanni Evangelista ricorre il 27 dicembre, appena superato il solstizio d'inverno: è il "San Giovanni che ride", perché segna l'allungarsi del giorno e il ritorno della bella stagione.

Un discorso particolare va fatto per i due S. Giovanni.

La figura di San Giovanni Evangelista, la cui iconografia solitamente rappresenta il solstizio invernale, simboleggiato dal mantello azzurro, in questo dipinto non veste i colori freddi dell'inverno, ma è invece raffigurato con le calde tonalità della stagione estiva, propria dell'emisfero australe nel mese di dicembre.

Al contrario, il Battista è avvolto in un mantello azzurro, diversamente da quanto possiamo trovare nell'iconografia classica, dato che la sua ricorrenza corrisponde ai giorni del solstizio estivo nell'emisfero settentrionale, ma al solstizio invernale in quello meridionanale!

Nel dipinto assistiamo perciò ad un'inversione della simbologia solstiziale assegnata solitamente ai due San Giovanni, in quanto si vuole probabilmente richiamare l'attenzione sulle caratteristiche opposte dell'altro emisfero.

Indipendentemente dai messaggi storico politici che il quadro ci vuol far conoscere, nonché dal pensiero filosofico spirituale che esso esprime, l'opera di Piero della Francesca rappresenta un singolare trattato di astronomia e geografia, ancora tutto da studiare se analizzato in tale ottica!

La mia non può ovviamente ritenersi un'interpretazione esaustiva dell'opera, estremamente complessa e significativa; desidera tuttavia offrire un nuovo piano di lettura, finora inedito, che potrebbe andare ad aggiungersi agli altri, più volte esaminati da esperti ben più qualificati di me.

Da Merica ad America

Ritornando a quanto esposto precedentemente, immaginiamo che i Templari percorressero quindi abitualmente il mare Oceano, orientandosi con la stella Merica, che sincronizzava perfettamente i tempi dei loro viaggi. Questa, per la sua luminosità, si rivelava l'astro più adatto per guidare la navigazione notturna e quella dell'alba, a patto che si conoscessero i suoi ritmi (tempi di apparizione, moti normali e retrogradi, ecc.) e che si disponesse di un orizzonte piatto (e cosa poteva essere meglio dell'oceano?), a causa della sua modesta altezza nel cielo.
Non a caso gli antichi costruivano i templi dedicati a Venere nei luoghi un po' rialzati che si affacciavano sul mare.
E' questo anche il caso di Portovenere, in Liguria, come vedremo più avanti.

Ma anche dall'altra parte del mondo, il popolo Maya riconosceva e adorava il lucente pianeta come divinità, al pari di numerose civiltà antiche, e ne conosceva i movimenti, che vennero utilizzati come base per la compilazione del famoso *Calendario*, curiosamente tanto simile, nella sua struttura, a quello egizio di *Dendera*.

Venere, insieme alla Luna, segnava le tappe fondamentali della vita sociale e politica dei Maya, regolando anche i tempi della gravidanza delle loro donne, che corrispondeva al periodi di visibilità della stella.

Per studiare i movimenti di Venere, Maya ed Aztechi avevano edificato osservatori astronomici. La *stella del mattino* veniva identificata nel *Serpente Piumato, Quetzalcoatl,* una divinità benefica, portatrice di salute e prosperità, mentre la *stella della sera* (ancora Venere), *Xolotl,* aveva il compito di accompagnare le anime dei defunti.

Quetzalcoatl era considerato anche il dio del vento... Ma allora non assume un significato nuovo anche la raffigurazione puntuale dei venti nei dipinti del Botticelli?

27

---

[27] Nell'immagine è raffigurato "**Quetzalcóatl** (IPA: /kətsałkoːˈaːtɬ/ , ovvero «serpente piumato», «gemello prezioso» o «serpente divino» in lingua nahuatl) è il nome azteco del dio serpente piumato dell'antica Mesoamerica, fra le divinità più importanti per molte civiltà messicane e centro-americane.
Tra gli Aztechi, le cui credenze sono ben documentate, Quetzalcoatl viene venerato come dio del vento, di Venere, dell'alba, dei mercanti e delle arti, dei mestieri e della conoscenza.
Quetzalcoatl è uno dei dei più importanti nel pantheon azteco."
http://it.wikipedia.org/wiki/Quetzalcoatl

Torniamo così al nostro pianeta Venere, che è il secondo in distanza dal Sole e gode di una tale luminosità da essere confuso per una stella. Venere/Merica è infatti uno dei più lucenti corpi celesti della volta stellata. Viene spesso considerato il pianeta gemello della Terra, in quanto ha in comune con lei molte caratteristiche.

Leonardo Magini[28] ci ha recentemente illustrato come anche il calendario etrusco, seguito da quello romano, si basasse su conoscenze astronomiche più antiche, che tenevano in grande considerazione i cicli del pianeta Venere, in corrispondenza dei quali erano inserite le feste denominate *Veneralia* e *Matralia*.

Lo stesso Dante Alighieri, che ha dimostrato per il suo tempo una straordinaria e insolita conoscenza geografica, nell'ultimo canto dell'Inferno, paragona Lucifero ad una luminosa stella caduta sulla Terra, facendo forse riferimento alla memoria di un catastrofico evento realmente avvenuto.

Dante e Virgilio, passando lungo il corpo di Lucifero, si spostano da un emisfero all'altro, diretti verso il Purgatorio.

Nel Canto XXXIV dell'*Inferno* possiamo individuare una importante descrizione cosmologica, che Bruno Nardi interpreta nel suo commento all'edizione del 1952 della *Commedia*:

"Aristotele, nel libro II dei De caelo (t. c. 16, cap. 2, 285b 22 sgg.), e Averroè, nel suo commento a quest'opera, affermano ingenuamente che la più nobile parte del mondo è quella da cui comincia il movimento diurno, cioè l'Oriente. E poiché nell'uomo la destra è più nobile della sinistra, si deve dire che l'Oriente è la destra del mondo. Ora, se voi inscrivete in un cerchio che rappresenti il mondo la figura d'un uomo che vi mostra la faccia... per far sì che la sua destra coincida con l'Oriente, è necessario che la sua testa coincida col polo antartico, e i suoi piedi col polo artico. Dunque... il polo antartico è il capo del mondo, mentre l'artico ne rappresenta l'estremità inferiore. Nel cielo antartico debbono dunque trovarsi quelle costellazioni che mandavano originariamente sulla terra i loro più benefici e salutari influssi, e che

---

[28] Leonardo Magini, *Astronomia etrusco-romana*, L'Erma di Bretschneider, Roma, 2003

la terra stessa attraevano a sé, come magnete il ferro, facendola emergere dalle acque con la loro virtù. Così aveva argomentato Aristotele, maestro di color che sanno, maestro e duca dell'umana ragione, maestro nell'arte del loicare, così aveva ragionato Averroìs, che 'l gran comento feo. E così ragionava anche Dante che per questo pone il paradiso terrestre nell'emisfero australe".

29

Come valutare poi il ripetersi, al termine di ogni libro della Commedia, della parola "stelle"? Sicuramente non si tratta solo della metafora di un viaggio ideale verso la luce, ma di un suggerimento pratico a non perdere mai di vista determinate stelle, considerate una guida sicura nei viaggi verso l'altra parte del mondo.

Come già esposto, qualche anno fa, alcuni studiosi accennarono alla singolare ma lampante attinenza tra il nome della stella *Merica*

29 Sandro Botticelli illustratore della Divina Commedia: in questa tavola Lucifero e l'uscita dei due poeti dall'Inferno (Inf., XXXIV)

41

e il toponimo *America*; la cosa, per quanto ne so, non ebbe però molto seguito, eppure a supporto di tale relazione c'è la constatazione della posizione che Venere occupa nel nostro cielo.

E parlando di America, sarebbe superfluo evidenziare il riferimento alla "*bandiera adorna di stelle*" (naturalmente a cinque punte) dell'inno nazionale americano, che inizia proprio con le parole:

"Di', puoi vedere alle prime luci dell'alba
ciò che abbiamo salutato fieri all'ultimo raggio del crepuscolo?"

Ma stiamo parlando del saluto prestato alla bandiera o alle apparizioni della stella Merica?

La faccenda si fa ancora più interessante andando ad approfondire le caratteristiche astronomiche di Venere.

Essa, infatti, per un certo periodo dell'anno compare all'orizzonte occidentale verso il tramonto, poi scompare, per ricomparire nuovamente ad est come stella del mattino. Ma capita anche che, dopo un certo numero di giorni, Merica si fermi nel cielo, per poi riprendere il suo viaggio tornando indietro (moto retrogrado). Pertanto, calcolando esattamente i tempi dei viaggi, Venere avrebbe potuto indicare sia la via verso le Americhe, che quella del ritorno in Europa, ma per orientarsi alla sua luce sarebbe stato necessario conoscerne esattamente gli spostamenti e i cicli!

Quante volte, nelle lunghe notti scure in mezzo all'oceano, lo stesso Amerigo Vespucci raccontava di essersi perso nella contemplazione delle stelle, affidandosi a loro più che agli strumenti... A lui, del resto sono riconosciute grandi competenze nell'uso degli strumenti per la misurazione degli astri e nella determinazione delle coordinate geografiche, come lui stesso afferma nella lettera denominata *Mundus Novus,* rivolta a Lorenzo di Pierfrancesco dei Medici:

"(...) *se i miei compagni non avessero avuto fiducia in me, che conoscevo la cosmografia, non ci sarebbe stato né un pilota né un capitano di nave che sarebbe stato in grado di dire dove ci trovavamo, dopo aver percorso cinquecento leghe. Eravamo, infatti, persi e errabondi: solo gli strumenti ci mostrarono con precisione la verità riguardo all'altezza dei corpi celesti; e questi strumenti furono il quadrante e l'astrolabio, come chiunque poté vedere. Da quel momento, tutti mi seguirono con molto rispetto, perché avevo mostrato loro che, anche senza l'aiuto della carta nautica, conoscevo l'arte della navigazione più di tutti i piloti di tutto il mondo."*

Americus Vespuccius, cum quattuor Stellis crucem silente nocte repperit.

"(...) Il cielo è adorno di splendidi segni e figure, tra i quali notai circa venti stelle, così splendenti quanto qualche volta si vedono Venere e Giove. Ho calcolato il loro moto e le loro orbite, e con metodi geometrici ho determinato le loro orbite e i loro diametri, e ho rilevato quelle di maggior grandezza. Ho visto in quel cielo tre canopi, due luminosi e il terzo oscuro."

Ma tornando al Lucifero dantesco, attraverso il quale si transita da un emisfero all'altro, vale la pena di fare un'altra sovrapposizione: *Lucifero (lat. Lucifer, gr. Phosphòros), portatore di luce* (ma anche di sapienza per gli gnostici), o *stella del mattino*, era il nome attribuito a Venere quando questa sorge indicando con sicurezza l'est, mentre la stessa è denominata *Vespero (lat. Vesper, gr. Hesperos)*, o *stella della sera*, quando al momento del tramonto determina il ponente.

Questa considerazione dovrebbe farci riflettere sul significato che il viaggio simbolico di Dante potrebbe assumere anche in relazione ad un reale viaggio dall'altra parte del mondo conosciuto, e appare chiaro come egli non avrebbe potuto trovare posizione più idonea per collocare il suo Paradiso terrestre!

Ecco così che *"a Merica"*, per i nostri navigatori, acquisiva il significato di *"viaggiare nella direzione indicata dalla stella Merica"*, cioè seguendo la luce di Venere, che potevano osservare talvolta da prua, altre verso poppa, ma sempre ricavandone informazioni precise, salvo applicare le dovute correzioni, che soltanto chi conosceva il ciclo completo dei suoi spostamenti nel cielo poteva effettuare.

In tal modo si giungeva nel nuovo continente, che i ricercatori Riccardo Magnani[30] e Sandra Marraghini[31] individuano raffigurato, nel dipinto *La nascita di Venere* del Botticelli, dal prezioso drappo rosso offerto a Venere, che delineerebbe perfettamente la costa dell'America Centrale e il Golfo del Messico, a patto di ruotarne l'immagine. (Personalmente non condivido pienamente questa tesi, avendone sviluppata un'altra che esporrò a breve).

---

[30] Riccardo Magnani, *La missione segreta di Leonardo da Vinci*, Io Sono ed.,2014

[31] Sandra Marraghini, *Piero della Terra Francesca. Il sole sorge a Firenze e tramonta a New York*, Ed. Firenze Libri, 2015

Parliamo di una terra rigogliosa e ricca, contraddistinta da un'eterna Primavera, in cui il giorno e la notte mantengono la stessa durata in ogni periodo dell'anno (equinox)! Tale è infatti il clima proprio della fascia fra i Tropici e l'Equatore, dove avvennero probabilmente i primi approdi.

L'amaca come icona d'America se stessa: incisione di Theodor Galle dopo Stradano, ca. 1630
#JetsetterCurator

Imprese, mappe e simboli...

Girovagando per Firenze, è facile incontrare, nei decori dei più prestigiosi edifici, l'impresa dei Medici, come questa a Palazzo Medici Riccardi, nella quale le rose a cinque petali del festone sono sormontate dall'anello con il diamante piramidale di Cosimo il Vecchio (qui trasformato anch'esso in una rosa), nel quale sono inserite tre piume e la scritta *Semper*. Ma del resto la rosa era vistosamente presente anche in un'altra impresa medicea visibile nella Cappella Rucellai a Firenze, sulla quale potremmo forse individuare, nei punti distribuiti sulla fascia ellittica, anche misteriosi riferimenti astronomici che meriterebbero di essere approfonditi.

Le tre piume inserite in quello strano anello trovano anche intriganti analogie con un particolare della *Cavalcata dei Magi* di Benozzo Gozzoli che esamineremo più avanti:

Con Piero dei Medici e Lorenzo il Magnifico si passerà a tre anelli incrociati, mantenendo le piume e il motto. Ma ad un certo punto gli anelli diventeranno quattro...

 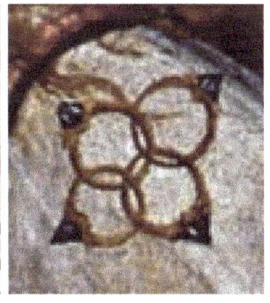

Le piume sono singolari per i loro colori, il rosso, il bianco e il verde, colori che rimandano immediatamente sia alle virtù rappresentate da Dante che ai simboli alchemici: colori che ritroviamo immutati, alcuni secoli più tardi, nella nostra bandiera italiana!

Un'altra curiosa analogia si è improvvisamente affacciata alla mia mente relativamente all'uso dei cerchi intrecciati: ancora oggi infatti li utilizziamo per rappresentarte l'unione dei continenti nelle pù importanti gare sportive: i cerchi olimpici trovano così i loro antenati negli anelli intrecciati che compaiono nell'impresa dei Medici.

Anche gli anelli medicei, contraddistinti dall'inserimento delle tre piume, volevano forse rappresentare non solo i vari passaggi dell'Opera alchemica, ma una confederazione geografica? E' forse questo il segreto significato del motto *semper* che troviamo inserito nelle immagini: una segreta alleanza politico-commerciale fra i governanti di stati o addirittura continenti diversi?

O l'ammissione di una conoscenza condivisa che da sempre si tramandava segretamente?

Questo significherebbe che non solo l'America, ma probabilmente anche l'Oceania, erano ben conosciute dai fiorentini (e dalla Chiesa!) molto prima del fatidico 1492, come dimostrato anche da antiche carte geografiche, nelle quali la Terra compare incredibilmente simile a quella attualmente conosciuta.

E come spiegare il piccolo mistero della *Universalis cosmographia*, il planisfero realizzato nel 1507 dal cartografo tedesco Martin Waldseemüller [32], con l'aiuto dell'amico poeta Matthias Ringmann, dove compare per la prima volta il nome *America*, diversi anni prima che questa venisse ufficialmente riconosciuta come un nuovo continente?

[32]**Waldseemüller** ⟨vàltʃeemülër⟩ (o *Waltsemüller*), Martin (detto in latino*Hylacomylus o Ilacomilus*). - Umanista e cartografo tedesco (Radolfzell,Württemberg, 1475 circa - Saint-Dié 1522 circa); nella carta della sua *Cosmographiae universalis introductio* (1507) diede alle terre da poco scoperte in occidente il nome di *America sive Americi terra*, riconoscendo tra i primi i grandi meriti di Amerigo Vespucci. Autore anche di una carta d'Europa (1511) e di una carta marina navigatoria (1516).
http://www.treccani.it/enciclopedia/martin-waldseemuller/
La mappa Waldseemüller del 1507, rinvenuta solo nel 1901, si trova attualmente presso la Biblioteca del Congresso a Washington DC.

Claudio Tolomeo, raffigurato in alto a sinistra, appare come il precursore della carta che si svela sotto di lui; a destra, come a raccoglierne il testimone, si trova Amerigo Vespucci.

Ma, nella parte superiore della mappa, sia il mondo conosciuto di Tolomeo che le nuove terre vengono rappresentati, in piccolo, inseriti all'interno dell'impresa dei Medici, quell'anello con il diamante piramidale disegnato anche da Leonardo da Vinci.

Forse andrebbe interpretato come un tacito ma lampante riconoscimento del ruolo avuto dal casato mediceo nei viaggi oltreoceano e della loro signoria su queste terre...

Se poi vogliamo fare anche un ulteriore collegamento visivo, non possiamo non constatare come la forma del nuovo planisfero riproduca quella del tendaggio che gli angeli sollevano nel dipinto della *Madonna del Parto* di Piero della Francesca: il sipario si apre su uno sfondo materico che mostra un reticolato geografico, riconducibile agli studi di Tolomeo.

La *rivelazione* del dipinto di Piero non è solo quella del Cristo nascente, ma la scoperta di un nuovo continente, accennato nelle sue forme proprio in quella fessura che si apre sul ventre della Vergine gravida, su un abito azzurro come le acque dell'Oceano che lo accoglie e lo nasconde, ancora per poco, alla vista.

I due angeli, di nuovo con i colori rosso e verde, esaltano la grandezza della figura centrale.[33]
Perfino la costruzione geometrica della scena è significativa, potendosi chiaramente definire entro un perimetro pentagonale!...

[33] https://www.academia.edu/9817908/
Emozioni e osservazioni davanti alla Madonna del parto di Piero della Francesca

Il dipinto però è datato approssimativamente al 1459 (e comunque non oltre il 1465)!

L'anno in questione presenta una curiosa analogia. Come detto all'inizio, oggi sono molti gli studi che mettono in dubbio il primato della scoperta di Colombo, ipotizzando una conoscenza pregressa delle terre oltreoceano. Riccardo Magnani, ad esempio, prende lo spunto da una mappa del mondo dipinta su un soffitto di Palazzo Besta a Tegli, recante la data del 1459, il cui autore si suggerisce possa essere stato addirittura Leonardo da Vinci, anche se all'epoca l'artista era ancora un bambino... Il Magnani tuttavia offre indizi credibili per affermare che lo stesso giovane Leonardo possa essere stato uno dei primi navigatori transoceanici sulle rotte per l'America, quindi la data potrebbe riferirsi non al momento della realizzazione dell'affresco, ma a quello in cui furono toccate le coste americane!

Ma a che titolo Leonardo avrebbe potuto partecipare ad una delle prime spedizioni? Come semplice passeggero, data la probabile età, o più tardi, portando un suo attivo contributo alla conoscenza di quelle rotte?

In fondo Leonardo da Vinci era ritenuto un giovannita, perciò di formazione mandea; sua madre Caterina, forse una schiava orientale proveniente dal mercato di Costantinopoli, potrebbe avergli trasmesso conoscenze di cui era portatrice; è risaputo che egli poi offrì i suoi servigi anche al sultano turco e gli stessi Medici pare lo avessero inviato in Turchia e in Egitto alla ricerca di un prezioso codice.

In particolare, sembra che egli fosse stato incaricato di reperire presso Harran il mitico *Picatrix*, un testo ermetico egizio ufficialmente scritto da Al-Magriti Maslama ma, in realtà, di origine molto antica. Si trattava del più completo trattato di magia reperibile nel medioevo, che, tradotto dall'arabo, non poteva mancare nelle biblioteche dei grandi filosofi e alchimisti rinascimentali che componevano l'Accademia Platonica fiorentina!

Nell'opera si potevano trovare gli insegnamenti per leggere il futuro, per scegliere il momento più favorevole per intraprendere delle attività, per assicurarsi le protezioni divine: essa era utilizzata anche per la creazione di potenti talismani, grazie al sapiente utilizzo delle forze e delle energie provenienti dalle stelle (i cui movimenti dovevano perciò essere ben conosciuti), come ad esempio nelle indicazioni delle regole da seguire per la creazione della *città ideale*; ma non mancavano neppure gli incantesimi di magia nera. Inutile dire che si trattava un libro maledetto per la Chiesa, che lo riteneva un testo satanico... A quanto pare, però, esso era conosciuto e utilizzato dai grandi umanisti e filosofi: Marsilio Ficino, Pico della Mirandola, Leonardo da Vinci, poi ancora da Tommaso Campanella e Nostradamus...

Non dimentichiamo che quella che oggi chiamiamo astronomia, classificandola fra le discipline scientifiche e matematiche, un tempo era strettamente legata all'astrologia, alla magia, alla divinazione e alla religione e che da essa erano fortemente condizionate tutte le azioni umane.

Tornando alla Mesopotamia e alla città di Harran, potremmo scoprire che quello era il luogo in cui, lasciata Ur, si erano anticamente insediati i Sabei, detti anche "il popolo delle Stelle".

Se la via delle Americhe era già stata tracciata da una stella, sicuramente Leonardo ne era a conoscenza... come sicuramente egli conosceva personalmente Amerigo Vespucci, tanto da raffigurarne il volto in un disegno... Coetanei, furono compagni di studi. Furono forse anche compagni di viaggio? Probabilmente sì, ed allora, in ogni caso, il Vespucci meriterebbe a pieno titolo l'attribuzione del toponimo America al proprio nome, anche se, secondo me, non fu esattamente lui, fra i componenti della sua famiglia, a toccare per primo le coste americane....

Ma se l'esistenza del Nuovo Mondo era già nota, anche se a pochi, come possiamo affermare con sicurezza che il suo nome fosse stato coniato in onore di Amerigo Vespucci in quanto, secondo la storia ufficiale, fu lui a prendere coscienza di aver toccato un nuovo continente, e che comunque approdò per primo sulla terraferma, circa un anno prima di Colombo?

Non potrebbe invece trattarsi di un'intrigante ma voluta coincidenza, se in realtà il toponimo, di origine più antica, era già di uso comune all'interno di una ristretta cerchia di persone?

E di questa cerchia privilegiata faceva parte anche Vespucci?

Pare infatti che alcuni componenti della sua famiglia, proprio intorno al 1460, guidassero una flotta fiorentina incaricata di esplorare nuovi territori[34]: tra questi anche l'America, individuata grazie alle mappe ed istruzioni arrivate in possesso dei Medici?

Possiamo ipotizzare allora che nel 1459 l'America fosse ormai conosciuta dai Fiorentini... Ma possiamo pensare che essa fosse stata raggiunta in quell'anno per la prima volta? O la spedizione era stata organizzata dopo precedenti viaggi di esplorazione compiuti da un piccolo gruppo segreto? Chi e quando, in tal caso, avrebbe potuto compiere la traversata oceanica?

Amerigo Vespucci nasce nel 1454, forse nel 1452 come Leonardo da Vinci, ma comunque sempre troppo tardi per entrambi, se volessimo attribuire loro un viaggio effettuato nel 1459 o anche precedentemente...

Eppure, ripensando al misterioso numero 72 inserito da Leonardo da Vinci sotto le arcate del ponte dipinto sulla destra dello sfondo della *Gioconda*, non posso fare a meno di riflettere che esso, oltre a rappresentare il simbolo della bellezza e della perfezione, secondo il pensiero dei pitagorici, richiama immediatamente sia i cicli del pianeta Venere, come già esposto, sia la figura del pentagono: non dobbiamo far altro che misurare gli angoli al centro di ciascuno dei cinque triangoli isosceli in cui il pentagono regolare si può suddividere: ci accorgeremo che essi misurano 72°! E ancora 72° misurano gli angoli alla base dei triangoli isosceli che si possono inscrivere nel pentagono utilizzando come base il lato del poligono, congiunto al vertice opposto...

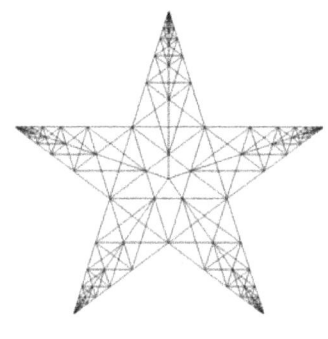

Il gioco delle geometrie potrebbe continuare all'infinito, ma ovviamente mi fermo qui, per passare ad un altro interessante aspetto dell'argomento.

La stella a cinque punte, nonché la rosa a cinque petali, sono anche simboli legati ai Rosacroce, un ordine segreto e misterioso, nato agli inizi del XV secolo, ma certamente preesistente, che vide in Leonardo da Vinci uno dei suoi maggiori esponenti rinascimentali.

---

[34] L'esistenza di questa flotta "oceanica" dei Medici viene sostenuta e documentata anche nel volume *Shardana, i Custodi del Tempo* di Leonardo Melis"

Non importa dire che una delle più importanti figure legate a questa confraternita era proprio quella di Venere!

Chissà, forse è proprio una Venere, quella Gioconda così enigmatica: è lei che detiene il segreto potere che consente di creare un ponte (naturalmente a cinque arcate!) tra due terre così lontane e diverse, tra il vecchio e nuovo mondo... Non a caso risultano eterogenei, ma soprattutto strutturati su due differenti piani, i paesaggi che si aprono nei due lati alle sue spalle!

E non a caso, allora, il numero 72 è stato tracciato sotto l'arco di quel ponte...

Robert Graves, in *"La dea bianca"*, parlando di Venere scrive:

"Il numero settantadue è legato astronomicamente alla Dea, attraverso il periodo di settantadue giorni, nel corso del quale il suo pianeta Venere si sposta successivamente dalla massima elongazione orientale alla congiunzione inferiore (il punto più vicino alla Terra) e di qui alla massima elongazione occidentale"[35]

La *Gioconda*, dipinta in età ormai matura, poteva perciò rappresentare per Leonardo la somma delle sue conoscenze, ma soprattutto il ricordo di un'esperienza eccezionale, di un'epica avventura oltre il mare che non avrebbe mai potuto raccontare, ma neppure dimenticare, che sicuramente avrebbe segnato indelebilmente tutta la sua vita! Non gli restava perciò che nasconderne piccoli indizi nelle sue opere...

Ma se il 72 indicasse piuttosto l'anno del viaggio di Leonardo?

---

[35] Robert Graves, *"La dea bianca.Grammatica storica del mito poetico"*, Adelphi, 1992

E allora, quella misteriosa *M,* mimetizzata in tanti dipinti, allude forse alla stella Merica?

Osserviamo anche il gesto delle mani di molti personaggi, con le due dita centrali unite, per lo più interpretato, a livello filosofico, come l'unione dell'elemento umano e spirituale del Cristo, ma anche riferito alle sue nozze mistiche con la Maddalena, al fine ricomporre l'unicità della creazione divina attraverso l'incontro del maschile e del femminile...

Possibile che, ad un certo punto, quel gesto fosse utilizzato anche per simboleggiare il segreto dei due emisferi, o le due Americhe, se non addirittura America e Oceania, affiancate dagli altri continenti, rappresentando così un segno di riconoscimento fra quanti condividevano, proteggevano e tramandavano queste conoscenze?

36

---

36 La Deposizione di Cristo di Agnolo Bronzino, una seconda versione della quale è visibile nella Cappella di Eleonora di Toledo, in Palazzo Vecchio a Firenze, è datata 1545. Cosimo I fece propri i simboli che erano stati dei suoi antenati, dimostrando di averne raccolto anche l'eredità spirituale e le conoscenze.

Conoscenze che ad un certo punto, dopo la fine dei templari e le difficoltà dei rapporti con l'Oriente, erano divenute solo virtuali, e che solo grazie al Rinascimento fiorentino ritornarono ad avere una opportunità di attuazione con la ripresa di viaggi oltreoceano.

Molte opere rinascimentali, spesso di oscura interpretazione, se osservate in quest'ottica assumono immediatamente un significato chiarissimo, raccontandoci una storia segreta che è sempre stata sotto i nostri occhi.

E' ad esempio il caso di un'altra opera del Botticelli, quella raffigurante *Venere e Marte*, famosi amanti della mitologia classica, che esaminerò fra poco...

Ma in che modo certe persone erano riuscite ad acquisire le conoscenze necessarie per raggiungere l'America?

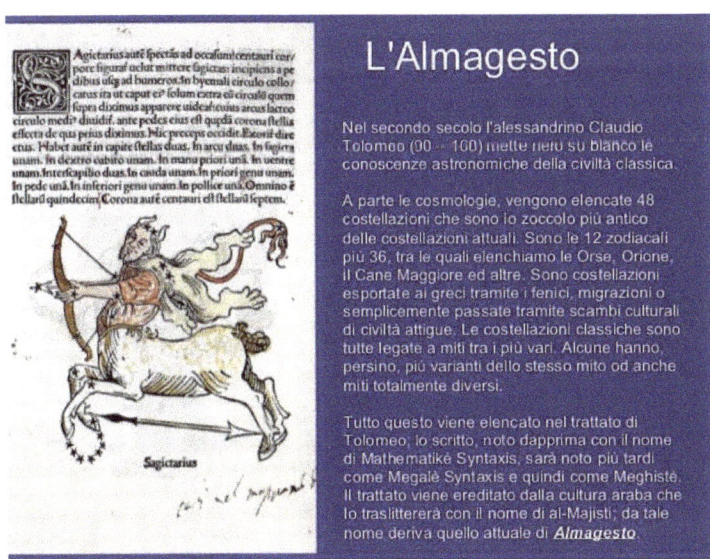

L'Almagesto

Nel secondo secolo l'alessandrino Claudio Tolomeo (90 – 100) mette nero su bianco le conoscenze astronomiche della civiltà classica.

A parte le cosmologie, vengono elencate 48 costellazioni che sono lo zoccolo più antico delle costellazioni attuali. Sono le 12 zodiacali più 36, tra le quali elenchiamo le Orse, Orione, il Cane Maggiore ed altre. Sono costellazioni esportate ai greci tramite i fenici, migrazioni o semplicemente passate tramite scambi culturali di civiltà attigue. Le costellazioni classiche sono tutte legate a miti tra i più vari. Alcune hanno, persino, più varianti dello stesso mito od anche miti totalmente diversi.

Tutto questo viene elencato nel trattato di Tolomeo, lo scritto, noto dapprima con il nome di Mathematiké Syntaxis, sarà noto più tardi come Megalè Syntaxis e quindi come Meghistè. Il trattato viene ereditato dalla cultura araba che lo traslittererà con il nome di al-Majisti; da tale nome deriva quello attuale di *Almagesto*. [37]

Sagictarius

[37] http://www.slideshare.net/JackPSevern/presentazione-costellazioni

Di Papa in Papa

Prima ho fatto riferimento ai Mandei, ai Sabei, ai Caldei, popoli dell'Asia Anteriore, successivamente stabiliti in Mesopotamia.

In realtà il termine *Caldei* (la *Caldea* corrispondeva a *Babilonia)* era sinonimo di *magi* o *maghi:* essi erano gli esperti di magia e astrologia, e rappresentavano una potente casta di sapienti che aveva grande influenza sulle decisioni dei re e quindi sul governo.. Furono loro ad iniziare a quelle conoscenze   anche il popolo di Israele!

E qui la fantasia potrebbe sbizzarrirsi, fino alle più audaci teorie di frontiera...

I Magi che si recarono ad onorare la nascita di Gesù (probabilmente seguendo proprio una particolare congiunzione della stella Merica) erano Caldei; Gesù parlava l'aramaico, come i Caldei, anch'egli quindi chiamava probabilmente il pianeta Venere con il nome di Merica.

E' il Gesù che affermava: *"Io sono la Via, la Verità, la Vita".*

A quale *Via* si riferiva? Solo a quella dello spirito verso Dio, o forse anche ad una *via* molto più terrena della quale custodiva il segreto?

A quale *Verità*? Oltre alla Sapienza divina, Gesù deteneva forse la conoscenza della geografia e della storia antica del mondo? Se sì, essa venne trasmessa ai suoi discepoli?

E' questa conoscenza segreta che i templari scoprirono sotto il Tempio di Gerusalemme? Oppure essi ne vennero in possesso per altra strada?

Le connessioni potrebbero essere molteplici, tutte di grande suggestione, e naturalmente l'immaginazione galoppa...

Poniamo l'ipotesi che Gesù avesse trasmesso i suoi saperi alla discepola preferita, Maria Maddalena di Magdala, o che essa stessa ne fosse stata la custode, data la sua presunta origine di sacerdotessa, e li avesse registrati scrivendoli nel suo Libro, il tanto discusso *Vangelo segreto* della Maddalena, quello che tiene gelosamente stretto nei quadri che la ritraggono...

Forse è questo il motivo per cui esso era così desiderato? E' anche uno dei motivi per cui la Chiesa ha sempre tentato di oscurare la figura della Maddalena?

Allora il segreto di Merica potrebbe essere arrivato in Europa non sulle navi templari, e neppure tramite gli ambasciatori cinesi in visita al doge di Venezia, o attraverso Marco Polo, o celato fra i preziosi documenti di antica saggezza orientale portati dai bizantini al Concilio di Firenze del 1439, bensì nella piccola imbarcazione fenicia che trasportò Maria Maddalena sulle coste francesi.

I Catari, i Templari e poi i d'Angiò erano entrati in possesso di questo libro?

Ed ecco che la sanguinosa crociata contro i Catari e poi la feroce persecuzione dell'ordine del Tempio da parte dell'ambizioso Filippo il Bello e del papato, potrebbero assumere contorni molto più definiti, se motivate anche dal desiderio di predominio su un nuovo continente che si sapeva prodigo di enormi ricchezze, e quindi dalla spietata caccia alle segrete mappe o conoscenze indispensabili per superare le insidie dell'oceano.

Ma poniamo che gli Angioini, da sempre profondamente legati alla figura della Maddalena, spostandosi a Napoli avessero lì trasferito segretamente anche quelle reliquie e i preziosi documenti dai quali non avrebbero mai pensato di separarsi...

Quando Renato d'Angiò, cacciato da Napoli da Alfonso d' Aragona, fu accolto con tutti gli onori in una Firenze in grande fermento culturale e commerciale, in un periodo che coincideva con la conclusione del Concilio fiorentino voluto da Cosimo il Vecchio, cosa potrebbe aver portato con sé di tanto importante, per guadagnarsi l'amicizia e l'appoggio politico ed economico dei Medici? Forse una copia dei libri ermetici e sapienzali? O forse il segreto, a lungo inseguito anche dalla Chiesa, delle rotte per l'America? Intendeva in tal modo invitare i Medici a riprendere quelle vie d'acqua, sperando di divenire partecipe di futuri guadagni che gli avrebbero consentito di intraprendere una nuova scalata politica?

38

E' in quel famoso 4 luglio del 1442, illustrato nel cielo delle cappelle Medici e Pazzi, che il libro venne portato a Firenze, avviando così i viaggi fiorentini di conquista, nei luoghi già visitati dai templari, ma dei quali si era perduta la mappa?

———————

38 Prima metà del XV secolo. Affresco della volta celeste dell'emisfero boreale dipinto da Giuliano d'Arrigo (detto il Pesello) nella *Sagrestia vecchia* della chiesa di San Lorenzo a Firenze. Si dice che l'artista abbia seguito le indicazioni dello scienziato e astronomo Paolo dal Pozzo Toscanelli.

39

Quella data potrebbe tuttavia rappresentare addirittura il successo di una prima spedizione, il giorno in cui la segreta flotta fiorentina fece approdo in America, appoggiata da un papa veneziano, Eugenio IV.

Nel 1431 Cosimo il Vecchio e il fratello Lorenzo, a seguito di lotte tra fazioni, erano stati esiliati da Firenze ed avevano trovato, con il loro seguito tra cui gli artisti Michelozzo e Pollaiolo, una sontuosa ospitalità a Padova e a Venezia, con la quale era già in essere un'alleanza politica e commerciale. Proprio da Venezia, Cosimo riorganizzò il suo ritorno in patria e pose le basi per il futuro concilio di Firenze. Nel 1434 rientrò infatti nella sua città, dove da poco aveva trovato rifugio anche papa Eugenio IV, costretto a fuggire da Roma dopo aver osteggiato il Concilio di Basilea e le grandi famiglie romane.

---

[39] Cupola affrescata della Cappella dei Pazzi, nel complesso della Chiesa di Santa Croce a Firenze. Anche questa volta stellata, come la precedente, rappresenta i transiti del cielo relativi al 4 luglio 1442.

E' di questo periodo la lotta contro i Visconti, che vide appunto alleate la repubblica di Venezia e quella di Firenze. E' a Firenze che, nel 1439, venne trasferito da Ferrara il nuovo Concilio, aperto ai rappresentanti dell'Impero e della Chiesa Ortodossa d'Oriente, che portarono in dono preziosi testi creduti perduti e antiche carte geografiche.

Al Concilio di Ferrara-Firenze partecipò anche il genovese (nato a Fivizzano, in Lunigiana) Tomaso Parentucelli, che dal 1447 al 1455 occupò il trono pontificio con il nome di Nicolò V.

A Firenze egli aveva coltivato la propria formazione umanistica, frequentando i circoli neoplatonici e stringendo con i loro membri importanti rapporti di amicizia. A Roma venne considerato un papa di grande cultura ed è ricordato come il fondatore della Biblioteca Apostolica Vaticana.

Insensibile agli studi umanistici pare che fosse invece il suo successore Callisto III, appartenente alla famiglia Borgia e strettamente legato alla corona aragonese. Il suo pontificato durò 3 anni, fino al 1458, quando divenne papa il senese Enea Silvio Piccolomini, Pio II, che inaugurerà una politica assolutista del papato.

Gli successe nel 1464 un altro veneziano, papa Paolo II, che morì nel 1471 per una strana indigestione di melone, lasciando il trono di Pietro a Sisto IV. Fu quest'ultimo che si alleò con la famiglia fiorentina dei Pazzi per organizzare il complotto del 1478, nel quale rimase ucciso Giuliano de' Medici, fratello di Lorenzo il Magnifico.

A questo punto sicuramente i viaggi segreti in America erano ormai divenuti una consuetudine per le navi fiorentine e, con la famosa congiura, i Pazzi intendevano soprattutto liberarsi del monopolio sull'oceano esercitato dai Medici, dei quali erano stati fino ad allora alleati.

E' ancora in corso, tuttavia, la controversia relativa al ruolo avuto, nella scoperta dell'America, dal genovese Giovanni Battista Cybo, divenuto, nel 1484, papa Innocenzo VIII. Egli scelse come consigliere proprio Lorenzo de' Medici, con il quale nel 1488 stabilì pure un'alleanza familiare grazie al matrimonio del figlio illegittimo, Franceschetto Cibo, con Maddalena, figlia di Lorenzo, e alla nomina cardinalizia di Giovanni, il figlio tredicenne del Magnifico, che sarebbe divenuto papa Leone X.

Sulla tomba di Innocenzo VIII[40], nonostante la sua morte sia avvenuta nove giorni prima della partenza di Cristoforo Colombo, si legge: *"Novi orbis suo aevo inventi gloria"* *("Durante il suo regno la gloria della scoperta del Nuovo Mondo")*.

Ma, a pensarci bene, la cosa non dovrebbe destare troppa meraviglia, in quanto l'iscrizione era stata decisa proprio dal pontefice ancora in vita...

Forse, alla vigilia dell'impresa di Colombo, egli aveva concordato con i Medici di rendere pubblica la notizia dell'esistenza del continente americano, al fine di assegnarne ufficialmente la potestà al casato fiorentino, in un momento di forte pressione a causa dell'espansione aragonese. Ma la morte l'aveva sorpreso (?), a pochi mesi di distanza da quella di Lorenzo, prima che potesse attuare il proposito di notifica. Unica testimonianza rimase perciò l'epitaffio sul suo monumento funebre![41]

La fine del pontificato di Innocenzo VIII, avvenuta il 25 luglio del 1492, segnò comunque la linea di demarcazione tra i viaggi fiorentini in America e la sua scoperta ufficiale ad opera di Colombo.

---

[40] Il bellissimo monumento funebre in bronzo, tuttora visibile nella Basilica di S. Pietro venne realizzato da Antonio del Pollaiolo.

[41] Una teoria proposta da Ruggero Marino, invece, ipotizza che papa Innocenzo VIII avesse favorito il viaggio di Cristoforo Colombo, ritenuto suo figlio illegittimo.

Ma quando, allora, le prime navi toscane toccarono le coste del Mondo Nuovo?

I suggerimenti offerti dalle diverse testimonianze pittoriche, definirebbero approssimativamente il periodo, contenendolo tra il 1442 e il 1464.

Si potrebbe però ipotizzare che l'interesse fiorentino per le prime traversate oceaniche fosse iniziato ancor prima, con il favore dell'antipapa Giovanni XXIII, morto a Firenze nel 1419 (e sepolto nel Battistero di S. Giovanni) sotto la protezione di Cosimo, che aveva sborsato un'ingente somma per la sua liberazione dalla prigionia decretata dal concilio di Costanza[42].

Vi sono vari elementi che ricollegano Giovanni XXIII all'estinto Ordine dei Cavalieri Templari ed egli avrebbe potuto essere il depositario dei loro segreti. Nato nel Castello d'Ischia, Baldassarre Cossa era imparentato con il casato angioino e si dice che fosse stato uomo d'armi e di mare prima che di chiesa, tanto che gli furono anche attribuite attività piratesche... Ma questa, forse, è un'altra storia!

In realtà, risalendo nel tempo in cerca di indizi che ci parlino della conoscenza di un'America precolombiana, vedremo che i primi umanisti hanno aperto la strada alle conoscenze necessarie per i grandi viaggi, mentre i più grandi artisti rinascimentali, ben prima di Colombo, ci hanno "illustrato" una storia mai comparsa sui libri, ma che essi hanno evidentemente vissuto, testimoniandola poi attraverso un linguaggio simbolico che pareva avere come comune chiave di lettura la figura di Venere...

---

[42] Baldassarre Cossa era divenuto papa, o meglio antipapa, nel 1410. Osteggiato dala Chiesa, nel 1414 si recò al Concilio di Costanza : ad accompagnarlo c'erano Leonardo Bruni e Poggio Bracciolini. La sua tomba, nel Battistero di S. Giovanni a Firenze, venne realizzata da Donatello e dal Michelozzo.

La "Venere" fiorentina e la "Venere" ligure

Il divino femminile, nella Firenze rinascimentale, era rappresentato dalla bellezza di Simonetta Cattaneo.

Nella sua acconciatura il Botticelli non esita ad inserire le tre piume, a dimostrazione dello stretto rapporto che intercorre tra lei e la famiglia dei Medici; così come le cinque grosse perle che scendono in direzione della fronte rimandano immediatamente alla simbologia di Venere.

Ultima figlia di una potente famiglia genovese[43], Simonetta era nata nel 1453 nella bella casa di Fezzano, nel Golfo di Lerici.

Il Poliziano, nelle sue *"Stanze per la Giostra di Giuliano de' Medici"*, farà parlare la fanciulla con questi versi:

"Meraviglia di mie bellezze tenere
non prender già, ch'io nacqui in grembo a Venere" .

Fezzano è infatti un piccolo centro situato in prossimità di Portovenere, in quello spicchio di luna sull'acqua rappresentato dal *golfo di La Spezia*, un tempo *di Luni*, chiamato anche *Golfo di Venere* perché delimitato alle due estremità dai promontori di Lerici, dove sorgeva il tempio di Venere Ericina (Erice era un figlio di Venere, sconfitto da Ercole), e il promontorio di Portovenere.

---

[43] Simonetta era nata dai Nobili genovesi Gaspare Cattaneo della Volta e Catocchia Spinola de Candia. La madre aveva sposato, in un precedente matrimonio, Battista I Fregoso, dal quale aveva avuto un'altra figlia Battistina, che aveva sposato il duca di Piombino Jacopo III Appiano. Probabilmente fu proprio a Piombino, dove i Cattaneo erano esiliati e Piero Vespucci si recava spesso, che furono presi gli accordi per le nozze della giovanissima Simonetta con suo figlio Marco. Il matrimonio fu celebrato sfarzosamente nell'aprile 1469.

Intrigante il luogo e anche il toponimo della località, che richiama immediatamente la stella in questione: ma perché *Portovenere*?

In ricordo di un antico tempio dedicato alla dea Venere (al cui posto fu edificata sulla punta del promontorio la piccola chiesa di San Pietro?), oppure proprio perché dal golfo di Lerici si protendeva verso l'Occidente, in direzione del pianeta Venere, o stella Merica? Invano si era tentato di attribuire il nome a san Venerio, vescovo di Lucca.

Non stupisca poi la vicinanza di un'altra profonda insenatura sul mare, denominata *Baia delle Grazie*!

Di fronte a Portovenere, sulla piccola isola Palmaria, pare sorgesse un ulteriore tempio in onore di Venere...

44

Ed è suggestivo proporre un nuovo accostamento con il profilo del mantello che la Primavera offre alla Venere nascente del Botticelli, ma questa volta confrontandolo proprio con i contorni dell'isola

---

44 Carta del Golfo di Spezia disegnata sotto la direzione di Carlo e Luigi Mezzacapo
Tratta da: Atlante Geografico dell'Italia - Milano, Francesco Vallardi Editore, 1868.

Palmaria, in quella parte che fronteggia il passaggio che immette nella Baia di Portovenere...

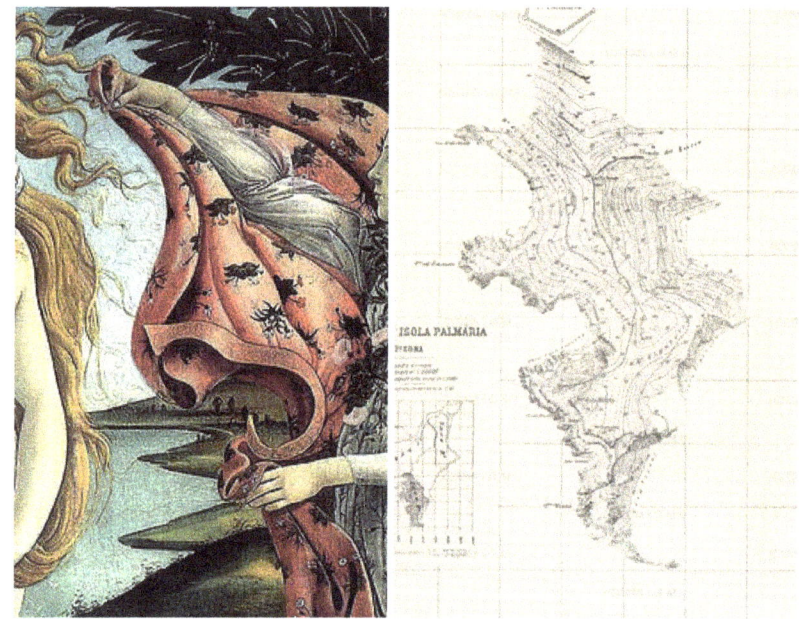

Da Venere Simonetta aveva ereditato una bellezza speciale, così, quando giovanissima si trasferì a Firenze, come sposa di Marco Vespucci, si racconta che subito Giuliano de' Medici si innamorò di lei e il Botticelli la elesse sua musa ispiratrice per rappresentare la dea della bellezza nei suoi dipinti!

Ma il ruolo di Simonetta nella politica medicea fu sicuramente meno etereo!

Essa aveva portato in dote lo sfruttamento di ricche miniere di ferro dell'Elba; il suocero, Piero Vespucci, era un facoltoso banchiere fiorentino, collaboratore e ambasciatore di Lorenzo dei Medici, e cugino del più noto Amerigo!

La sua effigie, comunque, andò a rappresentare l'icona di Venere, sia intesa come stella lucente, sia come allegoria dei viaggi verso l'America, sia, ancora, come indicazione geografica della sua terra d'origine, Portovenere, dalla quale quei viaggi prendevano il largo...

In epoca rinascimentale infatti, grazie anche all'appoggio della famiglia Cattaneo, le prime esplorazioni fiorentine verso l'America partirono, probabilmente, proprio da Portovenere.

Ma andiamo a scoprire un po' di storia di questa località:
Portovenere era già utilizzata in età romana come porto ideale per le navi dirette verso la Gallia e la Spagna, ma si riferisce che la più antica segnalazione di *Lerici e Portovenere* come importanti attracchi nel tratto di mare tra Genova e Pisa si trovasse addirittura nella *Geografia* di Claudio Tolomeo![45]
Il Repetti[46] ci dice di considerare *Portovenere l'ultimo paese occidentale (...) compreso nell'antica Etruria, piuttosto che nella Liguria, cui da più secoli esso appartiene (...), e che, senza far caso dell'edizione latina della Geografia di Tolomeo, dove furono interpolati molti luoghi, fra i quali Porto Venere, questo paese trovasi la prima volta per avventura rammentato in una lettera del Pontefice Gregorio Magno a Venanzio vescovo di Luni.*
Ci informa altresì che *la sua cala a guisa di porto è vasta, quietissima e sicura dalle tempeste, essendo difesa verso maestrale e ponente dal promontorio di Portovenere, mentre dirimpetto a ostro e scirocco ha vicina l'isola della Palmaria.*

Storicamente inserito nell'orbita politico commerciale di Genova, il golfo di Spezia delimitava il confine fra le potenze genovese, pisana e fiorentina. Nel XIII secolo Portovenere era contesa tra Pisa (che considerava il golfo quasi come un prolungamento della propria città) e Genova, la quale, grazie all'aiuto dei Fiorentini e dei Lucchesi, ebbe la meglio e rinforzò le fortificazioni del golfo di Spezia, utilizzando il castello di Lerici come baluardo di difesa dai Pisani.
Questo non impedì tuttavia a Pisa *di servirsi dell'opera degli abitanti di Portovenere per la costruzione di navigli (...). Difatti gli uomini di*

---

[45] *Mémoire sur le Golfe de la Spezia par le comte de Chabrol De Volvic: Conseiller d'Etat , Prèfet de la Heine. Paris 1824. / Osservazioni geognostiche e mineralogiche sopra i monti che circondano il Golfo della Spezia di Girolamo Guidoni. Genova 1828.*, in Antologia Viesseux N° 105, Settembre 1829

[46] Emanuele Repetti, *Dizionario Geografico Fisico e Storico della Toscana, vol. 4,* Firenze 1841

questo paese si segnalorono in tutti i tempi per la perizia de'piloti, e pel coraggio de'suoi marinari.
Fa poi fede della maestria de'Portoveneresi nel maneggio de'navigli un decreto del senato di Genova del 14 dicembre 1289, donde risulta che il principale scopo di quegli abitanti riducevasi alla navigazione ed alla mercatura di mare; al quale effetto furono concedute loro varie esenzioni e privilegi nei porti delle isole di Corsica e di Sardegna, come anche in quelli delle due Sicilie.

All'inizio del XIV secolo si accesero i conflitti tra Genova e il casato dei Visconti e anche Spezia e la Lunigiana furono coinvolte nelle scorrerie che ne conseguirono. Nel 1411 Portovenere diventò possedimento di Firenze, che acquisì anche i castelli di Lerici, Sarzanello e Falcinello, più altri borghi si erano schierati volontariamente sotto il governo fiorentino, dietro il pagamento di una discreta somma mensile:
"La Signoria di Firenze sotto il terzo gonfalonierato di Rinaldo Rondinelli, nell'ottobre dell'anno 1411, risolvè di accettare la sottomissione degli uomini di Portovenere che con le sue fortezze si erano dati alla Repubblica fiorentina, la quale promise durante le differenze che vertevano fra essa ed i Genovesi, di pagare ai Portoveneresi 320 fiorini d'oro il mese. – (AMMIR. Stor. Fior. Lib. XVIII.)
Quindi nel novembre dell'anno stesso 1411 fu mandato a Portovenere a pigliarne possesso Jacopo Gianfigliazzi uno de'Dieci di Balia, cui sottentrò nel marzo del 1412 Francesco Baldovinetti, entrambi cittadini di Firenze.
Ma i Genovesi, non potendo sopportare che i Fiorentini avessero a tenere Portovenere, vi andarono con armata di mare e con soldatesca per forzarlo a rendersi; però trovati gli abitanti ed i soldati de'Fiorentini non meno ostinati che valorosi a difendersi, dovettero i primi partirsene con loro vergogna e danno. In luogo poi del Baldovinetti nel maggio successivo fu inviato dalla Signoria di Firenze a quel governo Andrea Gargiolli figlio di Nardo notaro da Setignano quello stesso che 5 anni innanzi mostrò valentia in qualità di ammiraglio delle galere e fuste della Repubblica fiorentina."

Con un trattato firmato a Lucca nel 1413, però, Portovenere con tutte le fortezze e i castelli fu restituita al Comune di Genova:

"*Finalmente nel trattato di Lucca del dì 27 aprile 1413 uno de'suoi capitoli diceva: -che i Fiorentini dovessero restituire al Comune di Genova Portovenere con tutti i suoi castelli, fortezze e territorio ogni qualvolta dai Genovesi fosse stata data sicurtà di pagare ai primi nel termine di 4 mesi 8400 fiorini d'oro a un circa ch'essi avevano spesi nell'acquisto di questo luogo; e altri 1200 fiorini per il castello di Sarzanello. In secondo luogo che fosse in facoltà de'Fiorentini di cavare dalle rocche di Portovenere, di Sarzanello e di Falciunello le munizioni, vettovaglie e armamenti che eglino vi avevano messo; 3°. che qualunque abitante di quei tre luoghi, e ancora di Lerici fossero liberati da ogni bando e condannagione, non esclusa quella di lesa maestà, accordando ad essi l'arbitrio di andare e stare dove più loro piacesse, oltre la restituzione dei beni confiscati.-*

In conseguenza di questo trattato la Signoria di Firenze deliberò che a quei di Lerici e di Portovenere venuti ad abitare nello stato pisano o fiorentino fossero consegnati tanti terreni del Comune in guisa che ciascuno di essi potesse vivere con quelli. (RIFORMAG. DI FIR., e AMMIR. località citata).

Verso il 1442 il castel di Portovenere fu dato dai Genovesi in custodia alle genti di Alfonso d'Aragona re di Napoli, che vennero poi cacciate di là dal popolo, il quale riconsegnò il paese alla Repubblica di Genova. Ciò sembra rilevarsi da una capitolazione fatta In Genova nel dì 11 dicembre del 1444 fra i sindaci del Comune di Portovenere ed il doge Raffaello Adorno, mercé la quale gli uomini di detto luogo vennero esentati per dieci anni da ogni gravezza tanto reale come personale per l'oggetto di essersi valorosamente svincolati dalle forze del re Aragonese, e dati liberamente alla repubblica."

I Genovesi nel frattempo avevano concesso a Firenze l'uso del porto di Livorno, che i Fiorentini acquistarono poi nel 1421, incrementando considerevolmente i propri commerci marittimi e creando a tal fine il *Consolato del Mare*.

Nel 1450 i Milanesi acclamarono come loro signore Francesco Sforza, il quale era sostenuto dai Fiorentini. Si creò infatti una Lega tra Milano, Firenze e Genova.

Tra il 1458 e il 1461 Genova fu posta sotto il governo angioino e nuovamente coinvolta nella guerra contro gli Aragonesi regnanti a Napoli; ma il popolo si ribellò contro i francesi, tornando alleata fedele del ducato di Milano sotto gli Sforza, che ne acquisì il completo dominio dal 1463.

Il golfo di Spezia fiorì di vita e di arti nel periodo sotto Galeazzo e Ludovico il Moro, il quale rinforzò le sue strutture difensive per fronteggiare la fortezza fiorentina di Sarzana e lo dotò di una potente flotta.

Anche Firenze infatti si era interessata alla conquista di quelle terre e nel 1468 aveva acquistato da Lodovico Fregoso alcune località della Lunigiana, tra cui appunto la fortezza di Sarzana e Sarzanello.

Non dimentichiamo poi che dal 1447 al 1455 fu papa Niccolò V il sarzanese Tommaso Parentucelli, uomo di grande cultura e vicino ai Medici[47]. Era stato il primo vescovo della diocesi di Luni-Sarzana, è presumibile perciò che all'epoca potesse aver favorito l'accesso di Firenze alla Lunigiana e ai porti limitrofi.

48

Nel 1476, dopo l'assassinio di Galeazzo Sforza, a Spezia scoppiò una rivolta popolare contro i congiurati milanesi, guidata dai fratelli Gaspare e Baldassarre Biassa, i quali però si rifiutarono di abbattere le fortificazioni e, al ritorno degli Sforza, furono reintegrati al comando rivestendo importanti cariche alla Spezia e in Lunigiana.

Intanto Firenze aveva acquistato anche Fivizzano e la Verrucola.

Nel 1479 Sarzana fu ripresa da Agostino Fregoso (con l'aiuto di Ruberto Sanseverino), che la vendette ai genovesi nel 1484. I fiorentini, con il generale Guicciardini, si mossero per riconquistarla

---

[47] Tommaso Parentucelli, prima dell'elezione al papato, aveva vissuto per alcuni anni a Firenze come precettore presso le famiglie Strozzi e Albizzi, entrando in contatto con i più importanti umanisti del tempo. Trasferitosi a Bologna per studiare teologia, vi aveva conosciuto anche Leon Battista Alberti. Durante il Concilio di Firenze si distinse per i suoi interventi dotti. Quando, nel 1453, Costantinopoli cadde definitivamente in mano ai Turchi, egli accolse i più eminenti fuggitivi bizantini.

[48] Stemma della città di Sarzana

e va annotato che anche da Pescia furono inviati dei soldati sotto il comando di Niccolao d'Antonio di Stefano Honesti (o Onesti). Teniamo a mente il nome di questa famiglia, perché la ritroveremo fra poco... [49]

Il piccolo golfo ligure era molto importante per i mercanti: esso rappresentava una sorta di porto franco, in quanto soltanto lì le piccole navi da carico che trasportavano merci ed entravano a Portovenere per farne denuncia, erano esentate dal pagamento delle gabelle genovesi; per questo motivo il porto era utilizzato anche dai pirati che vi attraccavano per vendere al mercato nero i loro bottini.

Nel XV secolo il porto di La Spezia era così divenuto l'approdo preferito dei pirati. Quando, verso la metà del 1400, Genova si era schierata contro il governo di Alfonso d'Aragona a Napoli, essa aveva tentato di ostacolare l'espansione aragonese (e quella fiorentina) anche facendo ricorso ad azioni di pirateria:

"Ha dato gran nome a Portovenere il corsaro Bardella che visse nel secolo XV, e del quale si racconta che, durante la guerra de'Genovesi coi Fiorentini, egli dava continue vessazioni a questi ultimi predando tutti i legni mercantili che incontrava nel mare Tirreno."

Agli inizi del 1500, però, il Bardella era già passato al soldo dei Fiorentini, come ci testimonia anche il Sismondi:

"I fiorentini avevano il 25 di agosto preso al loro soldo un Bardella, corsaro di Porto Venere, il quale per la paga di sei cento fiorini al mese, obbligavasi a chiudere la foce dell' Arno con tre piccoli vascelli"[50]

I Fiorentini infatti utilizzarono anche questo mezzo nella guerra contro Pisa, che era sotto la protezione dei regnanti di Spagna e Francia.

---

[49] Troviamo spesso il nome degli Onesti legato ad eventi bellici o diplomatici. Il periodo della Congiura dei Pazzi coincise con disordini militari volti alla riconquista della Lunigiana da parte di Genova, schierata con Napoli e il Papato, contro Firenze, Venezia e Milano. A seguito della congiura venne impiccato l'arcivescovo di Pisa Salviati, fornendo a papa Sisto IV l'occasione per muovere guerra a Firenze. Quando l'esercito pontificio entrò in Valdarno, facendo molti danni, i Fiorentini inviarono il loro: erano presenti anche i soldati pesciatini guidati da Silvestro di Francesco Honesti.

[50] Jean-Charles-Léonard Simonde Sismondi, *Storia delle repubbliche italiane dei secoli di mezzo*, Volume 13, 1832

Benedetto Dei[51], nella sua *Cronica Fiorentina*, ricorda anche le imprese del temuto pirata greco-genovese Giuliano Gattilusio, del quale si ricordano le imprese legate all'isola di Chios e alla guerra dell'allume, prodotto estremamente importante per i numerosi utilizzi a cui si prestava. Durante le azioni nei pressi di Chios venne attaccata anche una nave del papa.

Nel 1457 il doge di Genova Pietro Campofregoso aveva assoldato Giuliano Gattiluso, ponendolo a capo di una piccola ma potente flotta che aveva il compito di scortare le navi genovesi nelle acque del Mediterraneo, proteggendole in particolare dagli attacchi dei corsari catalani e garantendo l'arrivo delle merci nei porti di Genova e Savona. Durante alcune azioni in mare, il pirata si impadronì di una nave castigliana, che condusse a Savona, creando non pochi problemi diplomatici che mettevano a rischio un già precario equilibrio nelle relazioni tra la Castiglia e il governo ligure.

Nel 1464 il Gattilusio risultava essere anche nei favori dello Sforza, che l'aveva fornito di uno speciale salvacondotto [52].

Viene allora da chiedersi se le azioni di pirateria non fossero utilizzate dai Medici e dagli Sforza anche in seguito, dopo la scoperta ufficiale dell'America, per disturbare i commerci marittimi dei regni Spagnoli e Portoghesi che avevano tramato contro la città toscana e i suoi alleati riuscendo non solo ad impadronirsi delle rotte sull'oceano e della signoria sulle Americhe, ma togliendo loro, cancellandone anche la memoria, la gloria della scoperta!

Sull'oceano i pirati posero una loro base nelle Azzorre, ma sarebbe interessante scoprire se anche i pirati dei Caraibi divenuti famosi come la loro isola *Tortuga*, non fossero ai loro esordi organizzati e protetti proprio da Firenze... Una misera rivincita contro i galeoni che solcavano quelle acque?

---

[51] Benedetto Dei (1418-1492) è un altro personaggio enigmatico e controverso della storia fiorentina rinascimentale. Artigiano, mercante, politico, uomo di cultura, ricoprì varie cariche diplomatiche per conto dei Medici presso le corti europee e trascorse lunghi periodi in viaggio per terre lontane, per cui esistono periodi per i quali non ci sono notizie. Nella sua *Cronica* riporta le memorie di alcuni suoi viaggi, soprattutto in Oriente, e informazioni sulla storia e l'urbanistica di Firenze. Con alcuni personaggi chiave di questo periodo condivide l'anno di morte: si spense infatti a Firenze il 28 agosto del 1492 e si trova sepolto nella cappella di famiglia in S. Spirito. Il Ghirlandaio lo raffigurò dietro l'altar maggiore in S. M. Novella, insieme ad altri eminenti fiorentini.

[52]Enrico Bassi, *Pirati e pirateria nel Mediterraneo medievale: il caso di Giuliano Gattilusio* [A stampa in Praktika Synedriou "Oi Gatelouzoi tì s Lesbou", 9-11 septembríou 1994, Mytilini, a cura di A. Mazarakis, Atene 1996 ("Mesaionikà Tetradia", 1), pp. 343-371 © dell'autore - Distribuito in formato digitale da "Reti Medievali"]

Abbiamo visto, da quanto esposto precedentemente, che Portovenere e il Golfo di Spezia erano contese fra le varie potenze, ma che la presenza e l'influenza di Firenze erano costanti.

Abbiamo altresì registrato l'abilità degli abitanti non solo nell'arte della navigazione, ma anche nella costruzione di solide imbarcazioni in grado di affrontare lunghi viaggi.

Abbiamo posto l'accento sulla posizione favorevole e riparata dell'insenatura, considerata un approdo privilegiato anche dai testi antichi, e sui particolari privilegi di cui godevano i mercanti che scaricavano lì le loro merci.

Si comprende quindi come essa avesse potuto rappresentare il luogo ideale per allestire una flotta in procinto di affrontare l'oceano in direzione dell'America...

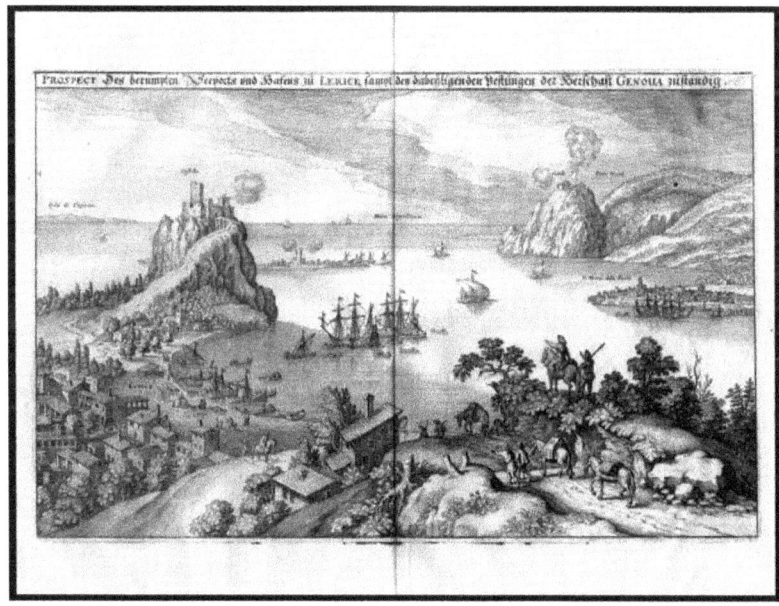

53

Dalla Baia delle Grazie, nel golfo di Spezia, navigando attraverso il corridoio d'acqua delimitato dal promontorio di Portovenere e dall'isola Palmaria, le navi dei Fiorentini, insieme agli alleati, tra cui lo Sforza, si dirigevano verso le mitiche Colonne d'Ercole e, superatele, risalivano le coste del Portogallo facendo tappa, come

---

53 Veduta del golfo di Lerici, in "*Topographia Italiae...*" di Mattheus Merian, pubblicata a Francoforte nel 1688.

suggerisce Mauro Marrani[54], in Galizia, in prossimità di Santiago di Compostela; in un luogo perciò perfettamente allineato ad est di Portovenere e legato alla dea dal simbolo della conchiglia, che è anche il segno distintivo dei pellegrini del Cammino... Lì avrebbero potuto prepararsi ad affrontare il lungo viaggio sull'oceano, prendendo il largo ancora una volta verso est, seguendo le apparizioni della stella Merica. Volendo evitare di costeggiare l'Africa, si poteva puntare infatti in direzione delle Isole Azzorre, situate quasi a metà del percorso, in direzione di Terranova, che offrivano la possibilità di una tappa intermedia, prima di affrontare il tragitto più lungo e rischioso che avrebbe consentito ai navigatori di raggiungere le coste americane.

Flores, ricchissima di acque dolci, era l'ultimo avamposto occidentale: non ancora colonizzata dai Portoghesi, fu più tardi utilizzata come base dai pirati che assaltavano i Galeoni sulle rotte commerciali con l'America Centrale e il Brasile.
Fu proprio questa l'isola utilizzata come base dai Fiorentini e rappresentata con Flora?
Accanto a *Flores* si trova anche l'isoletta denominata *Corvo.* Il toponimo potrebbe ricondurci alla figura emblematica di Mattia

54 Mauro Marrani, *Firenze alla scoperta dell'America*, ed. Firenze Libri, Firenze, 2014

Corvino, re d'Ungheria dal 1458 al 1490, umanista, mecenate e bibliofilo, famoso per la sua ricca e preziosissima biblioteca[55]. Il Corvino intrattenne rapporti culturali e politici con le corti italiane, in particolare con quella estense, avendo sposato Beatrice d'Aragona, la sorella di Eleonora, sposa del duca Ercole I d'Este. Anche i rapporti con Firenze erano intensi, testimoniati dai numerosi codici presenti nella biblioteca corviniana, copiati da opere classiche per mano di amanuensi e miniatori fiorentini (la maggior parte).

Molti artisti ed artigiani fiorentini lavoravano per il re Mattia o venivano chiamati alla corte di Buda; perfino Lorenzo il Magnifico si doleva che anche a Firenze i migliori copiatori e miniaturisti toscani fossero stati monopolizzati dal Corvino e alla sua morte scrisse in una lettera al figlio: *"Il re d'Ungheria è morto, ci sarà abbondanza di copisti"*.

Ma oltre ai rapporti culturali, quali altri interessi potevano aver legato a Firenze il Regno d'Ungheria? (Mattia Corvino tenne imprigionato per oltre 12 anni nel suo castello il Principe Vlad III di Valacchia, meglio conosciuto come Dracula, altro emblematico personaggio che pare aver frequentato la corte fiorentina, tanto che alcuni studiosi ritengono sia stato rappresentato fra i personaggi della *Cavalcata dei Magi* di Benozzo Gozzoli).

Uscendo da tale divagazione, vale a questo punto ricordare che le Azzorre, la cui scoperta ufficiale si fa risalire al 1427 ad opera del Portogallo, compaiono invece per la prima volta proprio nell'Atlante Mediceo del 1351!

Inoltre il ritrovamento, su alcune di queste isolette, di reperti antichissimi e monete cartaginesi fa supporre precedenti insediamenti e ha suggerito ai ricercatori che proprio esse fossero le antiche *Isole Fortunate*.

Le Azzorre rappresentavano, secondo le teorie più accreditate, quanto rimaneva della mitica *Atlantide*, conosciuta nel passato e ritenuta appunto la terra intermedia prima di un enorme continente:

---

[55] Di lui dice il Sardi: «Dilettandosi di lettere, conversò famigliarmente con Giovanni da Monteregio, Jacopo Furnio genovese, et Giovanni Manardo ferrarese: et fece in Buda la Bibliotheca di rarissimi libri portati di Costantinopoli. Donò l'arma del suo regno a Borso da Correggio... Con costumi italiani mitigò la ferocia, et crapula ungarica... Si cognominò Corvino per mostrarsi per origine Romano: et talmente in pompa regale (fu tra) gli altri Re, che Mahometa lo disse solo esser degno di quella appellatione».
in: AAVV, *NEL SEGNO DEL CORVO, libri e miniature della biblioteca di Mattia Corvino re d'Ungheria (1443-1490)*, Il Bulino edizioni d'arte, 2002

"Perché dicono le scritture come la vostra città distrusse un grande esercito, che insolentemente invadeva ad un tempo tutta l'Europa e l'Asia, movendo di fuor dell'Oceano Atlantico. Questo mare era allora navigabile, e aveva un'isola innanzi a quella bocca, che si chiama, come voi dite, colonne d'Ercole. L'isola era più grande della Libia e dell'Asia riunite, e i navigatori allora potevano passare da quella alle altre isole, e dalle isole a tutto il continente opposto, che costeggiava quel vero mare. Perché tutto questo mare, che sta di qua dalla bocca che ho detto, sembra un porto d'angusto ingresso, ma l'altro potresti rettamente chiamarlo un vero mare, e la terra, che per intero l'abbraccia, un vero continente."[56]*

Lo storico romano Eliano, nel III sec. d.C., riporta il frammento del testo di un contemporaneo di Platone, il greco Teopompo di Chio:

"L'Europa, l'Asia e l'Africa sono isole, circondate dall'Oceano: vi è solo una terra che si possa chiamare continente, ed è la Meròpide, che si trova al di fuori di questo nostro mondo. La sua grandezza è enorme. (…)

Una volta decisero di passare in queste nostre isole: attraverso l'Oceano, con migliaia e migliaia di uomini giunsero presso gli Iperbòrei. Ma, avendo saputo che questi erano considerati il popolo più felice tra noi, considerate le loro misere condizioni di vita, ritennero inutile procedere oltre."[57]

Nel toponimo *Meropide* si è identificata l'isola di Atlantide, ma se invece si trattasse del continente americano?

"Nel racconto di Teopompo di Chio, è Sileno, figlio di una ninfa, a narrare al re Frigio Mida di una terra posta al di là dell'Oceano: la Terra di Merope. Là gli uomini sono alti il doppio e la loro vita ha una durata anch'essa doppia rispetto a quella degli uomini che abitano il mondo conosciuto. Le loro leggi prescrivevano comportamenti opposti a quelli in uso in Grecia. La loro vita assomigliava a quella dei primi uomini dell'età dell'oro: vivevano sani, senza nessuna malattia, la terra dava spontaneamente i frutti senza necessità di essere coltivata, essi, in breve, erano virtuosi e felici"[58]*.

---

[56] Platone, *Timeo*, 24e-25b

[57] Claudio Eliano, *Varia Historia*

[58] Massimo Baldini, *La storia delle utopie*, Armando Ed., 1994

Nastagio degli Onesti:
un'allegoria dipinta, da Botticelli al Ghirlandaio

Il paesaggio d'acqua con velieri, che compare sullo sfondo di alcune opere pittoriche dell'epoca rinascimentale, potrebbe essere identificato proprio con il golfo di Spezia e la baia di Portovenere.

Lo troviamo ad esempio nel ciclo di *Nastagio degli Onesti*, dipinto dal Botticelli nel 1483, dove è chiaro il rimando al padre di Amerigo Vespucci, *Nastagio*, ma anche alla famiglia della nonna paterna, Nanna (o Manna) *degli Onesti*, originaria di Pescia, in Valdinievole.

La giovane protagonista della novella del Boccaccio [59], illustrata in questa serie di dipinti, è in realtà la rappresentazione allegorica di

---

[59] In questa novella del *Decamerone*, il Boccaccio racconta l'amore infelice di un ricco giovane ravennate, Nastagio degli Onesti, che, dopo aver quasi dilapidato il suo patrimonio per cercare di conquistare la donna tanto desiderata, si rifugia in campagna per tentare di dimenticarla e qui un giorno assiste ad una "caccia infernale". Una bellissima giovane, nuda, fugge ad un inseguitore armato, ma viene raggiunta dai suoi cani, uno bianco e uno nero. Il cavaliere con il coltello le estrae il cuore e lo dà in pasto ai cani. Subito però la donna si rialza e riprende la sua fuga in direzione del mare. I due protagonisti dell'inseguimento, infatti, sono anime dell'inferno condannate a questo supplizio, che si ripete in modo identico ogni venerdì. Nastagio, allora, organizza in quel luogo un banchetto per il venerdì successivo, invitando anche la famiglia della donna amata: quando i due spiriti compaiono e si compie per l'ennesima volta il rito della loro condanna, i commensali rimangono allibiti, ma la giovane comprende il messaggio e accetta finalmente l'amore di Nastagio.

Venere/Merica (l'espressione dello sguardo verso il cielo, il chiaro riferimento al venerdì, giorno dedicato a Venere, il periodico comparire, morire e ricomparire del fantasma della fanciulla, subito inseguita dai "cani"[60] del pretendente, ne sono soltanto alcuni dei richiami presenti), ed anche al nuovo continente, amato e difeso disperatamente dai Medici e dai suoi alleati, ma lontano, quasi irraggiungibile, e duramente conteso ed attaccato dai due cani, probabilmente rappresentazione del potere papale e di quello aragonese (un riferimento alle fazioni dei bianchi e dei neri?).

Soltanto l'astuzia del giovane Nastagio riuscirà a sfruttare a suo favore quella "caccia infernale", coronando così il suo sogno d'amore. Nastagio/Vespucci in questo caso rappresenta probabilmente il potere e la diplomazia dei Medici e dei loro alleati, e l'abilità nell'usare la conoscenza a proprio vantaggio.

 Nei dipinti sono posti in evidenza, oltre allo stemma dei Medici [61] , quello dei Pucci, loro storici sostenitori fiorentini, e quello della famiglia Bini.[62]/[63]

[60] I cani potrebbero essere anche un riferimento alla vicinanza in cielo delle costellazioni del *Cane maggiore* e *Cane minore*

[61] Lo stemma dei Medici con sette "palle" è successivo al 1464

[62] Francesco Galvani, *Sommario Storico delle famiglie celebri toscane, vol. 3, Firenze 1864*

[63] Ceramelli Papiani, *Fam. Bini (fasc. 704)* , Archivio di Stato di Firenze

E' infatti a Giannozzo Pucci[64] che era destinata la serie di quattro tavole del Botticelli, dono di Lorenzo il Magnifico per le sue nozze con Lucrezia Bini.

Anche il Ghirlandaio[65](1449-1494), sempre intorno al 1483, rappresentò quel soggetto, inserendo di nuovo il medesimo sfondo del Golfo di La Spezia.

---

[64] I Pucci erano iscritti all'Arte dei Legnaioli e forse a questo si riferiscono i tronchi tagliati nel dipinto. In realtà furono abili mercanti e politici fiorentini, amici, alleati e consiglieri dei Medici. Puccio Pucci, il capostipite, aveva sostenuto Cosimo il Vecchio nel periodo del suo esilio, venendo per questo esiliato egli stesso a L'Aquila. Rientrato a Firenze sotto la protezione di Cosimo, si iscrisse all'Arte del Cambio, diventando presto ricchissimo ed influente. Fu infatti anche ambasciatore di Firenze presso il papato, presso lo Sforza a Milano e con la Repubblica di Venezia.

[65] Domenico di Tommaso Bigordi (1449-1494) è conosciuto comunemente come il Ghirlandaio, nome derivatogli dalla sua abilità nel cesellare ghirlande d'argento per ornare le acconciature delle giovanette di Firenze. Egli infatti lavorò inizialmente nella bottega orafa del padre, preferendo poi dedicarsi alla pittura.
Fu apprendista nella bottega di Alessio Baldovinetti e in quella del Verrocchio, dove entrò in contatto con i più grandi artisti del Rinascimento. Nel 1472 era già iscritto alla Compagnia di San Luca dei pittori.

Il Ghirlandaio fu un artista molto vicino ai Vespucci.
Da Amerigo il Vecchio e dai suoi figli ebbe l'incarico di decorare la cappella di famiglia nella chiesa di Ognissanti a Firenze.
A lui infatti è attribuito l'affresco della Deposizione di Cristo.

Nella lunetta sovrastante, la sua Madonna della Misericordia riproduce ancora una volta la forma del planisfero che abbiamo già esaminato in Piero della Francesca...

E' lo stesso Ghirlandaio che rappresenta un gigantesco San Cristoforo nell'atto di trasportare sulle sue spalle un Bambino Gesù che tiene in mano la sfera del mondo, sulla quale sono indicati i tre continenti ufficialmente conosciuti[66]: dov'è allora che Cristoforo, affrontando un grande mare, si sta dirigendo?
Sta forse traghettando il *vecchio mondo* verso un *mondo nuovo*?
Verso un quarto continente?

(Il grande affresco del *San Cristoforo* di Domenico Ghirlandaio, realizzato nel 1473 e staccato dalla sua sede originale, si trova oggi al *Metropolitan Museum of Art* di New York: decisamente il santo pare essere arrivato alla sua destinazione!)

---

[66] Sul globo compaiono infatti le scritte: ASIA / AFRIHA / [E]VROPA

E osservate il solito gesto della mano, che Domenico Ghirlandaio propone nel suo autoritratto inserito nel dipinto della *Cacciata di Gioacchino* nella Cappella Tornabuoni, dove, lo sguardo rivolto all'osservatore, pare che gli dica silenziosamente: "Io so!"

Ma non vi pare che quel gesto ricordi anche, curiosamente, la forma degli ultimi promontori che si affacciano sul mar Ligure nel Golfo della Spezia?
Vi sono comprese le insenature delle Grazie e di Portovenere!

In quest'ottica acquista un significato strategico anche quel piccolo porto che guardava in direzione della stella Merica (può apparire strano, ma ancora oggi vive a Portovenere un'antica famiglia di navigatori, quella dei Lena, conosciuta con il soprannome *Merica*, forse senza immaginarne il vero significato!). Ecco che Simonetta diventa così il simbolo stesso dei viaggi verso l'America effettuati dai fiorentini molto prima dell'impresa di C. Colombo.

La consapevolezza delle imprese fiorentine si tramandò nella cerchia della corte medicea: ne troviamo infatti testimonianza alla fine del XVI secolo nelle incisioni di Giovanni Stradano.[67]

L'artista, nel disegno dedicato alla scoperta dell'America, non rappresenta come punto di partenza le coste spagnole o portoghesi, ma evidenzia, nella parte sinistra in basso, proprio in corrispondenza del continente americano e della dea Flora, un tratto della costa toscana e ligure. Non credo che ciò sia stato motivato solo da un tributo ai grandi navigatori che furono protagonisti dell'impresa, evidenziando quindi l'origine genovese di Colombo e quella fiorentina del Vespucci, in quanto, all'uscita del golfo della Spezia, sono state accuratamente indicate le bocche di Portovenere!

[67] Stradano (o della Strada; lat. Stradanus), Giovanni. - Nome umanistico del pittore Jan van der Straet (Bruges 1523 - Firenze 1605); allievo di M. Frank e, adAnversa, di P. Aertsen, partì (1545) per l'Italia e a Firenze strinse amicizia con G. Vasari e collaborò con lui in Palazzo Vecchio (1657-70). Risentì di Vasari e F. Salviati (Crocifissione, 1569, Ss. Annunziata; Battesimo di Cristo, 1572, S. Maria Novella; affreschi e dipinti, 1585-86, palazzo Della Gherardesca), eseguì inoltre cartoni per arazzi e disegni per incisioni. (http://www.treccani.it/enciclopedia/giovanni-stradano/)

Ospiti eccellenti

Il 13 marzo 1471 si verificò un evento molto importante: la visita a Firenze di Galeazzo Maria Sforza, duca di Milano, insieme alla moglie, Bona di Savoia, accompagnati da una sontuosa corte che colpì enormemente la fantasia dei fiorentini.
I fratelli Lorenzo e Giuliano dei Medici accolsero i loro ospiti a Palazzo Medici, come era già avvenuto molti anni prima, quando essi erano ancora dei bambini...

Una precedente visita risaliva infatti all'aprile dell'anno 1459: forse allora era stata organizzata per festeggiare con Cosimo il Vecchio e il figlio Piero il felice esito dei viaggi progettati insieme verso il continente americano? In realtà il motivo ufficiale di quell'incontro fu la sosta a Firenze del Papa Pio II Piccolomini, in viaggio verso Mantova per tentare di organizzare una nuova crociata.

Il giovane Galeazzo aveva allora solo 15 anni, ma era già considerato un ospite di grande rilievo. Oltre a lui era giunto a Firenze un altro prestigioso alleato dei fiorentini, il signore di Rimini, Sigismondo Pandolfo Malatesta.

A quei tempi la cappella non era ancora decorata con i famosi affreschi dedicati al corteo di Viaggio dei Magi.

Durante i festeggiamenti che Cosimo aveva organizzato in onore degli illustri ospiti, fece la sua prima comparsa pubblica anche il giovane nipote Lorenzo, destinato a divenire un "magnifico" signore di Firenze. Lorenzo, appena undicenne, partecipò ad una scenografica sfilata preceduto da uno stendardo di seta con i colori rosso, bianco e verde. In quell'occasione venne scortato un imponente carro allegorico dedicato al *Trionfo della Sapienza*, ornato sulla cima da un Cupido che poggiava i piedi sopra una sfera dorata. L'allegoria, se considerata in una nuova luce, appare molto chiara: l'amore per la Conoscenza e l'armonia fra gli alleati della coalizione: Medici, Sforza e Malatesta, apparentemente con l'approvazione e la protezione del Papato[68], avevano contribuito a raggiungere il più alto dei traguardi: il primato ed il controllo nel mondo, attraverso i viaggi dall'altra parte del globo! Non dimentichiamo che Cupido era il figlio di Venere e Marte, simbolo perciò del frutto di un amore che aveva vinto sulla forza delle armi...

Fu proprio a seguito di quella fastosa visita che Benozzo Gozzoli, con la supervisione di Piero il Gottoso, realizzò, tra il 1459 e il 1460, gli affreschi della cappella e pare adesso non casuale la scelta dei protagonisti: i Magi, coloro che raggiunsero la loro meta seguendo una stella, con tutto il loro seguito, rappresentato da personaggi reali che sicuramente ebbero ruoli determinanti nei viaggi di scoperta dell'America fiorentina.

Il Gozzoli non mancò di inserire nel suo corteo degli elementi alquanto enigmatici, tra cui un personaggio che appare un po' anomalo per il contesto: un indio, con il capo ornato di piume, molto

---

[68] Probabilmente, però, papa Piccolomini rimase estraneo al senso vero dei festeggiamenti. Egli, suo malgrado, non era stato ospitato a Palazzo Medici, ma presso il Convento di S. Maria Novella e anche nel corteo dipinto da Benozzo rimane in posizione secondaria rispetto alle figure degli alleati.

simile alle rappresentazioni dei re e sacerdoti delle civiltà americne precolombiane.

Solo un riferimento alle tre piume dell'impresa dei Medici, o piuttosto l'effigie di un invitato speciale, che aveva condiviso un lungo viaggio per venire a visitare la corte dei suoi "amici" d'oltreoceano? O forse qualcosa di ancora più interessante?
Ritornerò più avanti sull'argomento, con un'idea che vi stupirà...

A proposito di simboli d'oltreoceano, non trovate intrigante anche la straordinaria corrispondenza tra il "biscione" del ducato di Milano, impresa dei Visconti nel 1395, in seguito adottato dagli Sforza, e il disegno della divinità Maya.....?

 Eppure sembra che i Visconti esibissero il loro drago già nell'XI secolo! Forse il "ricordo" di un lontano viaggio templare nelle terre d'America?

Anche il casato dei Montefeltro era presente all'incontro a Firenze del 1459. Allora Federico da Montefeltro era un abile condottiero, un capitano di ventura al servizio del re di Napoli, ma anche al comando dell'esercito pontificio, che guidò nelle battaglie contro Sigismondo Pandolfo Malatesta.
Nel 1459 aveva comunque definito anche il proprio fidanzamento con la giovanissima Battista Sforza (figlia di Alessandro e nipote di Francesco), ottenendo in dote i territori di Pesaro, che gli consentirono di riunire sotto di sé tutte le Marche. A seguito della stipula della Pace di Lodi del 1454 ottenne il comando della Lega Italica, con in compito di promuovere i buoni rapporti fra i diversi Stati, mantenendo un equilibrio tra le parti. In realtà la sua scalata al potere risultò spesso punteggiata di complotti...
La sua corte fu comunque una delle più raffinate del Rinascimento italiano, richiamando, grazie al suo mecenatismo, uomini di cultura e artisti da ogni parte: fra questi anche Piero della Francesca, che nel 1471 iniziò a dipingere per lui la famosa *Pala di Brera*.
Nel gennaio del 1472 Federico divenne padre di Guidubaldo, il tanto desiderato maschio dopo sei femmine; purtroppo sua moglie morì soltanto pochi mesi più tardi.
Nella politica degli stati italiani, la figura di Federico da Montefeltro si trovò schierata su diversi fronti: egli infatti, dopo aver combattuto per gli Aragonesi e per il papato, dal 1466 risultava al servizio di Galeazzo Maria Sforza e nel 1472 aiutò i Fiorentini nella presa di Volterra.
Eppure, nonostante la fiducia in lui riposta da Lorenzo dei Medici, pare proprio che Federico da Montefeltro, insieme a papa Sisto IV Della Rovere, avesse avuto un ruolo rilevante nell'organizzazione della congiura dei Pazzi, in quel fatidico 26 aprile 1478 che vide la morte di Giuliano, fratello di Lorenzo e sicuramente la fine definitiva di una lunga e poco conosciuta alleanza che aveva portato le navi

italiane a solcare i mari del continente americano molto tempo prima di quelle spagnole e portoghesi...

Potrebbe essere stato proprio Giuliano, infatti, uno dei più importanti sostenitori ed artefici delle navigazioni oltreoceano: lasciata la politica nelle mani di Lorenzo, egli si era dedicato ai viaggi, spesso diplomatici; e forse dietro il suo tanto decantato amore per Simonetta si celava l'interesse per Venere e il suo omonimo porto ligure, che avevano consentito ai Medici di organizzare le felici spedizioni verso il Nuovo Mondo. Anche il suo fidanzamento con una Appiano di Piombino rientrava nei progetti tesi all'acquisizione di porti strategici.

Peccato che le stesse alleanze familiari che avevano assicurato il successo di quella grande impresa ne decretarono anche il finale drammatico a causa degli intrighi dettati da ambizione e cupidigia...

Alcuni dipinti infatti parlano anche di una cospirazione, probabilmente quella che nel 1478 sfociò nella congiura dei Pazzi...

La feroce offensiva che in altri tempi la Chiesa aveva organizzato per togliere ai templari l'egemonia sui segreti traffici atlantici si ripeterà, più sottilmente, per le potenti famiglie Fiorentine fedeli ai Medici: dopo il tradimento di alcune di esse, sarà questa volta la figura del Savonarola a fare piazza pulita degli splendori rinascimentali, distruggendo, con il pretesto della morigerazione dei costumi, in nome della *vera* religione, gran parte dei codici e dei capolavori dell'arte, cancellando anche le prove di una storia che andrebbe riscritta..

Poi saranno proprio gli stati fedeli al papato, casualmente subito dopo la salita al soglio pontificio di Alessandro VI[69], un papa legato alla corona spagnola, a "scoprire l'America", nello stesso giorno della morte di Piero della Francesca, nello stesso anno della morte di Lorenzo il Magnifico (e del papa Innocenzo VIII)!

Gli Aragonesi, infine, nel 1494, si mossero per attaccare Portovenere con 14 galee e ben 35 caravelle: fu forse l'atto finale di una storia che non avrebbe mai visto la luce?

---

[69] Si trattava del cardinale Rodrigo Lanzol-Borja y Borja, vescovo di Porto e Santa Rufina, arcivescovo di Valencia, Decano del Sacro Collegio. In Italia il suo nome si trasformerà in Rodrigo Borgia. La dissolutezza di Papa Alessandro VI sarà tale che lo stesso Savonarola ne invocherà la deposizione. Sarà questo scontro a portare al processo e alla morte sul rogo del monaco domenicano, nel 1498.

Esperia

Lorenzo aveva dedicato versi delicati alla morte precoce della giovane Simonetta: ma è proprio a lei che egli si era rivolto, con l'appellativo di "stella", o a ciò che essa aveva rappresentato per la dotta cerchia dell'Accademia platonica?

O chiara stella, che co' raggi tuoi
togli alle tue vicine stelle il lume,
perché splendi assai più del tuo costume?
Perché con Febo ancor contender vuoi?

Forse i belli occhi, quali ha tolti a noi
Morte crudel, ch'omai troppo presume,
accolti hai in te: adorna del lor lume,
il suo bel carro a Febo chieder puoi.

O questa o nuova stella che tu sia,
che di splendor novello adorni il cielo,
chiamata esaudi, o nume, e voti nostri:

leva dello splendor tuo tanto via,
che agli occhi, che han d'eterno pianto zelo,
sanza altra offension lieta ti mostri.

Ma del resto, anche di là dall'oceano troviamo dei tributi a donne che hanno avuto un ruolo importante in questa storia dimenticata: un'isoletta vulcanica dei Caraibi, oggi nelle Antille olandesi, è stata chiamata *Saba,* forse in onore della famosa regina di quel popolo delle stelle che aveva studiato e tramandato il nome di *Merica.*
La bandiera dell'isola è sormontata da una grande stella a cinque punte!

Non meravigliamoci se Venere, sotto forma di stella a cinque punte, è entrata ormai a far parte di una simbologia assimilata e non più compresa: quanti riflettono, ad esempio, sul fatto che il pentagramma compare ancora oggi nello stemma della Repubblica Italiana ?

Uno dei nomi di Venere, *Esperia*, veniva anche usato anticamente per definire il territorio italiano[70] .

Nel 1455 il poeta umanista Basinio da Parma (1425-1457), appassionato cultore della lingua greca, scrisse un'operetta dal titolo *Astronomica,* (a conferma del grande interesse riservato all'epoca agli studi astronomici), ma la sua opera più importante fu un poema inteso a celebrare la figura di Sigismondo Pandolfo Malatesta, signore di Rimini, intitolato *Hesperis, o Hesperidos libri XIII.* Vi si narrano le gesta militari compiute dal Malatesta in Toscana su incarico dei Fiorentini, soprattutto quelle del 1448, per difendere il porto di Piombino dall'attacco di Alfonso d'Aragona. Una

---

[70] "Le origini della Stella d'Italia", Venere
"La mitologia della Stella d'Italia risale al VI secolo a.C.[senza fonte], quando il poeta Stesicoro, nel poema Iliupersis (Caduta di Troia), crea la leggenda di Enea che, fuggendo dalla città di Troia presa e incendiata dai Greci, torna in Italia, la terra dei suoi antenati. Il racconto del viaggio in mare di Enea, guidato verso le coste italiane dalla materna stella di Venere, è poi ripreso da Varrone e da Virgilio dando origine ad una doppia tradizione: la tradizione politica del Caesaris Astrum, l'astro di Giulio Cesare che si dichiarava discendente dalla dea Venere, considerata l'antenata e la protettrice della Gens Julia, e la tradizione toponomastica e letteraria dell'Italia chiamata Esperia, da Esperos, la stella della sera, che al mattino è, invece, Lucifero, portatrice di luce.
Le tradizioni si riferiscono di fatto alla Stella Veneris, l'astro che identifica l'Italia (come terra del tramonto quando è Esperos, ma anche come terra della luce quando è Lucifero). Essendo, inoltre, Venere anche l'astro/dea dell'amore, in quanto forza universale consacra l'Italia come la terra dell'Eros cantata dai poeti. Il valore simbolico della «stella».
Il significato etico e ideale della Stella d'Italia corrisponde, fino all'epoca risorgimentale, al motto di Leonardo da Vinci: «Non si volta chi a stella è fisso». Dopo l'unità d'Italia, la presenza di enormi stelle simboliche sul palco d'onore delle cerimonie ufficiali a cui partecipa il re Vittorio Emanuele II, induce sempre più gli italiani a parlare allora, in modo affettivo, dello « stellone » che protegge l'Italia. Negli anni del primo dopoguerra, tra il 1919 e il1924, comincia così a prevalere un significato assistenziale, protettivo o provvidenziale della stella, che perdura fino ad oggi.
Nel 1947, la Stella d'Italia è stata inserita al centro dell'emblema ufficiale della Repubblica Italiana disegnato da Paolo Paschetto. Una tradizione vecchia di ventisei secoli, che ha nutrito il grande filone della poesia cosmica latina e italiana, da Cicerone a Leopardi, è stata così legittimata in funzione della nuova Italia."
http://it.wikipedia.org/wiki/Stella_d%27Italia

parte dei versi, considerata un fantastico espediente allegorico, è dedicata alle scene intitolate *Approdo all'Isola Fortunata*, e la *Reggia di Zefiro*.

Viene allora da chiedersi se le prime spedizioni verso l'Oceano non fossero partite proprio da Piombino e solo in un secondo momento, a causa delle attività belliche degli Aragonesi, si fossero spostate sulla costa ligure, favorite proprio dalle politiche matrimoniali del duca di Piombino, Jacopo III Appiani, al quale si attribuiscono le trattative per le nozze di Simonetta Cattaneo con Marco Vespucci.

71

(L'accordo dei Medici con gli Appiani e Piombino sarà ricercato e ulteriormente rafforzato da strategici legami familiari, come il matrimonio, nel 1482, di Lorenzo di Pierfrancesco con Semiramide Appiani, sorella di Jacopo IV).

Un'altra importante opera di Basinio da Parma fu quella degli *Argonautica*.

L'*Hesperis*, non ancora completato, fu consegnato a Pandolfo soltanto nel 1457, alla morte del suo autore, insieme alla richiesta che fosse vietato a chiunque di mettervi mano e di modificarlo.

Il Malatesta riservò al suo poeta una sepoltura sul fianco del suo *Tempio Malatestiano*, dove più tardi (1465) riportò anche le spoglie del filosofo bizantino Giorgio Gemisto Pletone.

Proprio di *Esperia,* intesa come astro guida di Amerigo Vespucci, ci parla anche un poemetto dal titolo "*L'America*", scritto nel 1611 da Raffaello Gualterotti e da lui dedicato al Granduca di Toscana Cosimo II de' Medici: ne riporto di seguito alcune pagine, che se lette con attenzione, rivelano molti particolari interessanti...

Mimetizzata tra le rime che ricordano l'impresa di Cristoforo Colombo, il Gualterotti inserisce la vera impresa di scoperta realizzata dal Vespucci, giocando con le parole e con i nomi, ma

---

71 Illustrazione da *Hesperis*, di Basinio da Parma: *L'arrivo di Sigismondo a Genova*

facendo intuire che egli sa e che giustificata quindi è la dedica dell'operetta al granduca di Toscana.

Una cosa emerge da queste rime ed è l'appoggio dato all'impresa da un amico del Vespucci, definito *Pietro il filosofante,* che si dice convinto di un'antica frequentazione del continente oltreoceano, conosciuta da Tolomeo, ma divenuta però desueta con l'arrivo del Cristianesimo:

21

Sospirando ei sovente al caro amico,
Pietro il filosofante i detti sciolse.
Non è vano, ne finto il suono antico,
Che a' nuovi Mondi i legni Alcide volse,
Et altri anco il tentaro; empio nemico
Natal, che a me ogni possanza tolse,
Certo ampi Regni ha fortunata gente
Oltre l'ultima Esperia in Occidente.

22

Ne con picciola sua vergogna, e scorno,
Il saggio Tolomeo dipinge, e scrive,
Che tra' i due Cerchi, al Equinozio intorno
Sotto 'l carro del Sole, ardon le rive;
E dolce ei vide ai Nabissini il giorno,
E ch'ogni ben mortal vi nasce, e vive;
Vide ridere i prati, e a' Colli e a' Monti
Verdeggiar sempre l'odorate fronti.

23

Sì che non son cocenti, inabitate,
Del bello Equinoziale, ambe le fasce,
Ma son temprate, e dolci, e ricca State
Primavera immortal v'alberga, e pasce:
Or se nell' arse Zone, anzi temprate
quanto più si desia copioso nasce,
Perch'ivi il più, e'l meglio al tutto invano,
Che vi cuopra crediam l'ampio Oceano?[72]

---

[72] Raffaele Gualterotti, *L'America*, Firenze, 1611

E molto tempo, ch'io fi
ni il Poema del Po
lemidoro, diuiso in
quarantaotto Can
ti, che contengono
cinquemila Stanze;
ne altro per lui s'at
tende se non, che V.
A. Sereniss. comandi quello, che di lui vuo
le, che si faccia; e mentre, che io attendo il
suo cenno, per non mi stare ho cominciato al
cuni altri Poemi; e particolarmente vno inti
tolato l'Amerига; nel quale si côtiene lo sco
primento de le nuoue Indie fatto da Ameri
go Vespucci; che veramente fu il primo sco
pritore di Terra ferma, benche vno anno in
nanzi a lui fusi scoperta da Cristofano Co
lombo l'Isola Iti, e l'Isola Cuba, e quelle sco
perse cô l'auuiso d'Amerigo Vespucci, e d'vn
Medico fisico detto Pietro; così attesta il fi
gliuolo di Cristofano scriuendo la Vita del,

A Padre:

Padre; hora di questa Amerига io ne Inuio,
e dedico a V. A. Serenissima vn Canto; accio
che la possa vedere se gl'anni m'hanno con
sumato gli spiriti; e possa; se le parrà, che io
il meriti; co'i suoi promessi fauori darmi
campo, che io lasci vedere il rimanente; e d'in
tero il Polemidoro; e con vmiltà inchinando
a V. A. Sereniss. le bacio la veste pregando
Iddio, che le dia sempre felicità; Di Firenze
li 20. di Maggio 1611.

Di V. A. Sereniss.

Vmiliss. Ser. e Vassallo

Raffael' Gualterotti.

1

IO canto il saggio oseruator
souгano,
Di quel di Stelle fiammeg
giante impero;
AMERIGO Vespucci, il
gran Toscano,
Grande, e mirabil d'opre, e
di pensiero;
Che varcando l'amplissimo Oceàno,
Altri regni conobbe, altro Emisfero,
E'nuidiator del Sole, Ercol secondo
Volgendo, aggiunse al Mondo vn altro Mondo.

Hor tu nobil desio, che m'ardi il seno,
E l'... te imprese à celebrar m'inuoglj,
Perch'altre Terre, e Mari, altro Sereno
Anch'io rissеggia, le mie vele scioglj;
Che poi di Perle ornate, al Mar Tirreno
Tornin' salue da'i venti, e da li scogli,
E'n riua al'Arno cresca il suono, e'l vanto
De'i ritrouati lidi, e del mio canto.

3

Ma già spirano i venti, il Mar risuona,
O Gran COSMO, o Grã Duce, in alto io mã
L'ardire, e'l vago Le no, ergilo, e sprona, (do
E sотtа l'onde io fà gir volando,
Per portar gemme à la real Corona,
Ver l'incognito Mondo, in vo solcando,
Et inuece d'Apollo, à te deuoti
Porgo i desiri miei, consagro i voti.

A 3 Della

4

De la bella, famosa, alma Fiorenza,
Prima il grande Amerigo, in grembo nacque,
Crebbe tra l'Arti, e tra li Studi, e senza
Gloria l'hvmana vita à lui non piacque;
Poi cercò, per mercar nuoua eccellenzza
Del più noto Oriente i liti, e l'acque,
Le Piramidi vide, e' pria la mole
Ch'in Rodo i Greci consegraro al Sole.

5

Ma, al Toscano coraggioso ingegno,
Prudente domator del onde amare,
In questo, e'n quel già fortunato Regno,
Nulla marauiglioso, o grande appare;
Ma trapassando ogni prescritto segno
Si finge nuoui Mondi in grembo al Mare,
Ne creder può, che'l gran tesor del onde
Altra Terra non cinga, e non circonde.

6

Quando lunge talor spinse'l da l'Orse
Verso il Tropico estiuo aura soaue;
E che'l Conobe ei vide, e tutta scorse
D'Argo guerriera la stellata Naue;
La vaga mente al gran Crocier li corse,
Che scritto, e sol per Fama ei vedut'haue;
S'affisò al gran Crocier, ch'adorna, e segna
L'ignoto Pol di sua celeste insegna.

d'Ampie

La Naue è d'ampie Stelle, e lume spande
Sopra ad ogni altra, che quà il Sol vagheggi;
O sotto il Cancro il Ciel cinga, e'n ghirlande,
O nel Settentrion ruoti, e harmeggi;
Simile, è'l gran Crocier, ma si più grande,
Che'l fa, che di sua pompa il Ciel grandeggi;
Questo il veglio Toscano ognor si sprona,
Che viue fiso in lui, di lui ragiona.

8

E ouunque ei ferma periegrino il piede
Con questo dir prudente i cor saetta,
Rado Tesor, e Fe troua, e possiede
Quegli, a cui di saver molto diletta.
Ma deh in voi spirti chiari hor troui sede
Questo vero dir mio, che'l Ciel mi detta,
E sarete per voi d'vn Mondo acquisto,
E mille Regni offerirete à Christo.

Spieghiam le vele, e lor drizziamo il volo
Dietro al cammin del Sol; là in Mar non lunge
Altra Terra è nascosta, & à quel Polo,
Et à questo si estende, e si congiunge;
Auuenturosa gente ini è, che solo
Amorosa dolcezza inuita, e punge;
Ricca di gemme, e d'Oro, e ciò non cura,
Nè è questa in prudenza, anzi è ventura.

10

Non e'l famoso Mar del aurea China
Congiunto à quel de la guerriera Spagna;
Che da quello si leua ogni mattina,
Et in questo ogni sera il Sol si bagna;
Lunghissime distanze; altra vicina
Region s'interpone, e li scompagna;
Che gioueria sè Mar per tutto fora
Dal nostro Occaso à donde vien l'Aurora.

E quando io son talora oltre à Siuiglia
Ferirmi il volto, e'l respirare io sento
Da quel, che nuoua terra accoglie, e figlia,
E spinge in qua dolce, odorato vento;
Si che'l nido, onde vien l'Alba vermiglia
Di tosto rincontra aprendo ardimento;
E tra la China, e noi gente interposta
Scoprir nel Ocean gran tempo ascosta.

12

Hor chi di gemme, e d'Oro ingordo hà sete,
Chi desia d'acquistar terreno, e'mpero;
O voi spirti magnanimi, che hauete
Sol di gloria, e d'onor vago'l pensiero;
E voi, che à Dio seruendo ognor volgete
Le luci del desio à rai del vero;
la mi seguite, doue'l ciel m'inuia
lui è quanto s'apprezza, & si desia.

Tace egli poi, che nel famoso seno
De la nobile Italia vn pur non troua;
Che Sol si degni di lodare almeno
Opra cotanto in se stupenda, e nuoua;
Chi ride, o tace, ed istupor, chi pieno
Dice, o raro pensier, ma poi, che gioua;
Onde il saggio Amerigo in tai parole,
Ch'ei si tragge dal cor si lagna, e dole.

14

Ahi lasso à te d'imperi, e donna, e madre,
O bellissima Italia hor più non cale
Di far qual gia soleui opre leggiadre,
E di Fama acquistar ferma immortale;
Per Oro vendi d'ogni vizio padre,
(Pallido prezzo) tuo splendor reale;
In vano il Ciel mi inspira, in van satico,
E dato al vento in preda, è quanto io dico.

Cosi ei sempre narra; ò pur sol tace;
Quanto il labbro gli chiude vn giusto sdegno;
Ch'vn bugiardo lo stima, vn troppo audace;
Chi dice venda il suo, e compri vn legno;
E del Mondo, che in Mar nascosto giace
Da se trascorre ad acquistarsi il regno;
Che quel, ch'vn non possiede, e non intende
Nol pre de in altri, o'l biasima, o'l vilipende.

16

Cerca Europa'l gran Tosco, e Terre, e Mari,
Cangia genti, e costumi, e sempre scopre
De suoi dolci pensier gl'incontri amari,
Ch'auuelenano il cibo à le bel'opre;
La man superba de Signori auari
l'alto disegno suo gl'ingombra, e copre;
Pur di veder per lui non spera indarno
Crescer gl'antichi onori il suo bel Arno.

Scriue ei souente a' Imperadori, a' Regi,
Che l'aiutino à far l'ampio viaggio,
Promette altre prouincie, e illustri pregi,
E di più glorie eterne, eterno raggio.
Ma frutta'l parlar suo sdegni, e dispregi;
Pur mosce il cor del sofferente saggio;
Ch'vna bella promessa, e grande, e nuoua,
Quantunque vera più, men fede troua.

Vola intorno la Fama anch'ella, e dice;
Come nè i lidi gloriosi, e belli,
De Toschi, vn'alta mente, & inuentrice
Ardisce di cercar Mondi nouelli;
Ringhia l'Inuidia à detti, & contradice,
E vani chiama questi, e finti quelli;
E contra'l giusto in Terra asconde, e preme
De le belle opre lungamente il seme.

Ma il costante Amerigo à la tempesta
Del vsanza mortale alzza la fronte,
E con prudenza vigilante, e presta
Sospende, e sprezza, e in darno vrtarsa l'onto;
Qual contra a l'onde irate alzza la testa
Nel cor del Mar fondato antico monte
E vince assai l'Inuidia, e la fierezza
Humana il gran Toscan, mentre la sprezza.

20

Sospirando ei souente al caro amico,
Pietro il filosofante i detti sciolse.
Non è vano, ne finto il suono antico,
Che à nuoui Mondi i legni Alcide volse,
Et altri anco il tentaro; empio nemico
Natal, che à me ogni possanza tolse,
Certo ampi Regni ha fortunata gente
Oltre l'vltima Esperia in Occidente.

Ne con picciula sua vergogna, e scorno,
Il saggio Tolomeo dipinge, e scriue,
Che tra'i due Cerchi, al Equinozio intorno
Sotto'l carro del Sole, ardonle riue;
E dolce ei vide a li Nabissini il giorno,
E ch'ogni bene mortal vi nasce, & viue,
Vide ridere i prati, e à Colli, e à Monti
Verdeggiar sempre l'odorate fronti.

A 5   Si che

22

Si che non son cocenti, inabitate,
Del bello Equinoziale, ambe le fasce,
Ma à contemprare, e dolci, e ricca State
Primauera immortal v'alberga, e pasce,
Hor se nel arse Zone, anzi temprate
Quanto piu si desia copioso nasce,
Perch'iui il piu, e'l meglio al tutto in vano,
Che vi suopra crediam l'ampio Oceano?

Sol per vtil del huomo, e per diletto
Del ineffabil Sapienza inseno,
Creo'l Mondo, il souran santo Architetto,
E del impero à lui ne porse il freno;
Cosi disse Amerigo, e cosi detto,
Pietro lasciò di marauiglia pieno;
E questi, quel dir suo souente scrisse,
E nel anima à molti il pose, e fisse.

Ma piu d'ogni altro nel suo cor scolpilla
Vn di Liguria auuenturoso errante,
Ch'al tempestoso Mare, ed'al tranquillo
Fu seco inguista intrepido, e costante;
Ch'a glorioso fine il Ciel sortillo,
E'in nuoue are ne gli fermò le piante,
Vide incogniti mari, e strani liti,
Scoprio la ricca Cuba, e l'aurea Iti.

E però,

25

E però, che non puote vn gentil cure,
Oue non vola, e giunge, e scopre il vero
Segue Amerigo intanto i venti, e l'ore,
E le l'corpo non puo varca il pensiero;
E con l'ali del arte, e del valore
Cerca al Mondo nouel gir sèn primiero,
E si calda vaghezza il prende, e lega,
Che inchinando deuoto i Dio si prega.

O Spirto, o Figlio, o Genitor de' Cieli,
O Padre, o Trino, o Vno vnico, e solo,
Perche l'alta opra tua piu non è celi,
Vele dammi, e le spiega, ergi lor volo,
Trami al altro Emisfero, ond'io riueli
Come la di tua Croce vrnasti il Polo,
E non l'ornasti in uan di tante, e belle,
E cosi grandi, e lampeggianti Stelle.

27

Ne perche sol nel Sale ondoso orrendo
De muti pesci, i semi in guardia hauesse,
E'l mostrasse spettacolo stupendo,
A chi mirandol col non l'intendesse;
No, vò gran Padre scintillando, ardendo,
Di si begli occhi la tua man l'imprese
Per l'Alma vagheggiar, ch'indi la uolti,
Ond'ella à te li volga, e rimariti.

Hinc

Hor fida Stella, che mi scorgi in queste
Aspre procelle mie Vergine pia,
E Donna gloriosa, e del celeste
Amor segno sourano aue Maria,
Eh se gradisti mai preghiere oneste,
Deh in grado hor prendi, per mercè, la mia,
E la porgi al gran Padre, e per me prega,
Nulla à te Sol degli Angeli si niega.

Cosi detto si tacque, e'n quel sentissi
Empier d'vn tal calor tutte le vene,
Che partue, che so alzzassi, e gli aggrandissi
Oltra l'ardir, oltr'al desir a spene;
Ch'allor suoi lumi desianti fissi
Tenne l'alta Maria nel sommo bene,
E d'Amerigo il prego, & il desio
Offerto, riofferse al grande Dio.

E gli soggiunse, o grazioso Amore,
E sempiterno Amante, ormai
Inuiane agli Indi occulti il tuo Splendore
Per trarli giu d'a l'infiniti guai,
Che conoscan te Padre, e Creatore
De la Terra, e del Ciel (Terra di rai)
E di queste d'intorno accese alare
Amiche Schiere Angeliche beare.

L'intendan,

96

Ma chi era quel misterioso *Pietro il filosofante,* che pare aver avuto tanta influenza sui viaggi verso l'America?

Forse per capire è necessario andare ancora una volta un po' indietro nel tempo, riesaminando la storia degli antenati di Amerigo Vespucci e di un importante ma forse dimenticato Circolo culturale, sovrastato dalla fama della più nota Accademia Platonica...

I due "Amerigo" e la famiglia Vespucci

Come esposto fino ad ora, il nome *America*, o *Merica*, come ancora viene pronunciato nella Lucchesia, potrebbe trarre le sue origini da quello mesopotamico del pianeta Venere.

Del resto lo ritroviamo ancora in numerosi toponimi antichi dell'America centro-meridionale, proprio nelle località caratterizzate da civiltà precolombiane dedite allo studio degli astri e in particolare al culto di Venere, come dimostrano vari frammenti di codici maya giunti fino a noi (scampando miracolosamente alla distruzione attuata dai conquistadores, ma soprattutto dai frati che avevano il compito di portare la religione cristiana). Nel *Codice di Dresda*, ad esempio sono riportate moltissime annotazioni di tipo astronomico, relative soprattutto ai cicli lunari e a quelli di Venere.

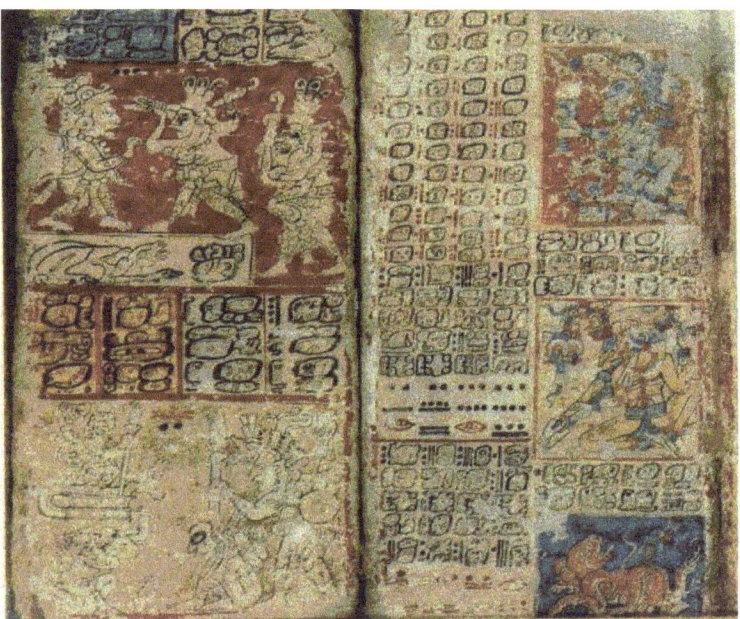

La derivazione del toponimo *America* da Amerigo Vespucci è però ormai universalmente accettata, anche se fin dalla sua prima apparizione, ha destato molte perplessità e interrogativi, soprattutto in relazione a certe incongruenze cronologiche che presupponeva.

Essa è apparsa ancora più strana in considerazione del fatto che il Vespucci, secondo molte testimonianze, non si firmava con il nome di Amerigo, ma con quello di *Alberico*[73]. Soltanto negli ultimi tempi, quando ormai egli non risiedeva più a Firenze ed aveva già intrapreso i suoi viaggi, le sue lettere sono firmate *Amerigo Vespucci.*

Questo nome egli l'aveva però ereditato dal nonno: Amerigo d'Anastagio. A sua volta anche il padre aveva preso il nome dal proprio nonno: Anastagio o Stagio, bisnonno del giovane Amerigo/Alberico.

Entrambi pertanto rispondevano al nome: *Amerigo figlio di Stagio Vespucci!*

E' chiaro a questo punto che potesse insorgere anche all'epoca una ragionevole confusione nell'indicare sia i due *Anastagio* che i due *Amerigo.*

E' anche comprensibile che il nipote venisse chiamato con un diverso nome, in questo caso *Alberico,* per differenziarlo dal nonno, morto nel 1471, e che solo in seguito avesse ripreso il nome di famiglia.

Ma se la cosa fosse un po' più complessa e nascondesse un grande falso storico?

Nell'esaminare la questione adotterò i nomi di *Amerigo il Vecchio* per indicare il nonno e di *Amerigo il Giovane* per il nipote.

La famiglia dei Vespucci vantava una discendenza di notai, ma anche di colti studiosi e di uomini di mare.

Nastagio Vespucci, padre di Amerigo il Giovane, era notaio a Firenze, prima presso l'Arte dei Vaiai, cioè dei conciatori e commercianti di pellami, più tardi del Cambio. (ho trovato però annotazioni circa identico incarico presso l'Arte dei Vinai)

Nel 1457, a 32 anni, aveva lasciato la casa del padre, Amerigo il Vecchio, anch'egli notaio.

All'epoca Nastagio era già sposato con la giovane Elisabetta Mini di Montevarchi e padre di cinque figli. Il primogenito, Antonio,

[73] Pietro Logoluso, *Su le origini del nome "America",* in *I Navigatori Toscani,* Quaderni Vespucciani del Comitato Amerigo Vespucci a Casa Sua, I vol.,Firenze Libri, 2010

seguendo le orme del padre, divenne notaio presso il Palazzo del Podestà; ma il nome del nonno andò al terzogenito, appunto Amerigo, nato il 9 marzo 1454 (ma secondo altri studiosi nel 1451 o 1452).

Uno zio[74], Giorgio Antonio Vespucci, divenuto poi canonico del Duomo di Firenze, era considerato uno dei più dotti studiosi del XV secolo: amico e collaboratore di Marsilio Ficino, fu il precettore di Lorenzo di Pierfrancesco, cugino di Lorenzo il Magnifico. Fu lui ad insegnargli, oltre al latino e al greco, la matematica, la geometria e i segreti del cielo, e a trasmettergli la passione per gli studi geografici e per le mappe. Forse, durante quelle dotte lezioni di cosmografia, si parlava anche dell'ambizioso progetto di un viaggio seguendo l'antico itinerario tracciato da una stella? Lo confermerebbe il fatto che Lorenzo il Magnifico commissionò alcuni quadri al Botticelli proprio per donarli all'omonimo cugino in occasione delle sue nozze: si trattava della *Primavera* e della *Nascita di Venere*, che, insieme ad altri, andarono ad abbellire le pareti della bella Villa di Castello, oggi sede dell'*Accademia della Crusca*. Voleva forse ringraziarlo, riconoscendogli il merito di aver collaborato a progettare ed organizzare la più incredibile impresa realizzata dalla famiglia Medici?

(Lo stesso Amerigo Vespucci[75], anche dopo essere passato al servizio della corona spagnola, non interruppe la sua corrispondenza con Lorenzo e Giovanni di Pierfrancesco, tenendoli costantemente aggiornati sui suoi viaggi).

Amerigo, al pari di Lorenzo, aveva potuto usufruire delle lezioni del dottissimo zio, il quale l'aveva in tal modo introdotto anche nella esclusiva Accademia Platonica fiorentina, all'interno della quale egli era entrato in contatto con i più eruditi protagonisti della cultura rinascimentale, tra cui Paolo Toscanelli.

Nel frattempo aveva studiato nautica, cosmografia e astronomia, trovando un importante appoggio, a Pisa e Piombino, da un altro parente, Piero di Giuliano Vespucci, ammiraglio della flotta

---

[74] di *Amerigo il Giovane. Si tratta di uno dei figli di Amerigo il Vecchio e Nanna degli Onesti.*

[75] il Giovane

fiorentina[76]: fu suo figlio, Marco, a sposare Simonetta Cattaneo, la splendida protagonista dei dipinti del Botticelli.

Nel 1478, però, Piero si trovò coinvolto nella congiura dei Pazzi insieme a Giorgio Antonio: ciò gli causò un periodo di prigionia e il successivo allontanamento dai grandi affari politici ed economici dei Medici.

Forse il tradimento fu molto più grande di quanto si pensi, e Piero ottenne di essere liberato dalle Stinche solo grazie all'intervento del Duca di Calabria...

Abbiamo visto che lo zio del Vespucci[77], Giorgio Antonio, era un grande erudito, esperto di classici e abile cosmografo.

Come aveva raggiunto un tale livello di conoscenze?

Era forse stato a sua volta avviato a tali studi da un padre e magari anche da un nonno[78] in possesso di una profonda cultura, all'avanguardia per il loro tempo?

La passione per gli studi umanistici e l'arte, nonché la buona siuazione economica della famiglia si possono ricavare anche dal fatto che fu Amerigo il Vecchio ad incaricare il Ghirlandaio di affrescare la cappella di famiglia nella chiesa di Ognissanti.

Amerigo il vecchio morì nel 1471, perciò gli affreschi devono essere stati iniziati o perlomeno commissionati anteriormente a quella data.

---

[76] Mauro Marrani, nella sua recente opera, *Firenze alla scoperta dell'America*, Ed. Firenze Libri, 2014, riportando le parole degli studiosi Diego Baratono e Claudio Piani, ci informa circa una lunga tradizione nautica nella famiglia Vespucci, riferendo anche una consolidata collaborazione tra Firenze e il governo portoghese:

"*E' già nel 1428, infatti, che il principe Pedro, fratello del più famoso Enrico il Navigatore, visita Firenze per la prima volta. A questo punto della Storia, tra la Repubblica fiorentina e il Regno lusitano dei robusti legami d'amicizia iniziano a stabilirsi. Diventano soprattutto floridi rapporti economici nel momento in cui, nel 1429, il diplomatico Luca Maso degli Albizzi e il capitano di galere Piero Vespucci, fiorentini entrambi, si recano in Portogallo, ricambiando la visita del nobile lusitano. Ricordiamo che Piero Vespucci, zio di Amerigo e agente medico, ricopre dal 1426 la prestigiosa carica di 'Console del Mare', cui si aggiunge dopo la fortunata missione lusitana il titolo di 'Ispettore del porto di Pisa'. Nel 1429 due uomini d'affari fiorentini che già da alcuni anni risiedono in Portogallo, certo Antonio Marabutto e il suo sodale Bartolomeo di Jacopo di ser Vanni, riescono a strappare ai lusitani sostanziosi privilegi mercantili. Simili concessioni fino a quel momento sono state accordate solo ai genovesi. Nel 1447 un altro Vespucci, Giuliano, diventa 'Console del Mare', contribuendo a consolidare ulteriormente i già robusti legami tra Firenze e Lisbona. La famiglia Vespucci, dunque, è da sempre protagonista dell'ambiente mercantile e navale del suo tempo di cui concretizza le più importanti iniziative*".

[77] di *Amerigo il Giovane*

[78] Amerigo il Vecchio e suo padre Nastagio

Nel dipinto della Madonna della Misericordia sono raffigurati tutti i suoi familiari, compreso il nipote Amerigo, che qualcuno ha creduto di individuare, ancora fanciullo, nelle vesti di angioletto.

Ma se Amerigo compare in età già avanzata, è lecito suppore che anche il nipote fosse ormai un giovanotto nel pieno del vigore, ed è per questo che sono più propensa a identificarlo nel ragazzo che sta di fronte al capofamiglia, alla destra della Vergine (la sx per l'osservatore), quasi a creare una linea di continuità sia nel nome che nella missione.

E' certamente lui il beniamino del vecchio Amerigo e il depositario della sua eredità spirituale! E' solo il suo sguardo che pare perso nel vuoto, a rincorrere un sogno oltre l'orizzonte...

Il posto d'onore, però, anche se di spalle, inginocchiato in posizione di preghiera di fronte alla Vergine, spettava ad Amerigo il Vecchio (n.1387 o 1394, +1471), del quale possiamo riconoscere il profilo, mentre al suo fianco, sulla destra, si trova la moglie in un'austera veste nera.

Amerigo il Vecchio aveva sposato Nanna di Pietro degli Onesti, un'illustre famiglia originaria di Lucca[79], poi trasferitasi a Pescia, i cui componenti ebbero ruoli di primo piano nella politica e nell'amministrazione non solo della città di Pescia[80], ma di tutto il comprensorio della Valdinievole e della Lucchesia.

Della famiglia degli Onesti di Pescia si trova notizia di un certo Guido (di Opizo di Vante di Opizo), il quale ebbe almeno quattro figli: Francesco, Nicolao, Lionora e Piero (o Pietro). Guido era un facoltoso mercante specializzato nel commercio della seta, a cui avviò anche i figli: Francesco nel 1381 compariva come *factor* nella società mercantile del padre, ma fu poi avviato alla carriera ecclesiastica e divenne abate a S. Ponziano; di Lionora non si hanno notizie[81], Nicolao, invece seguì le imprese commerciali del padre, che lo coinvolse pure nello svolgimento di funzioni politiche e diplomatiche. Nel 1372 era titolare di bottega; sposò Contessa di Bonagiunta Orbicciani, dalla quale ebbe i figli Urbano e Guido. Nicolao è il personaggio più conosciuto della famiglia degli Onesti, per la carriera politica che svolse a Lucca, a Pietrasanta, in Valdinievole ed in particolare a Montecarlo. [82] Fu infatti lui ad accogliere con tutti gli onori papa Gregorio XII, quando sostò a Montecarlo durante il suo spostamento da Siena a Lucca (pare con l'intento di trovarsi più vicino al suo antagonista, l'antipapa Benedetto XIII, che aveva stabilito la sua sede a Portovenere, in modo da riuscire più facilmente ad avviare trattative diplomatiche con lui).[83]

Se sulla vita di Niccolao esistono varie documentazioni e sono state svolte interessanti ricerche, la figura del fratello Pietro, il padre di

---

[79] A Lucca gli Onesti risiedevano nel braccio degli Anguilla a Porta S. Freiano, che dal 1370 diviene Terziere di S. Salvatore. Nel 1308 gli Onesti furono banditi da Lucca perché ostili a Castruccio Castracani; nel 1331 però furono tra coloro che giurarono fedeltà a Giovanni di Boemia.

[80] Un Franceschino degli Onesti risulta podestà di Pescia nel 1331

[81] Anche il suo nome però ricompare in una novella famosa, *La commedia d'Ippolito e Lionora*, attribuita a Leon Battista Alberti, ma a quanto pare andata perduta nella versione originale. La novella trattava dell'amore segreto tra due giovani appartenenti a famiglie rivali: Ippolito Buondelmonti e Lionora de' Bardi. Pare che proprio a questa storia si sia ispirato Shakespeare per il suo *Giulietta e Romeo!* Nella novella, però, le due famiglie ritroveranno la pace grazie al matrimonio dei due innamorati. La storia venne illustrata sul fronte di un forziere da Giovanni di ser Giovanni, detto *Lo Scheggia*.

[82] Nella sua vita politica, documentata dal 1373 al 1411, Nicolao ricoprì più volte la carica di Gonfaloniere della Repubblica ed altre prestigiose, tra cui quelle di Vicario di Pietrasanta e di Montecarlo

[83] Ugo Mori, *Storia di Montecarlo*, Lucca, 1971

Nanna, rimane molto più in ombra, nonostante anch'egli pare sia stato un uomo di grande rilievo.

Fin dalla prima metà del XIII secolo è registrata a Pescia la presenza di vari personaggi della famiglia degli Onesti.

Anche Pietro vi risiedeva sicuramente, partecipando attivamente alla vita politica di questa città. E' anche certo che Pietro fosse proprietario di varie terre coltivabili dell'area pesciatina.

L'origine della famiglia di Nanna, che portò in dote ad Amerigo il Vecchio vigneti e terreni tra Montecarlo e Collodi, rivela quindi una frequentazione dei Vespucci in Valdinievole, in particolare da parte del vecchio Nastagio, al quale si doveva sicuramente la pianificazione di quel matrimonio.

Il padre di Nanna, Pietro degli Onesti, risultava però anche fra le menti più eminenti di Pescia: il Galeotti lo definisce infatti *grandissimo filosofo*[84], riferendoci che l'insigne studioso, nel 1387, era stato chiamato come Lettore di filosofia morale nell'Università di Siena; inoltre egli viene definito anche come *Dottore in medicina*.

Possibile che sia proprio lui quel *Pietro il filosofante* a cui allude il Gualterotti? La cosa creerebbe però dei problemi, relativamente alla cronologia dei fatti. Come avrebbe potuto, infatti, Pietro degli Onesti essere considerato *caro amico* di un Amerigo che aveva ancora da nascere?

A meno che i fatti non siano andati un po' diversamente da come la storia ce li ha tramandati, nel qual caso si scioglierebbero anche molti dei nodi ancora irrisolti relativamente alla scelta del toponimo *America*...

Il matrimonio di Amerigo il Vecchio con Nanna, celebrato a Firenze nell'anno 1421[85], segnò una crescita sociale della famiglia Vespucci: Amerigo si spostò da Peretola a Firenze, in Borgo Ognissanti, portando con sè la madre Caterina, che compare nella denuncia catastale del 1427.

Nella stessa denuncia egli dichiarò che la moglie Nanna non abitava in quel momento a Firenze, ma risiedeva a Pescia presso la madre. Nanna in quell'anno aveva già la piccola Verdiana, nata probabilmente nel 1425, ed era in attesa del secondogenito, Stagio,

---

[84] Francesco Galeotti, *Memorie di Pescia*, Pescia, 1659

[85] *Giornale della Comunità*, anno 1444, c. 226. Passerini, Bibl. Naz. Firenze, ms. 192/40, Tav. III

che vide la luce appunto nel 1427. La casa materna le garantiva perciò aiuto ed assistenza, in un momento delicato della sua vita di giovane sposa.

Si può immaginare che Amerigo facesse la spola tra Firenze e Pescia per vedere la moglie e che quindi i suoi rapporti con la famiglia degli Onesti fossero molto buoni.

Tanto che i due fratelli di Nanna, *Michele e Nicolò si trasferirono pure a Firenze e, nell'anno 1442, furono fatti cittadini di quella Comunità. Ebbero sepoltura nella chiesa di Ognissanti con questa iscrizione "S. Nicolai Magistri Michaelis Magistri Petri da Piscia et Suorum". Da detto Michele nacquero Francesco ed altro Nicolò, che, come cittadini fiorentini furono eletti a quel priorato e, precisamente Nicolò l'anno 1488 e Francesco il 1498.*[86]

Forse, a Pescia, Amerigo non aveva trovato soltanto una nuova famiglia, ma anche un clima culturale in grande fermento.

Introdotto dal padre e dall'amico e ormai suocero Pietro, era entrato in contatto con personaggi di grande levatura, che seppero conquistarlo e coinvolgerlo, ponendo le basi dei successivi avvenimenti che avrebbero cambiato il corso della storia.

I rapporti del Vespucci con Pescia erano sicuramente più intensi di quanto non si pensi: lo studioso Karl Schlebusch ci riporta infatti alcune interessanti notizie che vanno ad arricchire le nostre conoscenze sulla famiglia Vespucci.

Scopriamo così che Amerigo il Vecchio, come già aveva fatto suo padre Nastagio con lui, scelse tra le più colte famiglie pesciatine lo sposo per la figlia Fioretta, nata intorno al 1432. Secondo le ricerche di Schlebusch, Fioretta *"si sposò fra il 1447 (nel quale anno è ancora fra le bocche della propria famiglia, si veda AS FI, Catasto 669, cc.450r-451r) e il 1451."*[87]

Fioretta Vespucci si unì in matrimonio con Francesco Buonvicini da Pescia, figlio di Piero, la cui famiglia pare fosse originaria di Sorana[88]. L'Estimo consultabile presso l'Archivio di Stato di Lucca[89]

---

[86] Michele Cecchi- Enrico Coturri, *Pescia e il suo territorio nella storia dell'arte e delle famiglie*, Pistoia, 1961

[87]Karl Schlebusch, *"La famiglia di fra Domenico Buonvicini"*, in *Valdinievole Studi Storici* n°1,Istituto Storico Lucchese sez. Pescia, 2000

[88] Un fratello di Piero, Buonvicino, veniva infatti denominato "il Sorana" in un documento del 1414

[89] Estimo 148 (Pescia, 1447), cc.45r-46v; 149 (Pescia, 1455), 148 (Pescia, 1447), cc.46r-48v; 150 (Pescia, 1480), cc.52r-53v. (Ricavato dal testo cit.di Karl Schlebusch).

documenta numerose proprietà terriere della famiglia Buonvicini e lo stesso Francesco è tuttora ricordato come colui che per primo avviò in Toscana la coltivazione del gelso bianco, utilizzato per l'allevamento dei bachi da seta:

"Germe di una delle più illustri famiglie di Pescia fu Francesco Buonvicini. Avendo egli sortito dalla natura un straordinarissimo ingegno si applicò in vari studi nei quali egli rispose oltre ogni espettazione. Ma poichè in un giovinetto la virtù disarmata riputavasi poca cosa in quei tempi, pensò di unire alla gloria delle lettere quella dell' armi; e perciò non tardò punto d' esercitarsi in tutti que' signorili, e cavallereschi esercizi che si apprendevano nella palestra, e che formavano l'anima della nobiltà. Docile siccome egli era per qualunque disciplina, cotanto si distinse nel maneggio dell'armi e nella destrezza di ben reggere e frenare un focoso corsiero, che nel moderar questo a niuno cedeva, nè della punta di qual si voglia forbita spada timore non l'ingombrava, pronto sempre a cimentarsi per difesa dell' onore e della patria. Ma invaghitosi di leggiadrissima donzella, dalla quale avendosi quanto più si può certa, e sicura promessa di fede, tanto ne venne all' impensata aspramente deluso e tormentato, allorchè vide destinata da chi di quella aveva l' arbitrio, non meno in sorte, che in sposa, ad altro cavaliere. Dall' impetuose smanie de' suoi affetti agitato, non meno che dal proprio genio commosso, prese risoluzione di lunga e lontana peregrinazione. Trovossi ramingo per le terre straniere, soletto per luoghi barbari. Navigò per mari tempestosi, e dopo di essere stato per parecchi anni il giuoco della fortuna, provò vivissimo desio di ritornare in patria. Infatti nell' anno 1435 rientrò Francesco Buonvicini in Pescia, dove fu ricevuto con tanto amore e letizia dai suoi parenti ed amici, quanta era la sodisfazione di tutti i buoni, che ammiravano in esso una rara virtù. Portò egli seco il gelso bianco, qualità fino allora sconosciuta in Toscana, dove da Pescia propagossi."[90]

Scopriamo così un Francesco Buonvicini giovanissimo navigatore (forse la sua nascita va retrodatata di qualche anno): non sappiamo

---

[90] *Storia della Val di Nievole dall' origine di Pescia fino all' anno 1818,* Tipografia Cino, 1846

quali terre avesse toccato, sicuramente quelle orientali, dalle quali si pensa abbia importato il gelso bianco; resta il fatto che dopo il suo rientro a Pescia lo ritroviamo come genero di Amerigo Vespucci il Vecchio!

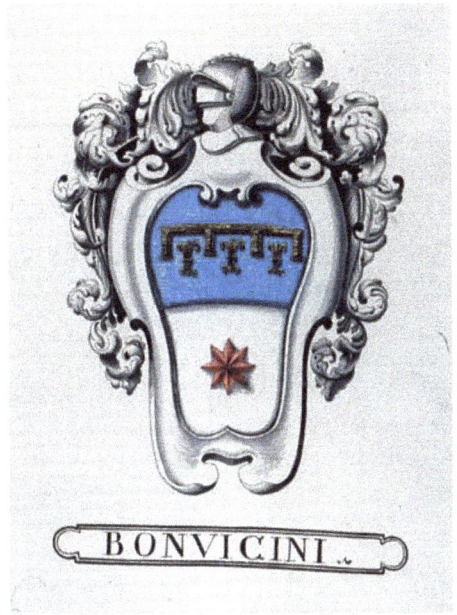

Forse avevano condiviso anche qualche avventura per mare? Magari seguendo una stella come quella che compare nello stemma di famiglia...

91

I documenti presenti nella Biblioteca Comunale di Pescia *"(...) dimostrano che la famiglia Buonvicini ha sempre destato grande interesse tra i dotti di Pescia. Qui si trova non solo il riferimento sempre ripetuto dell'importanza di Francesco Buonvicini per quanto riguarda l'introduzione del gelso bianco, ma anche un albero genealogico della famiglia con 10 generazioni, una descrizione genealogica che comincia con Giovanni Buonvicino da Sorana, che nell'anno 1375 ebbe il permesso di portare lo stemma di Pescia: vengono indicate le cariche pubbliche -più volte ricorre quella di priore- che Giovanni di Buonvicino da Sorana ed i suoi discendenti ricoprirono in Pescia (...)"*.

91 http://www.archiviodistato.firenze.it/ceramellipapiani2/index.php?page=Famiglia&id=1410

Riguardo alla famiglia di Francesco Buonvicini, importanti notizie vengono dedotte soprattutto dal suo testamento, datato 1499:

"*Francesco di Piero Buonvicini e Fioretta di ser Amerigo Vespucci, convolati a nozze verso il 1450 a rispettivamente 29 e 17 anni, hanno avuto perlomeno una figlia e cinque figli. Dei figli maschi quattro sono entrati in convento, e precisamente Antonio, Domenico, Jacopo e Niccolò, gli ultimi tre sicuramente domenicani. Pare che Antonio fosse canonico regolare dell'Ordine dei Lateranensi a Ferrara. Il quinto figlio, Giovanni, si sposò (...) e ricevè l'eredità della famiglia.*"

Nel testamento di Francesco, infatti," *vengono indicati quali eredi tre figli: fra Antonio, fra Niccolò e Giovanni. Giovanni è l'erede universale; dopo di lui riceve fra Niccolò la maggior parte dell'eredità: primo si deve costruire per lui una casa a Pescia, secondo gli si accorda un sostegno finanziario periodico a causa della sua cattiva salute, terzo si deve edificare per lui un convento a Pescia. Per la costruzione di questo convento fra Niccolò riceve nei successivi anni ulteriori sostegni finanziari: un anno dopo con il testamento di suo fratello Giovanni e dopo un altro anno ancora con il testamento di sua madre.*"[92]

Come mai solo tre dei figli compaiono nel testamento di Francesco Buonvicini? Ovviamente si potrebbe dedurre che gli altri nel 1499 fossero già morti: in realtà, almeno per due di loro, ne abbiamo la certezza.
La piccola Caterina morì giovane: nel 1461 fu proprio il nonno, Amerigo Vespucci, a ricevere dalla famiglia Buonvicini l'incarico, come procuratore, di riscuotere dal Monte la dote della bambina, morta ormai da due anni.[93]
La sorpresa maggiore, però, riguarda l'identità di uno dei nipoti maschi di Amerigo, Domenico: si tratta infatti di quel fra Domenico Buonvicini da Pescia che fu compagno nella vita monastica di fra Girolamo Savonarola e gli fu vicino e solidale, condividendone gli

---

[92] I testamenti sono riportati in appendice dello studio citato di Karl Schlebusch.

[93] AS FI, *Notarile antecosimiano*, 9870, c. 11v (ricavato dal testo cit. di Karl Schlebusch)

ideali di rinnovamento della Chiesa e collaborando con lui nella predicazione.

"Il Buonvicini, nato in Pescia, erasi arrolato alla valorosa schiera dei figli di S. Domenico nel monastero di Fiesole, dove aveva maravigliosamente profittato nello studio delle lettere e delle scienze sacre. La esemplarità della vita, la dolcezza del carattere e la superiorità della mente gli meritarono la dignità di Priore di quel convento. Allorché fu istituita la Congregazione dell'osservanza nel monastero di S. Marco di Firenze, il padre Domenico e il Savonarola furono de'primi ad abbracciare quell'austera riforma: e sino d'allora il Buonvicini si strinse coi vincoli dell'amore e della venerazione al confratello fra Girolamo, cui fu fedele compagno sino alla morte."[94]

Fra Domenico in gioventù aveva studiato e vissuto a Bologna con il Savonarola, poi lo aveva preceduto a Firenze, diventando in seguito il vero factotum di Girolamo: personalità vivace ed attiva, egli organizzava gli studi e le attività dei fanciulli, predicava in Duomo, nelle chiese e nei conventi, raccogliendo elemosine; quando fu priore del convento di Fiesole vi fece eseguire molti lavori, utilizzando anche i denari donati da suo zio Giorgio Antonio Vespucci. Giorgio Antonio doveva avere molta stima di questo nipote: infatti nel suo testamento del 1497[95] stabilisce che proprio lui, insieme agli altri nipoti Giovanni di Bartolomeo Vespucci e ser Antonio di Stagio, *"deciderà quali codici della sua biblioteca devono rimanere in San Marco"*.[96]

Ma soprattutto Domenico scriveva e sembrano essere di sua mano molte lettere e predicazioni finora attribuite al Savonarola. Pare che godesse anche fama di grande taumaturgo e si tramandano le storie di molti miracoli riconosciuti all'intervento di fra Domenico Buonvicini. Fu lui ad assistere nella malattia Pico della Mirandola e

---

[94] Antonio Torrigiani, Le Castella della Val di Nievole, Firenze, 1867

[95] Giorgio Antonio stilerà un nuovo testamento il 23 marzo del 1498, due giorni prima della sua professione religiosa, nel quale nominerà anche il nipote fra Niccolò, anch'esso figlio di Francesco Buonvicini.

[96] Karl Schlebusch, op. cit.

Angelo Poliziano, che fra Roberto Ubaldini definì "suo familiare"[97], il che fa ipotizzare una possibile parentela tra Poliziano e i Vespucci.

Insieme al Savonarola, Domenico fu arrestato, torturato e processato per eresia, fino a condividere con lui la morte sul patibolo e il rogo. Morì infatti, come il Savonarola e fra Silvestro Maruffi, per impiccagione, sulla piazza della Signoria. Era il 23 maggio del 1498.
La madre di Domenico Buonvicini, Fioretta Vespucci, sopravvisse al figlio: infatti Karl Schlebusch riporta in appendice anche il suo testamento, redatto in Pescia e datato 19 aprile 1501!

98

---

[97] Armando F. Verde, *Fra Domenico Buonvicini e il movimento savonaroliano*, in *Valdinievole Studi Storici* n °1, Istituto Storico Lucchese sez. Pescia, 2000

[98] *Il rogo in Piazza della Signoria*, Anonimo, 1498, Museo di S. Marco, FI

Prima di approfondire quale potesse essere il clima erudito della Valdinievole alla fine del XIV secolo, soffermiamoci un attimo sui personaggi raccolti intorno alla Vergine, nella lunetta attribuita al Ghirlandaio, visibile nella chiesa di Ognissanti a Firenze, accanto alla tomba di Amerigo il vecchio...

1. *In primo piano, inginocchiato a sinistra della Madonna, vediamo, in una veste rossa, il protagonista e committente del dipinto: Amerigo Vespucci il Vecchio.*
2. *All'altro lato, ancora inginocchiata ma vestita di nero e con lo sguardo abbassato in un gesto di preghiera, sua moglie Nanna di Pietro degli Onesti, originaria di Pescia.*
3. *All'estrema destra, quasi a voler proteggere e presentare alla Vergine il gruppo delle sue donne, Caterina, madre di Amerigo il Vecchio.*
4. *Nastagio, figlio di Amerigo il Vecchio e padre di Amerigo il Giovane.*
5. *Al lato opposto, avvolta in un mantello dello stesso colore, avevo in un primo momento identificato sua moglie, Elisabetta di Luca Mini (Monna Lisa), originaria di Montevarchi. Non essendo però essa diretta discendente dei Vespucci, sono più propensa a riconoscere nella donna la figlia di Amerigo, Fioretta, sposata a Francesco Buonvicini da Pescia. Sarebbe quindi la sorella, e non la moglie, di Nastagio.*

6. *Il primogenito di Nastagio e Lisa: Antonio Vespucci, notaio.*
7. *Il volto che si intravede a destra, tra la Madonna e Nanna degli Onesti, potrebbe appartenere ad Agnoletta, la figlia più piccola di Nastagio ed Elisabetta.*
8. *Verdiana, secondogenita di Stagio (o Nastagio), avendo seguito la vocazione claustrale, riveste probabilmente un ruolo di riferimento della famiglia.*
9. *Questa è probabilmente Caterina, la bambina di Fioretta morta precocemente (abbiamo visto come nel 1461 il vecchio Amerigo avesse avuto dal genero, Francesco Buonvicini da Pescia, l'incarico di ritirarne la dote). La piccola Caterina portava il nome della bisnonna (anch'essa ormai scomparsa), e per questo è stata inserita al suo fianco, con un abito bianco, quasi un angelo alle spalle della madre.*
10. *Questa figura in abito vescovile rappresenta un personaggio che ha dato lustro alla famiglia Vespucci: si tratta a detta di tutti del vescovo Antonino .*
11. *Potrebbe essere Giorgio Antonio, terzo figlio di Amerigo il Vecchio e grande erudito, che aveva seguito la carriera ecclesiastica, prima come domenicano, poi come canonico del Duomo di Firenze. Ma l'aspetto giovanile del personaggio, induce a pensare che si tratti piuttosto di un nipote del vecchio Amerigo, probabilmente Antonio, figlio primogenito di Fioretta e canonico regolare dell'Ordine dei Lateranensi a Ferrara, oppure suo fratello, quel fra Domenico Buonvicini da Pescia, ben conosciuto a Firenze come devoto compagno del Savonarola.*
12. *Stupisce la presenza di Amerigo il Giovane, del quale si rilevano perfettamente le fattezze del volto, ben diverse da quelle che siamo abituati a vedere nei ritratti a lui attribuiti, che si adattano invece perfettamente alla fisionomia del nonno.*
13. <u>*Il grande assente*</u> *pare essere il vecchio Nastagio, che avrebbe dovuto comparire all'estremo lato sinistro del dipinto, a protezione e presentazione alla Vergine della sua progenie maschile. Ma siamo proprio sicuri che egli non fosse stato inserito? In realtà nella lunetta una parte consistente dell'affresco (più che sufficiente a contenere un ulteriore personaggio) è mancante proprio nella posizione in cui avrebbe dovuto essere raffigurato Nastagio. E' quindi ragionevole supporre che la sua effigie si trovasse originariamente proprio nella parte perduta a sinistra del dipinto. Ma quale avrebbe potuto essere il suo volto? Forse possiamo trovarlo nella scena della Deposizione (Compianto sul Cristo morto) dipinta sotto la lunetta, nella figura a sinistra, vestita in abito scuro. Secondo l'interpretazione degli esperti il personaggio rappresentato dovrebbe essere Sant'Anastasio di Persia. Sia il nome che gli originari*

interessi del santo verso l'astronomia [99] potrebbero ricondurre al vecchio Nastagio, il cui abito riconduce anche al mestiere di notaio.

14. *L'elemento centrale dell'affresco è la Vergine della Misericordia (forse con il volto di Simonetta?), che allargando le braccia accoglie sotto il suo manto tutta la famiglia Vespucci. Ma come non soffermarsi sull'iscrizione riportata alla base del piedistallo su cui essa poggia i piedi? "Misericordia Domini plena est Terra (La Terra è piena della misericordiadi Dio)". La frase è tratta dal XXXII salmo del Cantico dei Cantici, che pare fosse stato composto da David per ringraziare il Signore dopo essere sfuggito ad un grave pericolo nella guerra contro i Filistei, rappresentato da un gigante dal nome Ciosbibenob. La scelta perciò appare singolare: Amerigo, con quelle parole, voleva lodare anch'egli il Signore per aver superato indenne una pericolosa esperienza (quindi la commissione dell'affresco si potrebbe intendere come una sorta di ex-voto), o desiderava piuttosto informarci che, contrariamente al pensiero del tempo, tutta la Terra era abitata, anche quella parte che si riteneva ancora inesplorata?*

Mi pare particolarmente interessante l'accostamento dei componenti della famiglia Vespucci in piccoli gruppi sulla base del nome, che ne favorisce l'identificazione.

---

[99] Sant'Anastasio nacque in Persia come Magundat. Visse nel VII secolo e venne iniziato dal padre ai segreti della magia e dell'astrologia. Egli militava nell'esercito persiano quando il re Cosroe II trasportò in Persia il legno della Croce di Gesù a seguito della conquista di Gerusalemme. La vista della Croce accese in Anastasio il desiderio di conoscere la nuova religione cristiana, alla quale si convertì rinunciando al culto di Zoroastro e prendendo il nome di Anastasio, che significa *il risorto*. Si recò a Gerusalemme, dove visse alcuni anni come monaco, prima di morire martirizzato vicino alla sponda di un fiume. Il suo culto fu molto sentito dalle popolazioni longobarde e i luoghi sacri a lui dedicati sorgono sempre nelle vicinanze di sorgenti o pozzi di acque miracolose. Se ne trovano molti anche in Toscana: a Pistoia, Lucca, in Garfagnana, a Volterra, ecc. Viene ricordato il 22 gennaio. L'elemento distintivo della sua iconografia è la palma.

Troviamo così vicini i due *Amerigo* (1 Amerigo il vecchio -12 Amerigo il giovane), i tre *Antonio* (6 Antonio -10 Vescovo Antonino -11 Giorgio Antonio, ma abbiamo detto che si tratta piuttosto di un ulteriore Antonio o, in alternativa, di fra Domenico da Pescia), mentre *Nastagio* il giovane, o Stagio (4), era sicuramente affiancato da Nastagio il vecchio (13), cancellato dalla lunetta nella parte danneggiata.

Sulla parte destra troviamo accostate le due *Caterina* (3-9), mentre non è possibile raggruppare le altre donne che portano nomi diversi, apparentemente non ricorrenti nella dinastia dei Vespucci.

Coluccio Salutati,
l'umanista che aprì le porte al Rinascimento

Nei pressi di Pescia, a Stignano, aveva avuto i natali, nel 1331, un altro celebre umanista e statista[100], Coluccio Salutati.

A lui andò il merito di aver reintrodotto a Firenze lo studio dei classici greci, di aver proposto un nuovo concetto di sapienza e di storia legata all'analisi dei documenti e alla rivisitazione critica degli antichi miti, aprendo la strada al primo umanesimo fiorentino, alla fondazione dell'Accademia Platonica e quindi al Rinascimento.

101

---

[100] Coluccio Salutati nacque a Stignano il 26 febbraio 1331. Anch'egli notaio, dal 1375, fino alla sua morte, ricoprì la carica di Cancelliere maggiore della Repubblica di Firenze, dopo aver rivestito altri incarichi pubblici nei Comuni della Valdinievole. Nel 1370 infatti era stato inviato a Firenze come ambasciatore per chiedere la riapertura del Canale dell'Usciana la cui chiusura aveva causato l'allagamento e l'insalubrità di tutta la vallata del torrente Nievole.
Pur dedicandosi con passione all'attività politica e alla funzione del ruolo notarile, fu un grande studioso, amico e corrispondente di Petrarca, Boccaccio, Francesco Bruni, Benvenuto da Imola,... A Coluccio Salutati si deve anche la riproduzione e la traduzione di molte opere, per le quali usò un nuovo carattere grafico, molto più leggibile rispetto al gotico in uso fino ad allora.
Morì il 4 maggio 1406 a Buggiano

[101] Ritratto di Coluccio Salutati (sec. XV) Firenze, Biblioteca Medicea Laurenziana, Strozzi 174, c. 3v

Subito dopo la sua nascita, per motivi politici, la famiglia di Coluccio lasciò Stignano e si trasferì a Bologna, dove rimase molti anni. Il padre morì nel 1341, ma egli potè godere della protezione della famiglia di Taddeo de' Pepoli. Coluccio crebbe quindi nell'ambiente bolognese, studiò con Pietro da Moglio e apprese l'arte notarile. Grazie al suo maestro entrò in contatto con il Petrarca e il Boccaccio, con i quali instaurò una solida amicizia, come dimostrano le numerose epistole.

Nel 1370 Coluccio ottenne un incarico presso le Riformagioni di Lucca. Egli infatti, intorno al 1351, aveva fatto ritorno, con i fratelli e le sorelle, a Stignano, nella sua Valdinievole, anche se l'attività di notaio lo portò a brevi soggiorni a Vellano, a Todi, a Montecatini e a Roma, come consigliere del segretario pontificio.

Nel 1375 Coluccio divenne Cancelliere della Repubblica di Firenze, ma non tradì la sua terra d'origine: tra il 1379-'80 chiese ed ottenne di divenire cittadino di Pescia, dove già viveva un ramo collaterale della famiglia (un Leonardo Salutati fu vescovo di Fiesole).

A Pescia il Salutati acquistò casa e sposò in seconde nozze Piera di Simone di Puccino Riccomi (la quale discendeva appunto dai Salutati di Pescia), che gli diede altri nove figli, oltre al primo, Piero, che Coluccio aveva avuto da un precedente matrimonio con Caterina di Tomeo di Balducci[102].

E' importante notare come, nonostante la prestigiosa carica già rivestita a Firenze, Coluccio avesse preferito porre la sua dimora a Pescia, cittadina vicina al suo paese di nascita, ma ben più vivace dal punto di vista degli studi eruditi e dei rapporti culturali.

A Pescia si trovava anche la famiglia Ammannati: il piccolo Iacopo (Ammannati Piccolomini) nacque infatti a Villa Basilica nel 1422. Fece i suoi primi studi a Pescia, dove fu anche chierico. Era destinato a divenire un grande cultore delle lettere classiche, cardinale e segretario apostolico del papa.

La profonda cultura del Salutati e le sue capacità di governo furono presto note a tutti e contribuirono all'espansione della repubblica fiorentina. Le sue missive ufficiali lo resero famoso e temuto, perché rivolte a contrastare ogni ideologia e politica che si

---

[102] Il figlio primogenito Piero nasce nel 1371, ma nell'anno seguente la moglie Caterina muore. Coluccio riprese moglie nel 1373. Piera di Simone Puccino di Vanni Riccomi vivrà fino al 1396, dandogli altri 9 figli. (Nuzzo Armando, *Le epistole di Coluccio Salutati,*

servissero della tirannia, compresa quella pontificia, augurando una evoluzione morale della società.

Il Salutati non mancò però di riservare particolari elogi all'arte della mercatura, riconoscendole un ruolo fondamentale per lo sviluppo della città e della società civile.

Teneva quindi in grande considerazione anche la famiglia dei Vespucci: nell'ottobre del 1390 aveva scritto a nome della Repubblica Fiorentina una lettera in favore di Simone di Piero Vespucci, che, divenuto molto ricco proprio grazie all'attività mercantile, aveva deciso di utilizzare parte dei suoi ricavi per la costruzione di uno Spedale per i poveri nella zona di Borgognissanti, dove i Vespucci possedevano già delle case; nella vicina chiesa di Ognissanti, invece, lo stesso Simone fece erigere ed affrescare una sontuosa cappella di famiglia[103].

Tornando a Coluccio Salutati, va ricordato che fu lui, nel 1397, a far giungere a Firenze, da Costantinopoli, il nobile Emanuele Crisolora, della famiglia del Paleologi, considerato il più grande esperto di greco antico, al quale affidò la prima cattedra di grammatica e letteratura greca all'Università fiorentina, riportando in Occidente la passione per lo studio dei classici. Con Coluccio e il Crisolora ebbe inizio l'umanesimo e si avviò la ricerca dei più importanti testi della cultura greca[104].

Molti codici giunsero a Firenze in quel periodo, anche se è opinione comune che la sapienza orientale vi approdasse soltanto a partire dal concilio del 1439!

Dei trattati di cosmologia di Claudio Tolomeo, ad esempio, si conoscevano allora unicamente le traduzioni latine, che risultavano però incomplete rispetto a quelle greche, che erano ampiamente corredate di carte e mappe sconosciute in Occidente.

Come ci dimostra anche A. Centomo[105], Tolomeo, nonostante il suo sistema geocentrico, nei libri IX e X dell'*Almagesto*, aveva esposto

---

[103] Angelo Maria Bandini, *Vita e lettere di Amerigo Vespucci*, Firenze, 1745, pag. XII

[104] http://www.academia.edu/7920404/
Problemi e prospettive della ricerca su Manuele Crisolora in Manuele Crisolora e il ritorno del greco in Occidente. Atti del Convegno Internazionale Napoli 26-29 giugno 1997 a cura di R. Maisano e A. Rollo Napoli 2002 pp. 31-85

[105] A. Centomo, Galileo, *Tolomeo e il moto di Venere*, Giornale di Fisica, Vol. XLII n° 4, Ottobre.dicembre 2001, Padova

ampiamente gli studi sui moti di Venere, che aveva calcolato in modo quasi perfetto, arrivando anche a correggere i propri errori nella misurazione dei suoi periodi, dovuti alla considerazione di orbite circolari piuttosto che ellittiche.

Il Crisolora iniziò a Firenze la traduzione dal greco della *Geografia* di Tolomeo[106], nella quale erano contenuti importanti concetti relativi all'astronomia, alla rappresentazione e misurazione della Terra e alla determinazione della latitudine e longitudine, nonché le tecniche di proiezione cartografica.

107

Così non ci stupiremo di scoprire che proprio a Tolomeo si deve lo studio sulla costruzione del pentagono regolare, illustrato nel primo libro dell'*Almagesto*, dove, per arrivare alla misurazione delle corde, si serve, ancora una volta, dell'angolo di 72°.

Queste notizie servono anche a sostenere l'ipotesi di un interesse profondo di Coluccio Salutati per gli studi geografici e per i viaggi.
La sua biblioteca personale era fra le più importanti del suo tempo, ricchissima di testi antichi e rari. Nei suoi scritti egli cita infatti anche il *Timeo* di Platone, ovvero l'opera in cui il filosofo greco descrive la civiltà di Atlantide[108]
Coluccio era stato a sua volta influenzato da un altro grande cultore della geografia: Francesco Petrarca (Arezzo 1304-Arquà 1374), che contribuì a far conoscere molti testi latini quasi dimenticati, in

---

[106] La traduzione verrà completata dal fiorentino Jacopo Angeli entro il 1410.

[107] Ritratto fantastico di Claudio Tolomeo in una traduzione latina della "Geografia" conservata a Firenze nella Biblioteca Laurenziana.

[108] James Hankins, *Salutati, Platone e Socrate*, in www.academia.edu

particolare quelli che trattavano di toponomastica e etimologia, materie per le quali nutriva una profonda passione e che lo condussero a ricercare e studiare antiche carte geografiche; egli infatti suggeriva, a chi volesse intraprendere studi geografici e toponomastici, di non fermarsi alle conoscenze più recenti e ormai lontane rispetto all'origine dei nomi dei luoghi, che avrebbero potuto trarre in inganno, ma di far ricorso alla *curiositas erudita*, cercando le risposte nelle fonti antiche.

Il Petrarca trasmise questo suo desiderio di conoscenza e il metodo d'indagine anche all'allievo ed amico Giovanni Boccaccio (Certaldo 1313-1375), il quale realizzò l'operetta *De montibus, silvis, fontibus, lacubus, fluminibus, stagnis seu paludibus et de nominibus maris* (1362-1366) [109].

Berthetlot e Well, ad esempio, nella loro *Storia naturale delle Canarie* riferiscono che non avrebbero saputo ricostruire la storia delle prime esplorazioni delle Isole Canarie se non avessero *"avuto fra le mani l'opera pubblicata nel 1827 dall'abate Sebastiano Ciampi, e che porta per titolo: "Manoscritto autografo di Messer Gio. Boccaccio da Certaldo, conservato nella Biblioteca Magliabecchiana di Firenze, e dal sullodato bibliotecario ritrovato e illustrato". (...) Egli è dal manoscritto del Certaldese che raccogliamo le prime precise notizie della scoverta delle Canarie. In esso leggiamo che nel 1341 il re di Portogallo Alfonso IV vi spedisse Angiolino del Tegghia[110] con 5 grandi caravelle; costui ne scoprì l'intero arcipelago, che disse composto di 13 isole, delle quali sette abitate e sei deserte come lo sono tuttora. Quel capitano ne ritornò a Lisbona con grossi carichi di grano, fichi secchi, datteri, e ne compilò la prima relazione: descrivendone gli abitanti che diceva provveduti di pulite case di fabbrica, ed essere idolatri. Infatti da un tempietto elevato in Lancerotta, portò via un idolo di figura umana*

---

[109] http://www.treccani.it/enciclopedia/umanesimo-e-scienza-antica-la-riscoperta-di-tolomeo-geografo_%28Il-Contributo-italiano-alla-storia-del-Pensiero:-Scienze%29/
Vedi anche: *Lettera del prof. SEBASTIANO Cu.wm, sulla scoperta dell'Isola Canarie, fatta l'anno 1341, dai navigatori Fiorentini, Genovesi e Spagnuoll.*, in *Antologia: giornale di scienze, lettere e arti ...*, Volumi 23-24 (Google eBook) G. P. Vieusseux, 1826

[110] Il fiorentino "Angiolino del Tegghia de' Corbizzi Consobrino de' figliuoli di Gherardino di Gianni" fu capitano in queste navi.

tenente in mano un globo, che insieme con altri arnesi e masserizie domestiche di quelli abitanti menò seco a Lisbona." [111]

Coluccio Salutati, pur ammirando il grande Dante Alighieri, si sentì piuttosto l'erede spirituale di Petrarca e Boccaccio, dei quali era stato allievo, mantenendo, soprattutto con il Boccaccio, un contatto e scambio epistolare anche quando si trovavano in luoghi distanti. Fu proprio il Salutati, alla morte dell'amico, a comporre l'epitaffio che compare sul suo cenotafio a Certaldo. [112]

E' opinione comune che nella poesia il Salutati non sia riuscito a raggiungere le vette dei suoi maestri: Dante, Petrarca e Boccaccio; tuttavia egli raccolse e continuò la sfida di ricercare nei classici quelle conoscenze, anche geografiche, che gli uomini del suo tempo parevano aver dimenticato.

I primi umanisti toscani recuperarono quei saperi che si credevano perduti (anche se nel medioevo molti copisti e miniatori avevano salvato segretamente un gran numero di preziose opere), trasformandosi non soltanto in letterati e poeti, ma anche in scienziati e matematici, in astronomi e astrologi, in maghi, medici e alchimisti, in filosofi, in uomini di governo o coraggiosi esploratori e, perché no, anche in raffinati artisti! Questi ultimi erano in grado di esprimere, per mezzo della loro sensibilità e di una incredibile abilità tecnica, capolavori irripetibili, i quali celavano messaggi offerti agli occhi di tutti, ma ermeticamente mimetizzati in un linguaggio di simboli che solo gli iniziati erano in grado di intendere... Gli altri non potevano che rimanere incantati davanti a tanta bellezza, intuendo con stupore che essa dovesse rappresentare qualcosa di speciale... Non capivano tuttavia che ognuno di quei "gioielli" conteneva dei codici misteriosi in grado di interagire immediatamente con i loro sensi ed il loro inconscio;... la loro meraviglia perciò non si traduceva in sapienza, perchè a loro non era dato di comprendere....

Se Boccaccio, negli ultimi anni della sua vita, aveva riunito a Certaldo un circolo di intellettuali assetati di conoscenza, mi

[111] *Rendiconto delle adunanze e de' lavori dell' accademia delle scienze: sezione della società reale Borbonica di Napoli,* Volume 1 (Google eBook), Stabilimento Tipografico Dell'Aquila, 1842

[112] Giuseppe Bonghi, *Biografia di Giovanni Boccaccio,* in http://www.classicitaliani.it/bio_pdf/bio0803.pdf

piacerebbe pensare che anche in Valdinievole, intorno a Pescia, si fosse creato, come nel convento di S. Spirito a Firenze[113], un cenacolo di appassionati eruditi legati dal medesimo amore per gli studi umanistici, ma soprattutto dal desiderio di recuperare quelle conoscenze geografiche, astronomiche ed astrologiche che avrebbero portato, più tardi, alla ri-scoperta ufficiale del continente americano. Si potrebbe dire, senza timore di sbagliare, che il vero *sogno americano* affondi le proprie radici all'interno di quella *intellighenzia* che si era raccolta intorno a Coluccio Salutati.

Lo stesso Boccaccio doveva aver frequentato i castelli della Valdinievole, magari come ospite eccellente di Coluccio.

Egli dimostra di conoscere molto bene le colline tra Pescia e Stignano, forse per averle visitate insieme all'amico: infatti descrive uno dei suoi torrenti, oggi poco più che un rigagnolo: si tratta del *Rio Cerretorio, o Rio d'Uzzano, posto nel trattato dei fiumi miracolosi, perciocché nelle gran piogge i sassi che scendono precipitosamente urtandosi insieme tramandano faville, vedendosi calare da detto Rio fuoco, e acqua appresso.*[114]

Sicuramente, dalla scomparsa di Petrarca e Boccaccio, Lino Coluccio Salutati rappresentò il più importante maestro e promotore della cultura non solo toscana, ma anche italiana e d'oltralpe, in un periodo che andò dal 1375 circa, fino alla sua morte nel 1406!

Tra gli allievi eccellenti di Coluccio compaiono Leonardo Bruni e Poggio Bracciolini, dal quale sappiamo che la biblioteca del Salutati annoverava almeno 800 volumi, tra cui le traduzione del *Timaeus* di Platone e vari trattati di geografia e astronomia[115].

Ma soprattutto egli si prese cura del giovane Iacopo Angeli da Scarperia che, su suggerimento del maestro e in compagnia di Roberto de' Rossi, raggiunse nel 1360 il Crisolora a Venezia, dove

---

[113] Il convento di Santo Spirito, sede dell'Ordine agostiniano, era divenuto un importante centro culturale: la sua biblioteca nel 1450 contava oltre 570 manoscritti. Vi avevano studiato Francesco Petrarca, grazie all'amicizia con fra' Dionigi da Borgo San Sepolcro, e Giovanni Boccaccio, a sua volta legato a fra' Martino da Signa. Ma fu intorno a fra' Luigi Marsili che si raccolse una dotta adunanza che vide, come principale esponente ed animatore, Coluccio Salutati. Intorno a lui si riunivano gli umanisti Poggio Bracciolini, Niccolò Niccoli, Leonardo Bruni, Niccolò de' Rossi, Giannozzo Manetti..., che continuarono a incontrarsi lì anche dopo la morte di Coluccio, molti anni prima della nascita dell'Accademia Platonica.

[114] Prospero Omero Baldasseroni, *Istoria della città di Pescia e della Valdinievole*, Pescia, 1784

[115] https://www.academia.edu/9313905/I_classici_latini_nella_biblioteca_di_Coluccio_Salutati

questo si trovava in missione diplomatica, per poi accompagnarlo a Costantinopoli, approfittando di quel soggiorno per completare presso di lui i suoi studi della lingua greca. Coluccio scriveva al suo allievo a Costantinopoli, raccomandandogli di procurarsi i manoscritti degli storici e filosofi greci da portare al suo rientro in Toscana.

Quando Iacopo ritornò, oltre ai testi, portava nuovamente in Italia, dietro espresso invito del Cancelliere fiorentino Coluccio Salutati, Emanuele Crisolora: questa volta a Firenze, dove, come abbiamo visto, gli fu conferita la prima cattedra di Greco antico, una lingua che pareva ormai dimenticata da sette secoli! E proprio Iacopo Angeli, alla morte del Crisolora, riuscì a completare la traduzione della *Geographia* di Tolomeo che il maestro non era riuscito a concludere.

(Quella del Crisolora a Firenze, oltre che una funzione culturale, rappresentò anche un'importante funzione politica, che probabilmente favorì i contatti commerciali con l'Oriente e avviò quegli scambi che portarono qualche decennio più tardi al realizzarsi del Concilio di Firenze. Lo dimostrano i contatti epistolari che, anche da Firenze, Emanuele Crisolora mantenne con l'imperatore bizantino Manuele II).

Gli umanisti che ricercavano con entusiasmo e passione le opere antiche, investendo gran parte dei loro denari, e con diligenza le copiavano, desideravano riscoprire un mondo, una cultura e soprattutto le conoscenze che per troppo tempo erano state dimenticate.

Ma il loro non era un interesse finalizzato solo all'approfondimento di una personale erudizione, anzi, rivestiva elementi di grande attualità: si trattava di personalità poliedriche, profondamente radicate nella vita pubblica, nelle quali convivevano armoniosamente l'impegno intellettuale e quello civile.

Come abbiamo visto, erano, oltre che studiosi, ricchi patrizi, personaggi pubblici con cariche importanti nella politica cittadina, notai, mercanti, medici, teologi, filosofi, scienziati, artisti meravigliosi...

Dall'eredità della sapienza degli antichi essi volevano estrarre i suggerimenti per rinnovare il loro presente, la civiltà della quale si ritenevano fruitori ma anche artefici, in quanto responsabili del suo progresso. Non meravigliamoci perciò che essi nutrissero il sogno di allargare, anche geograficamente, i propri orizzonti!

Tav. XLVII - Firenze, Biblioteca Nazionale Centrale, Magliabechiano XIII 16, cc. 88v-89r (scheda 114).

116

---

[116] Mappa del mondo abitato (ecumene) disegnata nel XV secolo secondo le proiezioni di Claudio Tolomeo

Amerigo il Vecchio alla scoperta dell'America

E' facile intuire come la personalità di *Ser Coluccio* avesse potuto risultare affascinante per quanti avevano la fortuna di frequentare la sua cerchia: fra questi c'era forse anche il vecchio Nastagio? E' azzardato affermare che egli fosse amico e forse discepolo del Salutati, e che in seguito gli avesse affidato anche l'educazione dei figli Giorgio Antonio e Amerigo?

Fu attraverso quelle dotte lezioni che i Vespucci entrarono in contatto con il medico filosofo Pietro degli Onesti, il quale dette poi in sposa al giovane Amerigo la propria figlia Nanna?

A conferma dei rapporti intercorsi tra il Salutati e la famiglia Vespucci depone il *Censimento dei manoscritti delle biblioteche italiane.* Troviamo infatti che la Biblioteca Medicea Laurenziana dispone di manoscritti appartenuti a Coluccio Salutati e donati alla biblioteca del Convento di San Marco di Firenze proprio da Giorgio Antonio Vespucci, il quale a sua volta ne era stato proprietario, inserendovi alcune integrazioni ed annotazioni in margine[117].

Coluccio Salutati e Pietro degli Onesti, insieme a Nastagio Vespucci, seguito da Amerigo il Vecchio, sarebbero dunque stati i veri ispiratori dei viaggi rinascimentali alla scoperta del continente americano?

Non è una strana coincidenza il fatto che proprio un allievo di Coluccio Salutati, Jacopo d'Angelo da Scarperia (Jacopo Angeli), sia stato il primo traduttore ufficiale della versione greca della *Geografia* di Tolomeo, che pubblicò nel 1406?

Ma le *coincidenze* non finiscono qui, anzi...

Il planisfero tolemaico a noi noto, nel quale compaiono le terre conosciute all'epoca di Tolomeo, non comprende il continente americano. Sappiamo però, da testimonianze di vari scrittori, che la *Geografia* portata a Firenze dal Crisolora includeva una quantità maggiore di carte, rispetto alla versione in latino già reperibile, alcune delle quali corrette ed inserite dagli Arabi.

---

[117] http://manus.iccu.sbn.it/opac_SchedaScheda.php?ID=114837
http://manus.iccu.sbn.it/opac_SchedaScheda.php?ID=114835

Presso la Biblioteca Nazionale di Firenze, infatti, pare sia conservata una preziosissima copia della *Geografia* di Tolomeo tradotta dall'Angeli, stampata nel 1480. Un'altra copia della stessa, ma antecedente al 1478, è invece conservata a Roma.

Fra le numerose mappe a corredo dell'opera, ce ne sarebbe una estremamente importante, passata fino ad ora inosservata, o piuttosto sotto silenzio. In essa infatti compaiono non solo un'ampia sezione del continente americano perfettamente delineato, ma anche il continente australiano e le coste dell'Antartide!

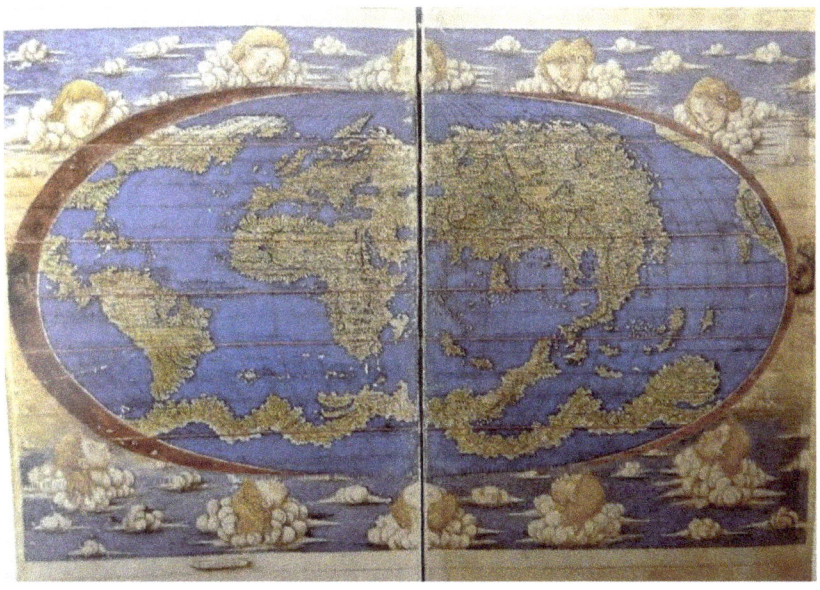

La notizia viene riportata da Ruggero Marino[118], il quale ci informa di aver saputo da un suo lettore che il Ministero per i Beni Culturali e la Biblioteca Apostolica Vaticana, in occasione delle manifestazione per il *Bimillenario di Cristo*, avevano pubblicato questa mappa su cartolina, contenente sul retro la seguente didascalia:

---

[118] http://www.ruggeromarino-cristoforocolombo.com/mappe/un-tolomeo-sconcertante-con-tutta-l-america-e-l-australia.html

"Tolomeo, Geographia Firenze, Biblioteca Nazionale Centrale, Urb. lat. 274, ff. 73v-74. La Mappa è riportata nel Libro "Vedere i Classici", fratelli Palombi Editore pag. 438. La didascalia dice: traduzione latina di Jacopo Angeli da Scarperia sec. XV"

E' la stessa mappa che, qualche anno fa, venne pubblicata da Franca Maria Tegliucci nella sua pagina *"Associazione Culturale Antica Cartografia"*, sottotitolandola: *Planisfero ovale italiano. Manoscritto su pergamena,1530. Biblioteca Vaticana.*

Fino ad ora, forse, quella data ha tratto in inganno, trattandosi invece della copia di un codice ben più antico!

A questo punto, però, non possiamo non porci un'altra domanda:
"Il primo Amerigo Vespucci ad aver calpestato il suolo del continente americano è stato veramente Amerigo il Giovane, o piuttosto Amerigo il Vecchio?"

Abbiamo infatti visto come Amerigo il Vecchio fosse un uomo di cultura e in vista nella Firenze del primo '400.

Il Vasari, nelle sue "Vite", parlando di Leonardo da Vinci, ci racconta:

"(..) Piacevagli tanto quando egli vedeva certe teste bizzarre, o con barbe o con capegli degli uomini naturali, che arebbe seguitato uno, che gli fussi piaciuto, un giorno intero e se lo metteva talmente nella idea, che poi arrivato a casa lo disegnava come se l'avesse avuto presente. Di questa sorte se ne vede molte teste e di femine e di maschi, e n'ho io disegnato parechie di sua mano con la penna, nel nostro libro de' disegni tante volte citato, come fu quella di Amerigo Vespucci, ch'è una testa di vecchio bellissima disegnata di carbone (...)"

Il Vasari non ci dice quando Leonardo avesse dipinto il *vecchio* Vespucci, ma pare impossibile una tale definizione, in quanto il giovane Amerigo lasciò Firenze per recarsi in Spagna nel 1491 all'età di trentasette anni circa, e sicuramente egli era nel pieno delle sue condizioni fisiche, se negli anni successivi fu in grado di affrontare lunghi ed estenuanti viaggi sull'oceano... Egli, inoltre, non ebbe la fortuna d'invecchiare, perché la morte lo raggiunse nel 1512, a soli 58/60 anni (dato che le ipotesi sull'anno di nascita sono incerte).

Impossibile quindi, per Leonardo, ritrarlo nelle sembianze di un vecchio, tanto più che l'artista si era già allontanato da Firenze, nel 1482, per trasferirsi a Milano presso la corte di Lodovico il Moro.
Il ritratto testimoniatoci dal Vasari, perciò, non può che riferirsi ad Amerigo il Vecchio!

Anche il Ghirlandaio, del resto, aveva dipinto un Amerigo, il nonno, ormai anziano ma ancora prestante, nella sua *Madonna della Misericordia*, un Amerigo la cui effigie viene riportata in tutte le rappresentazioni del navigatore che aveva ispirato il nome del Nuovo Mondo!
Si è trattato di un errore cristallizzatosi nel tempo? O no?
Possibile che per secoli si sia identificato nel nome di Amerigo Vespucci il nipote del vero scopritore dell'America, dandogliene anche il merito?
Si capirebbe così perché Amerigo il Giovane fino all'età adulta fosse stato per tutti *Alberico*[119], e solo più tardi avesse ripreso il nome del nonno: forse per restituire al suo avo il merito di un'impresa segreta che era passata sotto silenzio e della quale non solo egli aveva seguito le orme, ma vi aveva personalmente preso parte?
Io credo che in realtà egli non abbia usurpato nulla, in fondo, se, come penso, un giovanissimo Amerigo aveva vissuto un'avventura indimenticabile, tracciando così irrimediabilmente anche la rotta della propria vita... Probabilmente aveva attraversato l'oceano con il nonno e posato insieme a lui i primi piedi fiorentini sulla nuova terra... Chissà chi era insieme a loro? Forse lo stesso Cosimo il Vecchio, ufficialmente ritirato fra i suoi libri nella villa di Careggi, in compagnia del nipote Giuliano... Forse un giovane Leonardo...
Allora diverrebbero comprensibili sia la presenza di testimonianze scritte di un numero di viaggi superiore rispetto a quelli conosciuti, sia quelle lettere del Vespucci che non convincono gli studiosi circa la loro autenticità, in quanto vi si rilevano della incongruità rispetto al tempo di Amerigo il giovane. Cosa succederebbe però se venissero riesaminate, ipotizzando che lo scrivente fosse invece, alcuni decenni prima, non lui ma suo nonno? Oppure lui stesso, ma

---

[119] Così infatti egli si firmava.

in un tempo risalente a circa trent'anni prima dei viaggi ufficiali? O ancora, se nascoste nelle memorie dei suoi viaggi avesse inserito anche quelle dei viaggi del nonno?

Un altro mistero che troverebbe una logica risposta riguarda la fisionomia di *Amerigo,* che in alcuni ritratti non coincide: cosa naturalissima se accettiamo l'idea che gli *Amerigo* sono due e che *coloro che sapevano* avevano delineato il ritratto del vecchio Amerigo come scopritore dell'America, in quanto il nipote era ancora troppo giovane per potergliene attribuire il merito.

Si capirebbe anche il motivo per cui, nel 1507, Martin Waldseemüller, nella sua *Cosmographiae introductio*, non avesse esitato ad indicare sulla mappa il nome *America*, suggerito dall'amico poeta Matthias Ringmann, anche se la fama del giovane Vespucci non era ancora tale da giustificare simile attribuzione.

E' soprattutto grazie a Matthias Ringmann che l'America porta oggi questo nome!

Ringmann aveva effettuato vari viaggi in Italia, abitando per alcuni anni a Firenze, dove aveva frequentato l'esclusiva cerchia di eruditi.

Inoltre, a Ferrara aveva incontrato l'umanista e studioso di archeologia Lilio Gregorio Giraldi, che gli aveva insegnato alcune nozioni di greco, mentre a Novi Ligure aveva ricevuto in prestito da Gianfrancesco Pico della Mirandola un prezioso testo greco sulla cosmografia di Tolomeo.

Ringmann non aveva potuto conoscere Amerigo il vecchio, ormai scomparso, ma ne aveva scoperto le imprese ed era stato informato dei suoi viaggi segreti: il suo nome sulla mappa pare così rendere giustizia alle imprese di un uomo eccezionale, che non poteva essere ancora completamente ignorato. La prova di ciò è proprio la forma data da Martin Waldseemüller alla mappa, che ricalca esattamente, nei contorni e nelle dimensioni, il mantello della Madonna della Misericordia, così come l'effigie di Amerigo il Vecchio e non quella del giovane e più famoso nipote.

E' infatti il vecchio Amerigo di Nastagio, sposo di Nanna degli Onesti, genero e discepolo di "Pietro il filosofante", quello che compare in ogni rappresentazione attribuita al nipote piuttosto che a lui: nei dipinti, nelle statue, nelle illustrazioni, nelle monete e nei francobolli commemorativi...

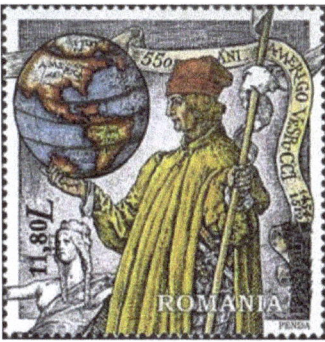
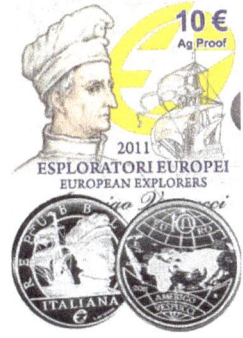

Ne è un esempio importante il *Ritratto di Amerigo Vespucci* attribuito a Cristofano dell'Altissimo[120]. Su di esso potrebbe essere effettuata una interessante verifica.

I ritratti della serie gioviana, infatti, sono in gran parte integrati da note astrologiche inserite sul retro del dipinto, con la rappresentazione dei temi natali dei protagonisti.

Non ho trovato notizie relative al *rovescio* di questo ritratto di Amerigo, ma è probabile che anch'esso rechi qualche indicazione relativamente al cielo della nascita, se non nel retro, forse proprio nella parte visibile del rotolo, apparentemente una carta nautica, che reca in mano.

Avere dati di questo tipo sarebbe importante per stabilire se l'effigie di Amerigo il vecchio fosse stata rappresentata al posto di quella del giovane a causa di un errore, o piuttosto volutamente, per rendere merito al vero scopritore dell'America.

Ma l'omaggio più lampante, secondo me, lo ritroviamo proprio nell'affresco della *Cavalcata dei Magi* di Benozzo Gozzoli, in quel volto a cui uno strano corpricapo dona una parvenza vagamente *indio...* Si tratta di un personaggio misterioso, apparentemente fuori dal contesto della cerimonia rappresentata, ma proviamo un attimo ad immaginarlo senza quella singolare *parrucca* con le piume e confrontiamolo con un profilo del Vespucci: scopriremo nei tratti

---

[120] N° 702 della collezione di Paolo Giovio agli Uffizi di Firenze

AMERIGO VESPUCCI

somatici dei due una notevole somiglianza! Il volto è colorito, come di uno che ha trascorso molto tempo per mare, ... o che è appena tornato da un viaggio ai Caraibi... Forse quel rudimentale copricapo di fibre era servito proprio a riparare il capo dai cocenti raggi del sole, quel capo che le tre piume dei Medici incoronano alla moda dei principi maya, anzi inca..., come dimostra l'immagine tramandataci di Viracocha, ottavo sovrano del potente impero Inca[121]. Il suo vero nome in realtà era Hatun Tupac, ma il giovane re aveva assunto quello dell'omonimo dio che gli era comparso in sogno e che, secondo la mitologia era nato dalle acque del lago Titicaca. Ma la leggenda racconta anche che Viracocha scomparve allontanandosi

[121] http://historiaperuana.com/biografia/huiracocha-wiracocha/
http://commons.wikimedia.org/wiki/File:WLA_brooklynmuseum_18th_century_Viracocha.jpg

sulle onde dell'oceano. (Pare fosse questo il motivo per cui, al loro arrivo, gli uomini di Pizarro che sbarcarono sulle loro coste furono accolti dai nativi non come nemici, ma come divinità di ritorno sulla loro terra, sottomettendosi spontaneamente, senza immaginare che gli spagnoli li avrebbero invece duramente soppressi.)[122]

La cosa più strana, però, è che l'imperatore Viracocha risulta scomparso intorno al 1438, ma nel 1439 pare "riprendere vita", facendo la sua apparizione proprio nella *Cavalcata dei Magi* di Benozzo Gozzoli! Si pensa infatti che il corteo dipinto dall'artista nel 1459 volesse fare un preciso riferimento all'arrivo a Firenze degli ospiti del Concilio del 1439, offrendoci così una facile datazione. Possibile che si tratti proprio di lui? Altri indizi a favore sono

---

[122] Mircea Eliade, Ioan Peter Couliano, *Religioni*, Editoriale Jaca Book, 1992

rappresentati dalla presenza di alcuni felini originari dell'America Centro-meridionale, come la *jaguatirica* e la *onça*.

Dietro l'enigmatico personaggio del dipinto, inoltre, si vedono piante dai frutti dorati, forse a richiamare il Giardino delle Esperidi, ma anche cespugli di rose! Si potrebbe aggiungere che questa scena della grande raffigurazione del Gozzoli è situata nella parete occidentale della cappella, coinvolgendo tutta la comitiva in uno spostamento da est verso ovest, verso la luce di *Vespero*!

[123]

---

[123] Affresco di Benozzo Gozzoli ,"Cappella dei Magi", Palazzo Medici Riccardi a Firenze. Parete est.

Allora questa gigantesca allegoria, altro non sarebbe che la celebrazione di una grande impresa rinascimentale e dei suoi artefici: di quel viaggio in America che la storia non ha mai scritto nei suoi libri, e che soltanto l'arte è riuscita a tramandarci velandone le forme! In questa parte dell'affresco, probabilmente, il Gozzoli ha situato anche i primi umanisti e tutti coloro che nell'impresa hanno avuto un ruolo attivo e determinante, raccolti intorno alla figura del loro capitano: Amerigo Vespucci il Vecchio, mimetizzato nelle sembianze di Viracocha, quasi suo alter ego!

Fondamentale il ruolo rivestito da Piero il Gottoso, figlio di Cosimo, raffinato intellettuale, studioso dei classici e amante dell'arte, che curò personalmente la realizzazione degli affreschi, indicando i

---

[124] Affresco di Benozzo Gozzoli ,"Cappella dei Magi", Palazzo Medici Riccardi a Firenze. Parete ovest

134

simboli che dovevano comparirvi: ritroviamo le sue imprese sia nelle tre piume (furono adottate infatti da lui le tre piume rossa, bianca e verde), sia l'immagine del falco artigliante che compare nella parete sud, sopra il corteo di Baldassarre, impersonato dall'imperatore di Bisanzio, Giovanni VIII Paleologo.

In quella scena compaiono anche le tre figlie femmine di Piero: Maria, Bianca e Lucrezia, detta Nannina[125]. Piero, che aveva condiviso l'esilio del padre a Venezia, aveva poi visitato le più importanti corti, ponendo le basi diplomatiche per le future alleanze. Quella con Venezia finirà però a seguito dell'appoggio dato dai Medici agli Sforza.

Ho parlato poco fa di Amerigo il Vecchio perché, se consideriamo la possibilità che l'uomo con il capo incoronato di piume possa essere proprio un Amerigo, ci troveremmo di fronte ad un grosso dilemma: come abbiamo visto la *Cavalcata dei Magi* è stata dipinta nel 1459, quando Amerigo Vespucci era un bambino, o addirittura non era ancora nato, se datiamo la scena al 1439. Impossibile quindi ogni riferimento,... a meno che il dipinto non rappresenti invece il nonno, circa cinquantenne (nel 1439) o settantenne (se consideriamo il 1459), perciò decisamente più compatibile con l'età dell'uomo raffigurato,... ed anche con quel mirabile ritratto di vecchio che il Vasari ci dice essere stato realizzato da Leonardo da Vinci...
Forse questo?

---

[125] Le tre ragazze contarranno matrimoni "strategici" per le alleanze fiorentine: Maria sposò Leonetto de' Rossi, Bianca Guglielmo de' Pazzi e Annina Bernardo Rucellai.

135

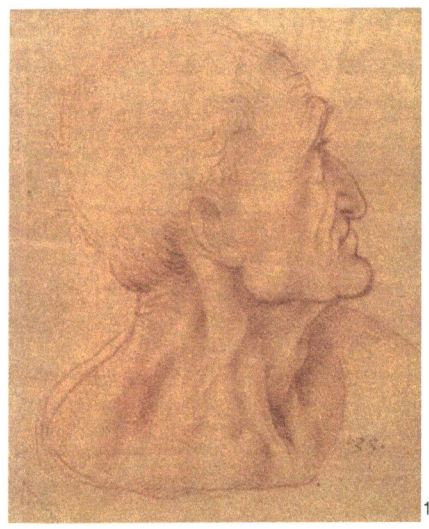
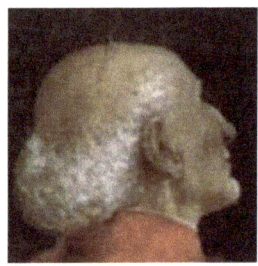

126

Tornando così alla *Universalis cosmographia* di Waldseemüller e Ringmann, anche la figura di Tolomeo, specchiata da quella del Vespucci, accanto alle mappe inserite all'interno dell'anello dei Medici, acquista una valenza nuova.

Non si tratta solo del passaggio di testimone da un mondo antico ad un mondo nuovo, ma di un vero e proprio tributo di gratitudine per il ruolo avuto dall'opera tolemaica nel tracciare le nuove rotte.

---

126 Questo disegno di Leonardo da Vinci, datato 1495, viene considerato uno studio preparatorio per *l'Ultima Cena*, relativo al personaggio di Giuda. Ma a confrontarlo attentamente, il profilo del volto somiglia più ai ritratti di Amerigo Vespucci, che al Giuda del *Cenacolo*!

Ecco che il nome America viene a costituire una singolare amalgama di voci segrete, quella di Merica, il pianeta Venere che aveva guidato i navigatori dell'oceano fin dai tempi più remoti, e quello di Amerigo Vespucci, che, incaricato da Cosimo il Vecchio, aveva per primo posato il piede fiorentino su quella terra!

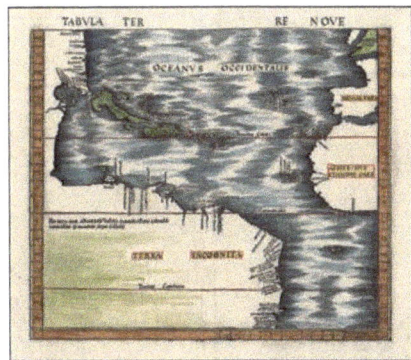

L'influenza dell'esperienza fiorentina di Ringmann nella compilazione del Planisfero si può definire ancora meglio considerando che, dopo la sua morte[127], Waldseemüller compilò una nuova mappa della costa americana, ma il toponimo *America* scomparve, sostituito da *Terra Incognita*.

Troppo tardi: nonostante fosse soltanto il 1513, essa era ormai per tutti l'America!

Il toponimo ricomparirà infatti nel 1520, nel planisfero di Pietro Apiano...

---

[127] Matthias Ringmann morì improvvisamente nel 1511: aveva soltanto 29 anni e da cinque stava lavorando alla nomenclatura della *Geografia* di Tolomeo. La sua opera fu completata, probabilmente modificata, e pubblicata da Jean Schott, dopo meno di due anni dalla sua morte, senza che il suo nome comparisse!

Se quanto esposto fino ad ora dovesse ritenersi non dico esatto, ma perlomeno credibile, si potrebbe verosibilmente affermare che in America fosse arrivato per primo un Amerigo Vespucci, che non era il nipote, bensì il nonno, e che quindi i fiorentini erano giunti nel nuovo continente diversi anni, addirittura decenni, prima di Colombo.

E' questo che gli artisti del tempo hanno cercato di trasmetterci!

Amerigo il giovane avrebbe raccolto l'eredità spirituale del nonno (con il quale aveva probabilmente condiviso il suo primo viaggio), proseguendo poi le spedizioni alla scoperta del continente che sapeva bene essere lì, ma che era tuttavia ancora inesplorato.

Da questa prospettiva si evince come il nome America sia stato un atto di giustizia ed un omaggio al vero scopritore, anche se in realtà egli aveva soltanto, attraverso gli studi su Tolomeo, riscoperto una strada già tracciata.

Il nome della stella *Venere/Merica* e il suo legame con le rotte oceaniche segna una straordinaria coincidenza, che non poteva passare sotto silenzio, così Venere è diventata il simbolo di un'iconografia rinascimentale di cui soltanto pochi, già alla fine del '400, erano in grado di leggere il significato nascosto. (Purtoppo i tempi erano cambiati, cambiate le alleanze, distrutta la flotta medicea...).

L'aveva capito Matthias Ringmann durante la permanenza a Firenze e proprio la sua certezza aveva convinto l'amico cartografo ad usare il nome "*America*".

L'Artista testimone della Storia

Adesso, rivisitando alcune delle più famose opere della Firenze rinascimentale, alla luce delle supposizioni fin qui elaborate, scopriremo che esse acquisteranno significati apparentemente più complessi di quelli che sono stati loro attribuiti fino ad ora; ma al tempo stesso, lasciando cadere i veli che per secoli hanno celato i loro reali messaggi, ci appariranno improvvisamente chiare e fruibili, ci dichiareranno apertamente le verità gelosamente custodite...

Capiremo così che ci sono stati avvenimenti, nel corso della storia, che non si sarebbero mai conosciuti, se gli artisti dell'epoca, rielaborandoli attraverso le loro opere, non ce ne avessero offerto una manifestazione attendibile, pur mascherata nelle forme e riconoscibile soltanto a pochi attraverso il linguaggio figurativo dei simboli.

Ho già parlato di alcune importanti testimonianze e l'elenco completo sarebbe troppo impegnativo..., direi impossibile...

Sicuramente molti capolavori conserveranno ancora a lungo i loro segreti, anche se, lentamente, taluni si svelano ad una maggiore comprensione.

Proviamo a rileggerli insieme...

La Primavera del Botticelli

Gli esperti affermano che la grande tavola risalga al 1482 circa e che sia stata commissionata in occasione delle nozze tra Semiramide Appiani e Lorenzo di Pierfrancesco de' Medici detto il Popolano, cugino del Magnifico, lo stesso al quale Amerigo Vespucci il Giovane inviava i resoconti dei suoi viaggi.

Esistono tuttavia ipotesi che anticipano la creazione della Primavera intorno al 1477/78, quando Botticelli iniziò a lavorare per la famigia dei Medici.

Su questo dipinto, uno dei più famosi al mondo, sono state scritte migliaia di pagine, eppure il suo messaggio nascosto rimane tuttora un mistero. Una delle teorie più accreditate, e che in parte condivido, è che esso raffiguri il tema astrale di Lorenzo, che vede la forte influenza di Venere e Mercurio.

Naturalmente si tratta soltanto di uno dei piani di lettura possibili, provo perciò ad aggiungere alcune mie considerazioni, per una personale e diversa interpretazione.

Protagonista della scena è Venere, rappresentata da Simonetta, situata al centro di un sacro bosco di mirto, arbusto a lei consacrato, dove, con giochi di pieno e vuoto, di luci e di ombre, le fronde disegnano una grande *M: Merica*?

Il suo mantello è duplice, rosso da un lato a dimostrare la potestà sulla Terra, della quale si individua il reticolato; azzurro e trapuntato di stelle all'interno, perché Venere è anche la regina della notte, la sua stella più lucente. Il doppio colore dl manto ci riporta alle due comparse di Venere, la quale è visibile, ad intervalli regolari e prevedibili, sia ad est all'alba che verso ovest al tramonto, aiutando così i navigatori ad orientarsi sia di giorno che di notte.

Essa però è anche la Primavera, signora di una terra lontana in cui, come in un paradiso terrestre, il clima è eternamente mite.

Il gesto della sua mano ci indica la direzione da seguire: lasciando la terra sicura, come ci suggeriscono i lembi di mantello sul braccio, per inoltrarci nel blu stellato dell'oceano, si potrà raggiungere un nuovo mondo...

Il paesaggio alle sue spalle richiama il mitico e rigoglioso Giardino delle Esperidi, che gli antichi collocavano oltre l'oceano, nel più lontano occidente, in quella terra del tramonto ove gli ultimi raggi del sole facevano risplendere i pomi d'oro, dono di Gea a Zeus per le sue nozze con Era. Tra gli alberi infatti si intravede la costa del mare...

Ci troviamo perciò nel regno di Merica, quel continente fantastico, quel sogno mitologico che, grazie alle segrete spedizioni organizzate dai fiorentini, si era realizzato.

Questo dipinto celebra l'arrivo in America, ma ne descrive anche le tappe fondamentali...

Davanti a Venere scorrono, da destra a sinistra, o meglio, da est verso ovest, le scene di una narrazione...

La storia inizia quando, al giungere della Primavera, prende a soffiare il vento Euro (o Levante)[128]; egli, avvolto nel suo scuro mantello, accompagna sua madre, la lucente Aurora, fuori dalle porte della notte, risvegliando la natura: i fiori si aprono al lieto tocco delle sue *dita rosate*.

E' la storia di Firenze (l'iris inserito in fondo a destra ne conferma l'identificazione), che, nelle vesti della rigogliosa Flora, si mette in cammino, sostenuta dai venti favorevoli che spirano da est verso

---

[128] *Euro (Iconol.), vento d'Oriente ed uno de' quattro principali. Quello de' romani poeti sembra composto d' Apeliote e Euro dei Greci. Orazio lo dipinge come un vento impetuoso, e Valerio Flacco, come scarmigliato e tutto in disordine, seguitando la tempesta da lui suscitata. I moderni lo rappresentano con un giovane alato che va con ambe le mani seminando fiori ovunque passa. Dietro lui evvi un Sole nascente. Viene dipinto di colore nero, perchè questo colore è quello degli Etiopi, o degli abitanti del Levante, ove egli domina.*
in: Girolamo Pozzoli, François Noel, Felice Romani, Antonio Peracchi, *Dizionario d'ogni mitologia e antichità, Volume 2*, Batelli, Milano,1820

Euro
in Enciclopedia Italiana (1932)
di Angelo Taccone:
EURO (Εὖρος, Eunts). - È il più antico nome greco del vento di est; presso Omero figura appunto come uno dei quattro venti cardinali (Od., V, 295 seg. e 331 seg.). Nella mitologia ha minore importanza di Borea, Zefiro e Noto. Omero si limita a mettere in rilievo che esso è violento, che gareggia con Noto, che spira in direzione opposta di Zefiro e che quand'esso soffia, la neve si scioglie. Quando la rosa dei venti s'arricchisce, all'epoca cioè della scuola ionica, non solo presso i poeti ma anche nella pratica della vita continua a designare il vento che viene da est, mentre gli scienziati chiamano il vero vento dell'est apeliote e con Euro indicano il vento di sud-est. Come tutte le divinità dei venti, è immaginato e rappresentato dai poeti e dall'arte figurata come fornito di ali (cfr. i rilievi della cosiddetta Torre dei venti di Atene).

Levante: Vento che spira da Est verso Ovest. In antichità si chiamava Apeliote o, in modo approssimato, Euro. La sua influenza in Italia si fa sentire sul Tirreno e sulla parte centro-meridionale dell'Adriatico. Quando il vento si origina nel centro del Mediterraneo al largo delle Isole Baleari, soffia verso Ovest per raggiungere la sua massima intensità attraverso lo Stretto di Gibilterra. È un vento fresco e umido, portatore di nebbia e precipitazioni, riconosciuto come causa di particolari formazioni nuvolose sopra la Baia e la Rocca di Gibilterra, dove può provocare mare agitato e trombe marine. -
vedi: http://www.winterkayak.it/?cat=10#sthash.Q7xQoPM1.dpuf

ovest, in direzione di Gibilterra, dove il vento acquista la massima intensità, rendendo spesso il tempo instabile, ma favorendo al tempo stesso la navigazione a vele spiegate.

La prima meta di Flora è il Golfo di La Spezia: le navi attendono al riparo nella piccola insenatura delle *Grazie,* nei pressi di Portovenere, ove inizierà il viaggio vero e proprio.

Lì c'è infatti a attenderla Hermes/Mercurio, protettore dei viaggi e dei commerci, dio dei sogni e personificazione stessa del vento, signore dei passaggi da un mondo ad un altro, che le assicurerà la protezione divina, invitandola a prendere il largo di quel mare che si intravede oltre i fusti degli alberi, verso quell'oceano sul quale placherà le onde tempestose e terrà a bada le nubi con l'intervento del suo caduceo, indicandole anche la via [129], attraverso un segno che arriverà dal cielo (non è forse Hermes anche il depositario dell'arte della divinazione?).

Sarà infatti la luce di Venere a guidare Flora fino alla meta!

La fascia che regge la spada del dio indica il limite dell'equatore, che si dovrà valicare per giungere in vista della costellazione della Croce del Sud, raffigurata con l'elsa dell'arma.

Si è voluto giustamente riconoscere Giuliano de' Medici, in questo energico Mercurio, ma il suo caduceo ci avverte che egli non ha affrontato da solo questa coraggiosa avventura...

Sulla sommità della magica *bacchetta*, infatti, non ci sono due serpenti, come siamo soliti vedere nell'iconografia classica, bensì due draghetti che si affrontano, creando un equilibrio di forze.

---

[129] Hermes rappresentava nella mitologia anche colui che indica la via: derivano ad esempio dal suo nome le *erme*, i cippi quadrangolari posti lungo le strade e sugli incroci per indicare le giusta strada ai viaggiatori. Infine era ancora lui che accompagnava le anime dei morti nell'Ade, che alcune civiltà antiche collocavano proprio oltre l'oceano.

143

Si tratta degli stessi draghi che compongono l'impresa di Ludovico Sforza (detto il Moro), forse proprio in virtù del suo ruolo di mediazione fra gli alleati nell'impresa.

Suo padre, Francesco Sforza, era divenuto signore di Milano grazie al matrimonio con Bianca Maria Visconti: con lui era terminata la rivalità tra Milano e Firenze, divenute presto alleate, insieme a Venezia, grazie all'abile politica di Cosimo de' Medici.

Forse Mercurio voleva indicare la protezione che lo Sforza aveva assicurato al piccolo porto ligure e alla flotta medicea, permettendole di salpare le ancore senza attirare troppo l'attenzione delle potenze nemiche?

130

130 Particolare di Giovan Pietro Birago, *Miniatura de La Sforziade*, Biblioteca Nazionale di Francia, Parigi

144

E' ai viaggi in America che si riferisce anche l'illustrazione di fondo nella miniatura parigina della *Sforziade*?[131]

Ludovico adottò anche un altro emblema: quello dei *fanali fra i marosi*, due grandi fari che si fronteggiano su due opposti scogli, separati dalle onde del mare in tempesta.

Forse un riferimento al porto ligure conquistato dallo Sforza o alle Colonne d'Ercole ai lati dello Stretto di Gibilterra, che le sue navi, insieme a quelle fiorentine, varcarono in direzione della costa americana?

---

[131] La Sforziade ("*Rerum Gestarum Francisci Sfortiae Mediolanensium Ducis*", tradotta in italiano da Cristoforo Landino, impressa da Antonio Zarotto in Milano nel 1490) rappresentava per la famiglia Sforza la celebrazione dell'epopea della dinastia nella figura di Francesco I Sforza (1401-1466), duca di Milano e pater patriae, l'uomo che Machiavelli prese come modello per il suo Principe, scrivendo di lui (cap.VII, cap 3): "*Francesco pe li debiti mezzi e con una grande sua virtù, di privato diventò duca di Milano, e quello che con mille affanni aveva conquistato, con poca fatica mantenne*".
tratto da: http://www.foglidarte.it/il-rinascimento-oggi/405-la-sforziade.html

Sicuramente il simbolo di una luce che guida, anzi due, in opposte direzioni, e le cinque finestrelle su ciascun faro non possono non far pensare alla luce di Venere![132]

Ma le due torri in campo azzurro ricorrono anche nello stemma degli Onesti di Pescia: chissà se con analogo significato!

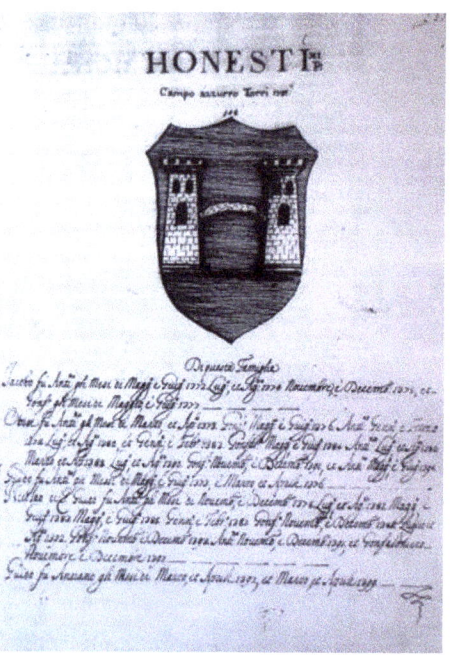

133

[132] Imprese che Ludovico il Moro adottò sull'esempio di quelle viscontee. Il motto ad esse associato era: *"Tal trabalio mes places por tal thesaurus non perder"* ("Non mi dispiace faticare per non perdere un simile tesoro"). Si dice che i fanali si riferissero ai fari del porto di Genova.

[133] G. Tori, *Nicolao degli Onesti Vicario di Montecarlo. Carteggio con Paolo Guinigi 1401-1408*, M. Pacini Fazzi Ed., Lucca, 1977

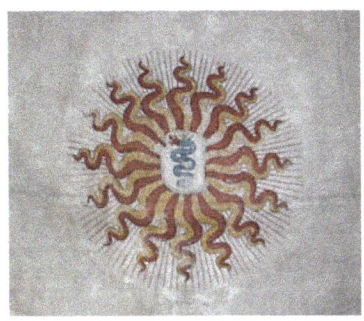 

Quando Botticelli dipinse la sua Primavera, il potere di Ludovico il Moro era già indiscutibile.

Pare però che le proprie imprese egli le avesse adottate ricavandole da quelle dei suoi predecessori, in particolare dai Visconti: troviamo così i raggi dorati sull'abito di Mercurio, che richiamano la *radia magna o raggiante,* impresa attribuita a Gian Galeazzo Visconti insieme a quella della colomba (animale sacro a Venere).

La radia magna che compare sulla facciata del Duomo di Milano, la ritroviamo, come *Sol invictus*, sul frontale fiorentino di Santa Maria Novella!

Si devono a Coluccio Salutati alcuni scritti rivolti a tenere a bada l'espansionismo di Gian Galeazzo, elogiandone al tempo stesso, diplomaticamente, l'operato, con l'auspicio di una nuova amicizia e l'alleanza tra la Repubblica Fiorentina, di cui egli fu Cancelliere dal 1375 al 1406, e il ducato di Milano.

Il caduceo pertanto potrebbe non essere un riferimento diretto a Ludovico, ma più in generale alla sua stirpe, che aveva contribuito alla riuscita dell'impresa favorendo l'instaurarsi di relazioni pacifiche con altri stati...

Questa impresa infatti non riguardava solo Firenze, ma anche i suoi alleati, i quali, per assicurarne la riuscita (e goderne i benefici), avevano abbandonato le ostilità.

In realtà, come suggeriscono la presenza di Eros e il nome del vento Euro[134], era l'Europa intera che si era messa in viaggio verso un *Mundus Novus*!

Ritorniamo al quadro della *Primavera*, dove le *Grazie* localizzano l'omonima insenatura ligure ove era ormeggiata la flotta fiorentina.

Ma quelle che interpretiamo comunemente come *Grazie*, o come *Ore*, potrebbero rappresentare piuttosto le tre ninfe *Esperidi*, ritenute figlie di Teti ed Oceano, anche se a me piace di più la versione mitologica che le vede nate da Atlante ed Espero, la stella della sera. Erano loro, insieme al drago Ladone, le custodi del mitico giardino, come ci racconta Esiodo:

---

[134] Oggi il termine EURO identifica la moneta europea attualmente in uso. Come mai è stato scelto questo nome?

L'origine del termine euro:

Nell'antichità classica euro era il nome attribuito al vento che spirava da sud-est e nella mitologia greca euro era la personificazione del vento di sud-est figlio di Eos (l'Aurora) e di Astro a sua volta progenitore di Astrea, la "vergine delle stelle", dea della giustizia e identificata con Dike.

Il nome euro è stato scelto perché è radice di Europa e si ritrova in tutte le lingue. E questo a differenza dell'ECU, acronimo in uso da tempo per identificare l'unità di conto dei 15 Stati dell'Unione europea. ECU aveva un senso in inglese e in francese ma non nelle lingue ufficiali degli altri Stati membri dell'UE. Questo spiega perché si è deciso di optare per euro che rappresenta l'Europa nel suo complesso.

http://archivio.pubblica.istruzione.it/euro/economia/euro_imprese/lente.htm

"L'Espèridi, che cura, di là dall'immenso Oceàno, hanno degli aurei pomi, degli alberi gravi di frutti". (Esiodo, Teogonia).

"Ferecide infatti dice che in occasione del matrimonio di Era con Zeus, quando gli dèi le recarono doni, la Terra vi andò portando frutti d'oro; Era li vide, li ammirò e decise che fossero piantati nel giardino degli dèi, che si trovava vicino ad Atlante. E siccome le figlie di lui continuamente rubavano i frutti, la dea vi mise a guardia il serpente che era enorme."[135]

Le Esperidi, secondo la mitologia, furono liberate da Eracle, che per questa impresa ricevette in dono da Atlante i segreti dell'astronomia[136]...

Non è accertato il loro numero, anche se è luogo comune che esse fossero tre: Egle, Aretusa e Iperetusa.

Le Esperidi sono considerate come la rappresentazione della notte e della Luna (signora delle acque e simbolo di fertilità), nei suoi diversi aspetti.

E' proprio dalle più antiche raffigurazioni pittoriche delle Esperidi che si è passati alla rappresentazione delle tre Grazie danzanti!

Ma non dimentichiamo che i miti legati ad Hermes lo designano proprio come guida delle Grazie[137]!

---

[135] Eratostene, *Epitome dei Catasterismi*, III

[136] Le vicende mitologiche di Eracle acquisirono una grande valenza simbolica fin dall'inizio dell'Umanesimo, come dimostra anche la sala ad esse dedicata dal Vasari in Palazzo Vecchio. Fu Coluccio Salutati, confortato poi dagli scritti di Annio da Viterbo, a rivalutare la figura di Ercole.
Coluccio dedicò molti anni della sua attività di studioso all'approfondimento dei miti legati ad Ercole: viene riportato un suo scritto finalizzato a fornire la spiegazione allegorica di una tragedia attribuita a Seneca, "L'Ercole furibondo"; un altro importante lavoro, che il Salutati non riuscì a terminare, era intitolato *De Laboribus Herculis*. In esso Coluccio rivendicava l'autonomia e la dignità della poesia rispetto agli altri generi letterari e si rifaceva a Socrate per proporre un approccio etico alla politica, trattando anche di teologia; ma ciò che mi pare particolarmente interessante è il fatto che egli avesse proposto una storia mitologica di Firenze, considerandone Ercole come il vero fondatore, tema che sarà ripreso con forza dalla casata medicea.
Vedi: *Cronica di Matteo e Filippo Villani con le Vite d'Uomini illustri Fiorentini di Filippo e la Cronica di Dino Compagni*, in *Biblioteca Enciclopedica Italiana*, vol. XXX, Milano, 1834

[137] Monica Centanni, *26 aprile, giorno di primavera: nozze fatali nel giardino di Venere Una rivisitazione della lettura di Aby Warburg dei dipinti mitologici di Botticelli*,
http://www.engramma.it/eOS2/index.php?id_articolo=1342

Euro ed Aurora, Zefiro e Clori: dalla Primavera alla Nascita di Venere, ovvero "Viaggio in America A/R!

a

b

Sui venti rappresentati dal Botticelli si è fatta molta confusione e alcune tesi ormai comunemente accettate hanno fatto sì che si perdessero il senso allegorico e il messaggio geografico suggeriti dall'artista rinascimentale. Vediamo perciò, per quanto mi è possibile, di fare un po' di chiarezza, giusto per restituire quella che secondo me era l'originale prospettiva di osservazione...

Al vento *Euro (a)*[138], figlio di *Aurora* o *Eos* (come ci viene suggerito allegoricamente dal suo ventre rigonfio), che soffia da Est-Sud Est in direzione dell'Occidente, si contrappone il fratello Zefiro (b),

---

[138] Amerigo Vespucci, nella sua lettera denominata *Mundus Novus*, inviata nel 1502 a Lorenzo di Pierfrancesco dei Medici, parla del vento Euro:
"*L'aria di quei luoghi è abbastanza temperata e sana e, per quanto ho potuto sapere da loro, non ci sono mai né peste né altra malattia che derivi dalla corruzione dell'aria, cosicché se non muoiono di morte violenta, vivono a lungo, credo perché là soffiano venti australi; soprattutto quello che noi chiamiamo Euro*".

chiamato dai Romani *Favonio*, che soffia da Ovest in direzione dell'Oriente, anch'esso annunciatore della primavera.

Mentre il primo appare sulla destra nella *Primavera* del Botticelli, il secondo è raffigurato sulla sinistra della *Nascita di Venere*, dello stesso artista.

Siamo così di fronte ad una cronologia, che ci mostra prima (nella *Primavera*) la partenza verso un viaggio avventuroso, che avrebbe avuto bisogno di tutta la protezione divina; poi (nella *Nascita di Venere*) il momento del glorioso ritorno, accolto, come abbiamo visto, dalla sponda Ovest dell'isola Palmaria, da una Firenze raffigurata da Flora inserita tra arbusti di alloro.

Verrebbe spontanea l'associazione *lauro=Lorenzo*, ma l'alloro è anche simbolo di gloria, di impresa realizzata felicemente. Soprattutto, però, il ramo di alloro, denominato *il Broncone,* era uno dei simboli di Cosimo il Vecchio (1389-1464). Lo troviamo infatti accanto a Cosimo nei ritratti che lo raffigurano, come in questo del Pontormo.

Come le fiammelle sull'abito di Mercurio, l'alloro richiama anche l'impresa medicea del *broncone* acceso d'alloro, che, come una fenice, quando pare ormai morto, è in grado di rigenerarsi. Adottato da Cosimo dopo l'esilio e poi dai suoi discendenti, dopo la morte di Giuliano divenne

151

anche l'impresa di Lorenzo di Pierfrancesco.

Nella mitolgia classica il regno di *Zephirus* è lo stesso di *Vespero*, la stella della sera, ed è così che i fiori che lo accompagnano non potrebbero essere altri che le roselline a cinque petali tanto care a Venere...

Ma anche Zefiro non è solo: c'è con lui la sua sposa, la ninfa Clori, divinità primaverile dei fiori, a simboleggiare anche la fioritura di un'impresa tanto eccezionale!

Ma a cosa si deve la presenza di Clori insieme a Zefiro?

Ancora una volta assistiamo ad una narrazione in più tempi.

Ovidio infatti, nel descrivere Flora, la identifica proprio con la ninfa Clori, sposa di Zefiro, il cui luogo di origine era situato nelle Isole Fortunate:

"Oggi son detta Flora, ma ero una volta Clori; nella pronuncia latina fu alterata la forma greca del mio nome.

E, Clori, ero una Ninfa delle Isole Fortunate, ove tu sai che felicemente visse gente fortunata.

È difficile alla mia modestia dire quanta fosse la mia bellezza; essa donò a mia madre per genero un Dio.

Si era di primavera, e io me ne andava errando; mi vide Zefiro, e io mi allontanai; prese a inseguirmi, e io a fuggire.

Ma fu più forte di me.

Borea, come aveva osato prendersi una donna nella casa di Eretteo, aveva dato al fratello ogni diritto di rapina.

Ma Zefiro fece ammenda della violenza dandomi il nome di sposa; non v'è alcun motivo di lamento nel mio letto coniugale.

Io godo di eterna primavera; l'anno è sempre fulgido di luce, gli alberi son ricchi di fronde la terra rivestita di verzura."[139]

Ecco così che il racconto si snoda, mostrandoci Flora/Firenze che, sotto le spoglie di Clori, è ormai di ritorno dalle sue isole dell'eterna primavera:

"Né mai le chiome del giardino eterno
Tenera brina o fresca neve imbianca:

---

[139] Ovidio, *Fasti*,V

Ivi non osa entrar ghiacciato verno;
Non vento o l'erbe o gli arbuscelli stanca;
Ivi non volgon gli anni il lor quaderno;
Ma lieta Primavera mai non manca (…)" [140]

Insieme al suo sposo segue la via indicata da Venere su di un mare appena increspato da piccole onde, quelle creste bianche che, come ben sanno i navigatori, sempre accompagnano il vento di ponente, che tuttavia è foriero di tempo sereno.

Del resto non poteva essere diversamente, data la protezione di Venere, che oltre ad essere la dea della bellezza, dell'amore e della Primavera, è, come, abbiamo visto, anche colei che placa la furia delle onde del mare, assicurando ai naviganti una traversata tranquilla!

Arrivata alla costa italiana, però, Clori si trasforma nuovamente ed è adesso *Flora/Firenze*, che abbraccia accogliente Venere al suo ingresso nell'insenatura a lei consacrata: *Porto Venere*! Se le Isole Fortunate erano il regno di Clori, l'Isola Palmaria segna il confine

---

[140] Poliziano, *Stanze per la giostra*

del regno di Flora, l'ultima sponda per il ritorno a casa: a Firenze, al "regno" di Cosimo, definito dal bosco di alloro...

Ma osservando attentamente la figura leggiadra di Flora che avanza con il grembo colmo di rose, un altro elemento mi colpisce: si tratta della sua capigliatura, anzi, della lunga treccia che vi è inserita, quasi elemento estraneo all'insieme svolazzante della chioma.

E subito una strana associazione d'idee, quasi un filo sottile come quello dei capelli intrecciati della giovane, mi richiama alla mente la storia della regina Berenice, raccontata da Callimaco[141] e più tardi cantata da Catullo[142].

Berenice, figlia del re di Cirene, era la sposa del re Tolomeo III detto Evergete, uno dei sovrani macedoni della stirpe tolemaica che, dopo la morte di Alessandro, governò l'Egitto dal 322 al 31 d.C.,

---

[141] Il papiro con la storia dell'autore greco Callimaco, risalente al III sec. a.C., fu rinvenuto solo nel 1929, durante una spedizione fiorentina in Egitto. Precedentemente si conosceva la versione latina fornita dal poeta latino Catullo nei *Carmi* e riproposta più tardi in varie versioni da altri autori, tra cui il Foscolo.

[142] http://www.miti3000.it/mito/biblio/callimaco/chioma.htm

anno in cui si estinse con la morte di Cleopatra, ultima sovrana..
Anche Tolomeo III si prese cura della Biblioteca di Alessandria, ideata da Tolomeo I, ma costruita dal suo successore, Tolomeo II Filadelfo, nominandone direttore il saggio amico Eratostene, divenuto celebre per la sua misurazione della circonferenza della Terra, che calcolò con una approssimazione molto vicina a quella reale. Inutile dire che Eratostene era fermamente convinto della sua sfericità!
Egli dedicò la sua vita anche ad altri importanti studi matematici, filosofici e geografici: creò un sistema di coordinate e disegnò una grande mappa di tutte le terre allora conosciute.

Ma ritorniamo alla nostra storia... Quando il marito di Berenice partì per una pericolosa missione di guerra in Siria, ella offrì ad Afrodite i suoi capelli bellissimi, chiedendole di proteggere e ricondurre a casa il suo re.
Dopo il ritorno del sovrano, la chioma donata da Berenice scomparve misteriosamente dal tempio della dea a *Zephyrium* (presso l'odierna Mersin, in Turchia), in cui era conservata, ma il sacerdote, matematico e astronomo di corte, Conone di Samos, dichiarò che essa era stata così gradita alla dea, che questa l'aveva trasformata in una costellazione. Egli infatti aveva appena individuato un nuovo gruppo di stelle vicine alla Via Lattea, che chiamò appunto *Chioma di Berenice*!
Ma perchè è così importante questa costellazione? In realtà il rettangolo di cielo che la contiene corrisponde ad un grandissimo ammasso di galassie; lì si trova anche il Polo Nord della nostra galassia, attorno al quale ruotano tutte le sue stelle, compreso il nostro Sole con i suoi pianeti, con un'orbita che dura 250 milioni di anni!
Il carme su Berenice rappresenta un vero e proprio componimento astronomico, che dà indicazioni precise sulla posizione in cielo di questa costellazione rispetto a quelle vicine[143]. Le sue tre stelle principali, visibili in particolare nel periodo primaverile, sono disposte a triangolo retto seguendo le direttrici N-S e E-O

---

[143] http://www.rhm.uni-koeln.de/106/Barigazzi.pdf

La *Chioma di Berenice* è visibile sia nell'emisfero boreale che in quello australe, ad una latitudine che va da -16° a +90°.
Questa costellazione era già conosciuta da Eratostene; Claudio Tolomeo, nell'Almagesto, la rappresentò come un *ricciolo* di capelli. Anche le popolazioni amazzoniche la osservavano con attenzione, legando la sua comparsa all'inizio di un periodo sfavorevole alla pesca, contrapposta ad Orione e alle Pleiadi, che annunciavano invece abbondanza di pesci.

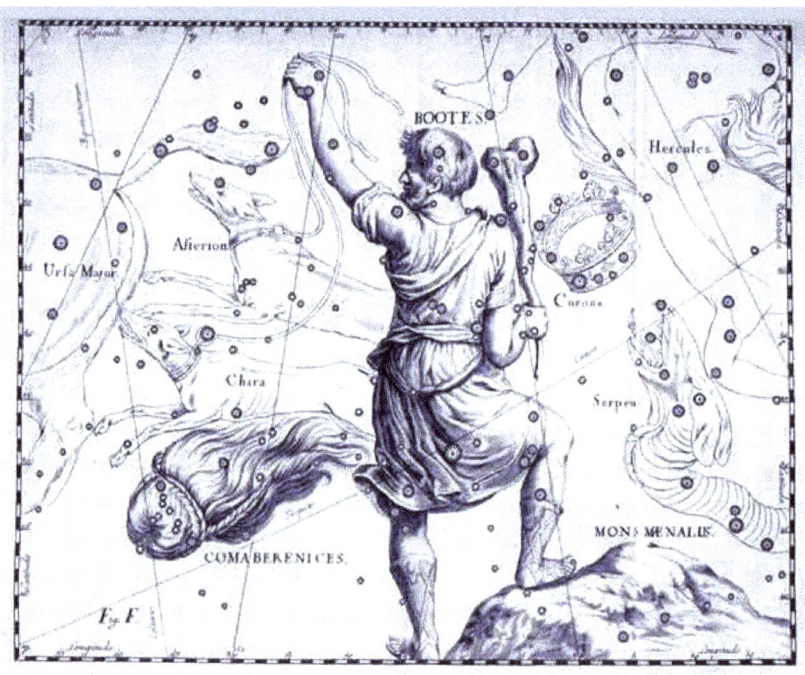

Nel nostro dipinto la chioma di Flora potrebbe quindi fornire delle indicazioni astronomiche, o più semplicemente rappresentare un'offerta, un ringraziamento a Venere per un felice rientro a casa. E non è curioso che la chioma di Berenice fosse stata deposta proprio nel tempio intitolato a Zefiro, considerato il *nuncius* per eccellenza dell'arrivo di Venere[144]?

Ma, volendo offrire un'ulteriore interpretazione della presenza di Zephirus nella composizione pittorica, collegando anch'esso al viaggio nelle Isole Fortunate, bisogna ritornare un attimo all'opera cosmologica di Tolomeo.

Come abbiamo visto, Tolomeo aveva dedicato molti studi alla stesura di nuovi sistemi cartografici e alla costruzione di strumenti (meridiane, astrolabi, ecc.) in grado di calcolare con precisione le coordinate di un luogo, sia per orientarsi con l'osservazione del cielo, sia per la sua rappresentazione sulle mappe. Per far ciò aveva ideato un reticolato geografico, sul quale calcolare la latitudine e la longitudine.

Il suo sistema pare fosse costituito da circa 80° di latitudine e da 180° di longitudine, comprendendo tutto il mondo allora conosciuto. Se la latitudine vedeva l'equatore come massimo parallelo di riferimento, la longitudine copriva un territorio che andava dalle Isole Fortunate alla Cina.

Era proprio sulle *Isole Fortunate*, ritenute le attuali *Canarie*, che Tolomeo aveva collocato il meridiano *0*.

Purtroppo le profonde conoscenze matematiche, filosofiche, astronomiche ed anche tecniche che furono proprie dell'antichità classica, di cui Tolomeo e la Biblioteca di Alessandria avevano costituito un'importante espressione, non vennero salvaguardate dall'espansione romana. Ma se esse apparvero dimenticate in occidente fino a tutto il primo medioevo, non fu altrettanto per il mondo orientale e la civiltà araba, che si fecero eredi e portavoce della sapienza scientifica greco-ellenistica e orientale, che seppero arricchire con nuovi contributi. Furono così gli Arabi a riprendere le osservazioni astronomiche, ad approfondire gli studi matematici e a fondare l'*Algebra*, che prese il nome dal suo più importante testo, *Al-Jabr wa al-Muqabilah*, scritto dal matematico Al-Khawarizmi nel IX secolo e tradotto in latino soltanto nel 1145.

---

[144] Così infatti viene descritto dal poeta latino Lucrezio nel "*De rerum natura*", poema dimenticato fino al Rinascimento: nel 1418 una copia del manoscritto che lo conteneva venne ritrovata nella biblioteca di un convento dell'Alsazia da Poggio Bracciolini. Egli aveva intrapreso il viaggio per seguire l'antipapa Giovanni XXIII al Concilio di Costanza, dove quest'ultimo venne deposto e fu imprigionato.
Soltanto grazie ai denari pagati da Cosimo de' Medici, Giovanni XXIII fu liberato e accolto a Firenze.

A Damasco e a Baghdad furono costruiti degli osservatori astronomici e si perfezionarono i sistemi descritti da Tolomeo. L'astronomo arabo più eminente fu Ibrahim Ibn Yahya Al-Zarqali (Arzachel), vissuto in Spagna tra il 1028 e il 1087, il quale, compilando le *Tavole di Toledo,* applicò alcune correzioni alle misurazioni geografiche di Tolomeo. Non solo, al testo e alle carte di Tolomeo vennero aggiunte dagli Arabi nuove cartografie, che non comparivano nel testo latino presente in Italia, ma si trovavano invece in quello greco arrivato a Firenze grazie al Crisolora, su richiesta del Salutati.

L'introduzione in Italia delle conoscenze matematiche degli Arabi si deve al pisano Fibonacci, divenuto celebre per la sua famosa sequenza legata al calcolo della *sezione aurea.*

Fibonacci, nei primi anni del XIII secolo, espose nel suo *Liber Abaci* la rielaborazione delle teorie apprese durante la permanenza giovanile in Algeria, al seguito del padre commerciante. Fu lui, in tale testo, ad importare in Europa le nove cifre *arabe* (che egli definiva *indiane*), con l'aggiunta del segno *0,* che andarono presto a sostituire i numeri romani.

Vi chiederete il perché di questa mia digressione matematica, necessaria però, in quanto proprio lo *zero*, arrivando in Italia, fu tradotto dall'arabo *sifr* con il vocabolo latino *zephirus (zero)*[145].

Adesso, ritornando con la mente alla Nascita di Venere del Botticelli, possiamo intuire immediatamente che la presenza di Zefiro sulla sinistra del dipinto non si riferisce semplicemente al vento primaverile che spirava da Ovest, ma rappresenta una vera indicazione geografica. Ci racconta, infatti, come Venere, ovvero le navi fiorentine guidate dalla stella, abbiano fatto ritorno alle coste liguri effettuando l'ultima tappa oceanica in quelle Isole Fortunate, oltre le Colonne d'Ercole, in cui Tolomeo aveva posto il suo primo meridiano, indicandolo con il *numero zero: zephirus*!

Ma la verità nascosta dietro questa affermazione è ancora più ampia del previsto, così come più ampio è il mondo reale rispetto a quello ipotizzato dalle misurazioni di Tolomeo.

Il matematico e scienziato Lucio Russo, infatti, ha ormai dimostrato come, dilatando le coordinate indicate da Tolomeo in base alle

---

[145] Lucio Russo, *La rivoluzione dimenticata*, Milano Feltrinelli,1996

effettive dimensioni della Terra, le Isole Fortunate non corrispondano più alle isole degli arcipelaghi oltre le Colonne d'Ercole (oggi riunite ed identificate nel toponimo *Macaronesia*[146]), ancora così vicine al vecchio continente, bensì alle Piccole Antille del Mar dei Caraibi[147], provando, senza possibilità di dubbio, una conoscenza e frequentazione del continente americano molto più antica di quanto ci si ostini tuttora a credere e ad insegnare nelle nostre scuole[148].

Ecco allora che il viaggio di Zefiro in compagnia di Venere è molto più lungo e il regno di Venere non può che essere quel *Mundus Novus* che conosciamo come America! La Venere che torna è l'immagine nuda di una verità riscoperta, la gloria luminosa di un'impresa realizzata che si offre senza veli a chi sa, ma che Firenze si affretta a coprire con un sontuoso mantello: non è ancora tempo: il mondo, quel mondo, non è ancora pronto per la verità...

Alla luce di questa chiave di lettura, si confermerebbero le ultime analisi effettuate dagli esperti sui due dipinti del Botticelli, che

---

[146] Il termine *Macaronesia*, di derivazione greca,significa *isole dei beati*: comprende le Canarie, le Azzorre, Madeira e le isole di Capo Verde, tutte di origine vulcanica e tutte caratterizzate, in passato, da estesi boschi spontanei di alloro.

[147] Lucio Russo , in una intervista, riassume così la sua tesi:
"Tolomeo, come alcuni suoi predecessori di epoca imperiale, identifica le "Isole Fortunate" con le Canarie, ma tale identificazione è evidentemente il frutto di un fraintendimento. Le "Isole Fortunate" (sulle quali esiste un'ampia letteratura che precede Tolomeo) non hanno infatti nulla delle Canarie: la loro latitudine media riportata da Tolomeo differisce da quella delle Canarie di 15° (quanto Napoli dista da località svedesi); inoltre sono allineate in direzione Nord-Sud (la loro longitudine, secondo Tolomeo, differisce al più di un grado), mentre le Canarie si sviluppano nella direzione Est-Ovest; anche le caratteristiche climatiche e ecologiche sono completamente diverse: le Isole Fortunate sono dette così perché favorite da un clima mitissimo e coperte da vegetazione lussureggiante, mentre le Canarie non hanno tali caratteristiche.
Poiché sappiamo che nei secoli che precedono Tolomeo vi era stata una grave perdita di conoscenze sull'Oceano Atlantico, la confusione tra isole di quell'oceano è del tutto plausibile. Sorge quindi il problema di identificare le originarie "Isole Fortunate" alle quali si riferivano le fonti di Tolomeo. Se, a parità di latitudine, ci si sposta verso ovest un arcipelago con la stessa forma e la stessa estensione in latitudine e longitudine delle Isole Fortunate quali le trasmette Tolomeo e con le stesse caratteristiche climatiche ed ecologiche delle Isole Fortunate descritte dalle antiche fonti: le Piccole Antille. Supponiamo che le fonti di Tolomeo con il nome di Isole Fortunate intendessero riferirsi realmente alle Piccole Antille e che Tolomeo, accettando l'identificazione con le Canarie, comune ai suoi tempi, le avesse poste erroneamente alla longitudine delle Canarie. Poiché Tolomeo sa dalle sue fonti che le isole sono sul semimeridiano opposto a quello della capitale della Cina, si spiega allora sia la sua sistematica dilatazione delle differenze di longitudine sia, di conseguenza, la sua sottovalutazione delle dimensioni della Terra. Poiché in entrambi i casi la verifica può essere quantitativa e notevolmente accurata, mi sembra che vi possano essere pochi dubbi sulla validità della ricostruzione."
http://maddmaths.simai.eu/divulgazione/varie/lamerica-dimenticata-intervista-a-lucio-russo/

[148] Lucio Russo, *L'America dimenticata. I rapporti tra le civiltà e un errore di Tolomeo*, Milano, Mondadori, 2013

anticipano la datazione dell'esecuzione della *Primavera* rispetto alla *Nascita di Venere*. Ma se il primo rappresenta il viaggio di andata nelle Americhe e il secondo quello del ritorno, come si colloca l'allegoria dell'ultimo quadro che componeva il trittico, *Pallade che doma il centauro?*

E' proprio a questo che ci richiama l'abito di Flora, costellato di fiordalisi...

Il nome scientifico del fiordaliso, *Centaurea cyanus,* racconta dell'amore della dea Flora per il giovane Cyanus, che un giorno essa trovò, ormai morto, disteso in un campo di fiordalisi. Da allora quei fiori presero il suo nome, che viene utilizzato anche per indicare il colore *ciano,* cioè di quell'azzurro intenso che è tipico del fiordaliso.

Esso è considerato il fiore della felicità e dell'amore, ma anche degli incantesimi.

Il nome italiano, *fiordaliso*, deriva dal francese *fleur de lys*, cioè *fiore del giglio*, o meglio ancora, *fiore di Iside (fleur de Isis).* Ecco allora che esso si ricollega immediatamente alla città di Firenze!

Ma, soprattutto, la mitologia lega il nome del fiore a quello del centauro Chirone, del quale parlerò più avanti. La leggenda, comunque, narra che il centauro, ideatore della medicina, dopo essere stato ferito mortalmente da una freccia avvelenata scagliata da Ercole, avesse tentato di curarsi utilizzando proprio il succo estrato da questo fiore.

Cosa vuol comunicarci allora il Botticelli, distribuendo a piene mani i fiordalisi sull'abito di Flora?

Forse la gioia per un felice rientro a Firenze, o insieme ad essa il desiderio di alleviare le pene ad un vecchio e amato saggio morente (che tanto aveva in comune col centauro Chirone), a quel Cosimo che, ufficialmente in ritiro fra i suoi libri nella villa di Careggi, aveva deciso, dopo la dolorosa morte del secondogenito Lorenzo (1463), di affrontare l'ultima sfida ad un destino che non l'aveva mai visto soccombere, raggiungendo quelle terre *incognite,* ma ormai ben conosciute agli eruditi studiosi che nella sua Accademia avevano raccolto l'eredità dei primi umanisti e, ancora indietro, dei classici greci ed egizi...

E' questo che ci suggerisce quel *broncone* d'alloro alle spalle di Flora? Il rientro glorioso, ma al tempo stesso doloroso, di Cosimo alla sua patria, forse in compagnia del nipote Giuliano e del vecchio Amerigo Vespucci, anch'egli accompagnato probabilmente dal giovane nipote e dal genero Francesco Buonvicini; sulle navi fiorentine delle quali era comandante, negli anni tra il 1462 e il 1464, proprio Giuliano di Lapo Vespucci, nominato Console del mare.

La morte di Cosimo il Vecchio venne annunciata il primo agosto del 1464 e niente ho trovato su quanto potrebbe essere emerso dalle riesumazioni del suo corpo, circa le effettive cause del suo decesso. Mi piace molto però pensare che egli avesse potuto coronare il sogno della sua generazione e di quella che l'aveva preceduto!

Probabilmente il suo viaggio non fu il primo e neppure l'ultimo, portato a compimento dalla Firenze dei Medici, ma sicuramente fu il più glorioso!

Atena che doma il centauro

Ancora una volta dobbiamo far ricorso all'astronomia e ai significati mitologici e astrologici che gli antichi assegnavano alle varie costellazioni.

Ci si è spesso chiesti se quello che compare nel dipinto fosse il Sagittario, con gli attributi che gli sono propri, l'arco e la faretra con le frecce, oppure il saggio centauro: ebbene esso è entrambi!

La costellazione del Sagittario era già nota ai Sumeri e gli antichi Caldei la identificavano con il loro dio guerriero *Pa* o *Pi.bil.Sag* e la rappresentavano con l'immagine di un potente arciere, con la parte superiore dall'aspetto umano ma in sembianza di cavallo nella parte inferiore del corpo. Questo essere mitologico simboleggiava gli aspetti più terreni e animaleschi dell'uomo, la sua aggressività e crudeltà, ma al tempo stesso il suo desiderio di evoluzione spirituale, di raggiungere le massime altezze consentite alla mente umana. Il sagittario era visto così come simbolo della lotta eterna tra l'istinto e la saggezza, come anche della visione eretica di coloro che si trovano divisi tra paganesimo e cristianesimo.

La costellazione è visibile nell'emisfero boreale durante le notti estive, nelle quali la possiamo individuare in basso sull'orizzonte. Avvicinandosi però all'emisfero australe, essa appare alta nel cielo in tutta la sua estensione, allo zenit del cielo invernale.

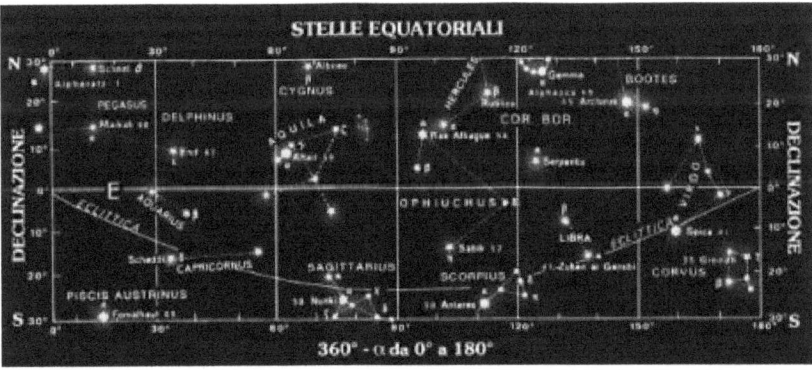

I nomi dati alle stelle del Sagittario concordano con quelli che Tolomeo ci descrive: sono nomi di origine sumera, ripresi poi dai Greci e quindi dai Latini e dagli Arabi: la stella Nunki (Sigma Sagittarii) è il più antico nome di stella ed era usato dai Babilonesi per rappresentare la loro città sacra, Eridu. Infatti la mitologia attribuisce questa costellazione anche alla rappresentazione del satiro Enkido, fondamentale personaggio dell'epopea di Gilgamesh, che a sua volta i miti mesopotamici identificavano nelle stelle di Orione.

Accanto alle zampe anteriori, a sud del Sagittario, si trova un piccolo semicerchio di stelle: è la *Corona Australis*, raffigurata come una corona di rami verdi intrecciati, proprio come quelli che nel dipinto cingono il capo di Atena e ne avvolgono il corpo. Essa è solo in parte visibile alle basse latitudini, mentre è perfettamente riconoscibile se osservata dall'emisfero sud, eppure compare tra le quarantotto costellazioni descritte nell'Almagesto di Tolomeo.

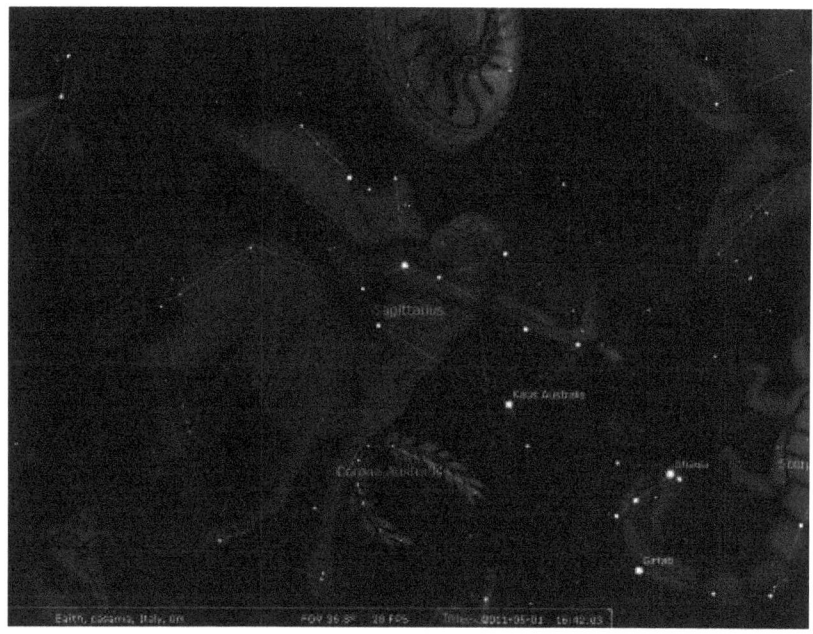

La mitologia considera la Corona Australe come la corona indossata dal centauro Chirone in riconoscimento della sua saggezza.

Infatti, fra le costellazioni situate a cavallo dell'orizzonte, è collocata anche la brillante costellazione del *Centauro*, dove si trovano le stelle più vicine al nostro Sole. Anch'essa è visibile completamente soltanto dall'emisfero meridionale; le sue stelle più luminose, situate lungo un ramo della Via Lattea (il secondo ramo in cui essa appare divisa passa per il Sagittario ed entrambi si ricongiungono in prossimità del *Cigno*), sono perfettamente visibili solo quando si giunge nelle vicinanze del Tropico del Cancro!

Le stelle che compongono le zampe anteriori del Centauro rappresentano gli indicatori per individuare la Croce del Sud.

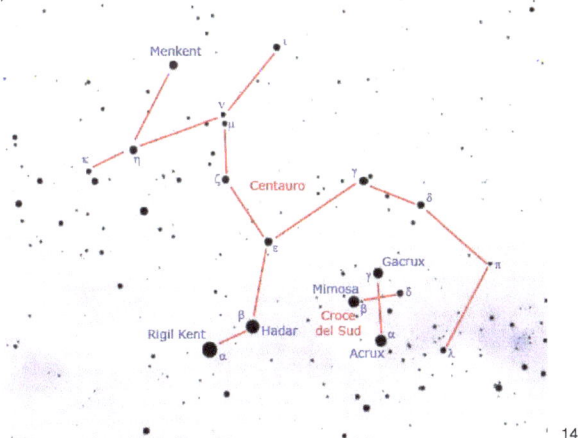

149

Anche questo asterismo era conosciuto anticamente: lo troviamo rappresentato nella sfera sostenuta dalla statua dell'Atlante Farnese, risalente al 200 a.C., ed è presente nell'elenco tolemaico, dove gli si attribuiscono ben trentasette stelle.[150]

Ecco allora che il Sagittario del Botticelli abbassa le sue armi per trasformarsi nel mite Centauro.

Il capostipite di una stirpe di centauri rozzi e violenti fu Nesso, essere mostruoso legato ai miti di passaggio delle acque. Il suo compito infatti era quello di traghettare i viaggiatori da una sponda all'altra del fiume Eveno. Ma la mitologia associa piuttosto questa costellazione alla figura del centauro Chirone, figlio di Crono e della

[149] http://it.wikibooks.org/wiki/Osservare_il_cielo/Costellazioni_australi#mediaviewer/File:Cencrux.png

[150] I navigatori, per orientarsi meglio nel cielo stellato ed usarlo per tracciare le coordinate utili alla definizione della rotta, sono soliti unire gli asterismi e le loro stelle più importanti con una linea immaginaria che ne aiuta il riconoscimento. Ad esempio, nel manuale "*Astronomia nautica*" di Ferdinando Flora, ed. Hoepli, viene illustrato il tracciato che congiunge il prolungamento di Orione passando per Sirio ed Argo fino alla Croce del Sud, per continuare nella vicina costellazione del Centauro che conduce a quella del Sagittario, proseguendo quindi verso Antares dello Scorpione, per concludersi nel lungo asterismo dell'Ofiuco.
https://books.google.it/books?id=SaMScRWRIVIC&lpg=PA135&ots=2pZ6Eyq2fs&dq=astronomia%20centauro&hl=it&pg=PA135#v=onepage&q=astronomia%20centauro&f=false

ninfa marina Fillira, figlia di Oceano. Chirone si differenziava dai suoi simili per il carattere e per la sua grande saggezza, maturata in lunghi anni di meditazione dentro una grotta. Chirone era filosofo, medico, chirurgo e taumaturgo, profondo conoscitore delle piante e delle loro proprietà curative, abilissimo nell'arte musicale.

Intorno a lui si era creata una vera accademia ed egli fu il maestro di Giasone e di Achille, ma soprattutto del figlio di Apollo, Asclepio al quale confidò i segreti della medicina...

Ai discepoli trasmetteva le sue conoscenze, ma anche l'integrità morale: la sacralità delle leggi e della giustizia e l'inviolabilità del giuramento.

La leggenda narra che proprio Chirone avesse inventato le costellazione, allo scopo di guidare nel loro viaggio gli Argonauti partiti alla ricerca del vello d'oro.

Il quadro del Botticelli perciò vuole esprimere il passaggio tra i due emisferi, la linea di demarcazione, ma anche di ricongiunzione, tra due mondi rappresentati dalla dualità del Sagittario/Centauro.

Un passaggio, oltre che geografico, astrale e climatico, anche spirituale, nel cammino dell'uomo verso l'evoluzione, la conoscenza, la verità.

Ecco perciò che Atena, o Pallade, ritenuta la protagonista del dipinto a causa dell'alabarda che impugna, sembra anche compatibile con la Venere Citera, che prende il suo appellativo *Citera* dalla prima terra che, secondo i miti più antichi, essa toccò appena emersa dalle acque, coprendosi immediatamente di rami di mirto... Venere Citera viene tramandata come una dea armata, adorata a Sparta e Corinto con il nome di *Area Marziale.* Eppure qui il suo sguardo esprime la dolcezza della dea dell'amore!

Anche la sua arma, nel dipinto, pare piuttosto uno strumento di orientamento, una sorta di bussola od astrolabio che segni la via! (e mi verrebbe facile, qui, registrare anche le cinque borchie su ogni lato dell'estremità dell'asta: un riferimento a Venere?)

Perfino il suo mantello pare richiamare nella forma la scia della Via Lattea (o il serpente cosmico delle leggende maya?), ben visibile nell'emisfero australe, nella quale s'inserisce, come un ramo di mirto, il piano dell'eclittica... E' la *Via del latte* che ricordano allegoricamente le spirali di mirto avvolte intorno ai seni della dea, evidenziandone i contorni?

Allora le linee tracciate dalla lama dell'alabarda rappresenterebbero il segno dello scorpione: la Via Lattea infatti interseca l'eclittica proprio tra il Sagittario e lo Scorpione...

E non è singolare che l'abito di Venere/Pallade rechi nella parte inferiore tre anelli medicei intrecciati, mentre sulla parte superiore essi diventano improvvisamente quattro? Si è forse aggiunto un nuovo continente, un nuovo alleato stretto dal patto del silenzio? (o è la mia fantasia che sta viaggiando a velocità "stellari"?)

Il passaggio dalla costellazione del Sagittario a quella del Centauro lo troviamo in un'altra opera, attribuita ad Antonio del Pollaiolo: si tratta del *Ratto di Dejanira,* nel quale compare un immenso paesaggio di terre ed acque che può farci immaginare ciò che si trovarono di fronte i navigatori che toccarono le coste del Nuovo Mondo... E come non collegare quel largo fiume lattiginoso alla più ampia Via Lattea, che in cielo è caratterizzata, nella sua parte centrale, proprio dalla vicinanza dei due asterismi rappresentati dai personaggi del dipinto?

151

Secondo la mitologia, il centauro Chirone venne colpito involontariamente al ginocchio da Ercole con una freccia dalla punta avvelenata con il sangue dell'Idra. Egli soffriva terribilmente,

---

151Il "Ratto di Dejanira", o "Ercole e Dejanira", attribuito ad Antonio del Pollaiolo, datato intorno al 1480, misura 50 x 84 cm. e si trova oggi nella Yale University Art Gallery, New Haven (U.S.A).

ma non poteva morire, a causa della sua origine semidivina. Chiese così a Zeus di liberarlo dell'immortalità, offrendola invece a Prometeo, colui che aveva donato agli uomini il sacro fuoco che li avrebbe illuminati nel lungo percorso della loro evoluzione.

Come non paragonare quindi, ancora una volta, il sapiente Chirone con il vecchio Cosimo, al rientro dalla sua traversata dell'oceano? Egli, novello Ulisse, non poteva certo rimanere sordo al desiderio di superare di persona i confini conosciuti dell'universo!

Non ci è dato sapere se si trattasse del suo primo viaggio nel Nuovo Mondo, ma sicuramente è stato l'ultimo!

Quello sfondo di mare (ormai familiare), così in contrasto con la dura scogliera (quasi un tempio, più che una grotta) accanto al centauro, acquista la dimensione di un sogno, anzi, di un ricordo...

In tal modo, accanto al vecchio, potrebbe veramente esserci la protettrice dei filosofi e delle arti, della tessitura intesa come abilità nel costruire la vittoria e la pace attraverso le abili trame della diplomazia, colei che aveva insegnato agli uomini la navigazione svelandone loro anche gli strumenti: Atena, dea della saggezza, di quella conoscenza che Cosimo aveva inseguito per tutta la vita...

Una vita ormai alla sua conclusione, tanto che Pallade pare quasi trasformarsi nell'immagine della Morte che, con sguardo malinconico e un atteggiamento tenero, gli annuncia la fine dei suoi giorni. Non si tratta però di una morte inclemente, di un filo tagliato dalla falce crudele, ma di un traguardo raggiunto con onore e concesso dagli dei, come ad un eroe che ha portato a termine consapevolmente la propria missione, con coraggio, per il progresso dell'uomo... Atena qui è ancora l'ispiratrice e la protettrice di quegli eroi che, grazie al loro ingegno, portano a compimento imprese eccezionali: Prometeo, Giasone, Teseo, Eracle, Perseo, Ulisse, fanno parte di quella schiera di uomini che per le loro gesta, la mitologia ha elevato fino all'Olimpo! In questo dipinto possiamo perciò immaginare l'apoteosi di Cosimo...

Atena, con l'alabarda alzata, rende l'onore delle armi a Cosimo, e con un gesto pietoso, sollevandogli il capo umilmente abbassato di fronte ai voleri del fato, lo invita a non temere di sollevare gli occhi verso l'alto, verso quel cielo dove dimorano gli dei e gli eroi!

Cleopatra

Come abbiamo visto, il fiordaliso era considerato un antidoto contro il dolore, ma probabilmente anche contro il veleno. Allora i fiordalisi sull'abito di Flora si potrebbero pure interpretare come un avvertimento a guardarsi da nemici che agivano con la subdola arte del veleno; come un tentativio di protezione... ma verso chi? Giuliano[152]? Cosimo? Lorenzo? O la stessa Simonetta Vespucci? Si deve davvero alla tisi la morte di una ventitreenne considerata la donna più bella del mondo rinascimentale? Possibile che quella malattia tanto debilitante non avesse segnato in alcun modo il suo fisico?

Piero di Cosimo dipinge così una Simonetta dai lineamenti purissimi, statuaria icona della bellezza, nelle vesti di Cleopatra, l'ultima discendente della stirpe dei Tolomei. Sullo sfondo il suo golfo, ma ella non può vederlo: la nera nube della morte ne offusca la vista, ed il suo sguardo ormai è perso lontano, oltre questo mondo terreno, verso una dimensione ove non è più sofferenza o inganno...

Simonetta ha lasciato alle sue spalle il mondo dei vivi, quel mondo in cui ad ogni aurora il sole risorge, ad ogni primavera ogni albero germoglia; davanti ha solo alberi spogli e un occidente che non è più la terra delle Esperidi, il Paradiso del mondo, ma solo l'orizzonte ove il sole va a morire nel mare, il luogo ove riposano le ombre dei morti... E lei, Simonetta, pare quasi un Giano femmineo, signore delle porte che mettono in comunicazione il mondo celeste degli dei con quello degli uomini mortali...

Al suo collo un aspide: una denuncia? Forse lo stesso veleno che aveva ucciso Cleopatra ha segnato la sua fine...

Il serpente su di lei ha finito il suo ciclo: non è più l'uroburo, che afferrando la propria coda diviene simbolo di continuità e di rinnovamento; è piuttosto il serpente del peccato, dell'insaziablità umana, il rettile che per stringere tra le spire la ricchezza rappresentata dal gioiello d'oro che la fanciulla porta al collo, non ha esitato a sacrificarne la giovinezza, la bellezza... Le sue

---

[152] Giuliano morirà nel 1478, due anni dopo Simonetta, assassinato durante la congiura dei Pazzi.

estremità sono ormai staccate, il circolo della vita è irrimediabilmente interrotto.

Lei, così eterea nel suo pallore, quasi lucente come una stella, si staglia contro il cielo, puntando verso l'alto il diamante di quell'anello mediceo che ancora le adorna i capelli... Il simbolo di una gloria che comunque non potrà essere cancellata, o una richiesta di giustizia per la sua vita immolata all'altare del potere?

Venere e Marte

Altre preziose informazioni, come già accennato, possiamo ricavarle osservando la tavola di *Venere e Marte*, ancora del Botticelli. Egli conosceva bene i Vespucci, avendo oltretutto la sua bottega e la casa nel loro stesso quartiere: Borgo Ognissanti.

Questa tavola venne commissionata all'artista proprio dalla famiglia Vespucci allo scopo di decorare la testata del letto o un cassone di nozze per il matrimonio di un familiare. Ed è qui che, argutamente, il pittore nasconde una nuova allegoria dei viaggi in America... forse un riconoscimento e un omaggio al ricordo del vecchio Amerigo e della sua Nanna, artefici della gloria della casata.

Ripensando infatti alla scena rappresentante Venere e Marte, viene da chiedersi se il dipinto fosse stato dedicato ad Amerigo il Vecchio, piuttosto che al Giovane, in quanto i suoi protagonisti, pur mantenendo una loro precisa funzione comunicativa, potrebbero nascondere anche un'altra chiave di lettura.

Il Vespucci infatti aveva coronato il suo sogno d'amore a Pescia, identificata anticamente con il toponimo "*ad Martis*"[153], in quanto si dice che in quella parte della Valdinievole fosse stato edificato, in ricordo di una importante vittoria, un tempio dedicato al dio della guerra; ma al tempo stesso, nelle immediate vicinanze, era vivo pure il culto di Venere, sopravvissuto fino ad oggi nel toponimo della frazione di *Veneri*, che corrisponde alla zona ove erano situati i terreni coltivati a vigna, di proprietà degli Onesti, portati in dote da Nanna. Un luogo di antica pertinenza femminile, come testimonia tuttora il toponimo "*colli delle donne*", nei pressi della pieve di San Gennaro, dove, oltre ad un angelo annunciante attribuito da Pedretti a Leonardo da Vinci, si trova anche una anteriore *Madonna del Parto* in terracotta, a testimonianza di una culto vetusto verso una dea Madre portatrice di fertilità.

La mitologia ci racconta che Venere e Marte erano amanti e questo dipinto ci mostra un momento di abbandono del dio della guerra che, spogliato delle sue armi, appare inerme di fronte all'amore.

---

[153] Il toponimo *ad Martis* è visibile anche nella *Tavola peutingeriana*

Eppure il Botticelli forse voleva comunicarci qualcosa di più...

Ecco allora che, collegandoci nuovamente all'astronomia, la scena ci potrebbe fornire la posizione delle luci del cielo, come ad esempio quella di Venere all'alba (il momento del risveglio è ben rappresentato dalla vigile e lucente dea) e quella notturna di Marte (il sonno del dio farebbe pensare alla notte)[154].

La composizione potrebbe tuttavia rappresentare una precisa situazione astrale favorevole, come ad esempio un trigono fra i pianeti Venere e Marte (al trigono farebbero pensare sia i tre satiri fra i due amanti, sia il triangolo formato dalla gamba destra di Marte), mostrandoci, in forma allegorica, un particolare momento della storia.

Ma come mai il Botticelli ha inserito nel dipinto questi *panischi*, ovvero dei piccoli fauni con le sembianze del dio Pane, figlio di Ermes? Forse possiamo intuire una risposta leggendo alcune

---

[154] Amerigo Vespucci era un attento osservatore del cielo. Del resto egli stesso, durante il suo secondo viaggio ufficiale, nel 1499, annotava:

"*In quanto alla longitudine dico che per conoscerla incontrai tanta difficoltà che ebbi grandissimo studio in incontrare con sicurezza il cammino che intraprendemmo. Tanto vi studiai che alla fine non incontrai miglior cosa che vedere e osservare di notte la opposizione di un pianeta con un altro, e il movimento della luna con gli altri pianeti, perché la Luna è il più rapido tra i pianeti (...): e dopo molte notti passate ad osservare, una notte tra le altre, quella del 23 agosto 1499, nella quale vi fu una congiunzione tra la Luna e Marte, la quale congiunzione secondo l'almanacco doveva prodursi a mezzanotte o mezz'ora prima, trovai che all'uscire la Luna dal nostro orizzonte, che fu un'ora e mezza dopo il tramonto del Sole, il pianeta era passato per la parte di oriente, dico, ovvero che la luna si trovava più a oriente di Marte, circa un grado e qualche minuto, e alla mezzanotte si trovava più all'oriente quindici gradi e mezzo, dimodoché fatta la proporzione, se le ventiquattr'ore mi valgono 360 gradi, che mi valgono 5 ore e mezza? Trovai che mi valevano 82 gradi e mezzo, e tanto distante mi trovavo dal meridiano della cibdade de Cadice, dimodoché assignando cada grado 16 e 2/3 leghe, mi trovavo 1374 leghe e 2/3 più ad occidente della cibdade de Cadice.*"

definizioni relative a questa divinità nel *Dizionario Storico Mitologico:*

"Igino riferisce una ragione per la quale gli Egizii rappresentavano il loro Dio Pane sotto la figura di un capro, ragione già da noi riportata più sopra riguardo agli Dei che eransi ricovrati in Egitto, e che, per consiglio di lui, presero le forme di diversi animali. Il detto favoleggiatore aggiunge che quegli stessi Dei, da lui consigliati e con tanto valore difesi, lo collocarono in cielo, ove egli forma la costellazione del Capricorno.
Pane era presso gli Egizii in tanta venerazione, che in quasi tutti i templi vedeansi le sue statue, ed era stata altresì in onore di lui edificata nella Tebaide, la città di Chemnide o Chemmis, che significa città di Pane, a lui sacra.
Pane non era meno onorato a Menda, il cui nome egualmente significa Pane e caprone. Comunemente credevasi che egli avesse accompagnato Osiride nella sua spedizione delle Indie. In seguito la favola di Pane venne allegorizzata; fu egli preso pel simbolo della natura, secondo il significato del suo nome Pan che vuol dire universale. Dicesi che le corna poste sulla sua testa, indicano i raggi del sole, che il vivace e rosso suo colore, esprime lo splendore del cielo; che la pelle di capra stelle che ci tiene sul petto ne mostra le stelle del firmamento, che il pelo di cui è coperta la parte inferiore del suo corpo dinota la parte inferiore del mondo (...)". [155]

Ecco così che la lancia che i panischi sorreggono potrebbe trasformarsi veramente nella traccia del viaggio del sole, o meglio ancora, nella linea dell'Equatore, sotto la quale si trova il Tropico del Capricorno! Il simbolo del capricorno, del resto, compare con insistenza come una delle imprese della casata dei Medici, adottata anche da Cosimo I e abbondantemente distribuita dal Vasari nelle decorazioni di Palazzo Vecchio...
I tre satiri potrebbero riferirsi però anche a tre navi che stanno attraversando il mare, raffigurato dal suono emesso dalla conchiglia all'orecchio del dio...

---

[155] *Dizionario Storico Mitologico di tutti i popoli del mondo, compilato dai signori Giovanni Pozzoli, Felice Romani e Antonio Peracchi, Tomo V,* Livorno, Stamperia Vignozzi, 1824

E se invece i *diavoletti* fossero tre "soci", o alleati (forse Medici, Sforza e Malatesta, ma anche Medici, Pazzi e Rucellai) che, abbandonate finalmente le rivalità e le ostilità, uniscono le loro forze per realizzare una comune impresa nota soltanto a loro? (Allo stesso modo questi si potrebbero identificare nelle tre Grazie della *Primavera, ancora del Botticelli).*

E chi può essere l'artefice di questo sogno realizzato, se non un Vespucci, indicatoci chiaramente con quelle piccole vespe (impresa appunto della famiglia Vespucci), che ronzano intorno al capo di Marte dormiente?

Tutto bellissimo, un fantastico gioco della fantasia, ma chi può provare che davvero questa scena racconti tutte queste cose? Come si può credere che veramente stiamo parlando dell'arrivo nel *nuovo mondo*? Ecco così spuntare un quarto beffardo diavoletto, che uscendo dalla inutile armatura, ci indica però che nel corpo di Marte è entrato un demone diverso, un demone che dopo avergli amplificato la forza guerriera e il vigore nell'atto d'amore, dopo avergli fornito un sogno premonitore, adesso lo ha lasciato spossato, privandogli ogni forza...

Sto parlando del piccolo frutto che il satiro tiene in mano, ma che invita a gustare, col gesto ambiguo della bocca: si tratta, secondo i botanici che l'hanno esaminato, della pianta chiamata *datura stramonium*, ma detta anche *yerba de diablo (erba del diavolo)* dal popolo messicano, che è solito consumarla. Pare infatti che questa pianta sia originaria delle Americhe, in particolare del Messico, della Colombia e del Perù; gli indigeni la utilizzavano, soprattutto durante le cerimonie religiose, per le sue caratteristiche psicotrope. Essa provoca allucinazioni e le si attribuivano doti divinatorie... ma non solo: subito dopo l'assunzione questa droga produce una grande forza, energia sessuale e tendenza all'aggressività (doti che ben si accordano alla personalità di Marte), ma subito dopo sopraggiunge un sonno profondo, durante il quale il soggetto entra in contatto con gli spiriti e le divinità che, attraverso vivide visioni, gli mostrano il futuro e le imprese che porteranno a termine...

Botticelli dimostra di conoscere molto bene le caratteristiche e gli effetti della datura. Si dice infatti che la pianta possieda *quattro teste,* corrispondenti alle sue parti (radici, foglie, fiori, semi), ma anche alle sue proprietà...

Ed ecco che nel dipinto compaiono proprio quattro diavoletti: il primo indossa un elmo che lo rende cieco, a simboleggiare il momento dell'aggressività violenta; il secondo ammicca dolcemente in direzione di Venere, pregustando i piaceri dell'amore indotti dal potente afrodisiaco; il terzo ci parla del sonno e del sogno, di un futuro di Vespucci che si realizzerà attraversando il mare; il quarto però ci parla di quel demonio che si impossessa del corpo, ricordandoci che la datura è anche un potente veleno... E allora, forse, un efficace antidoto potrebbe essere rappresentato da quella piantina di aloe (anch'esse di origini americane) che cresce rigogliosa accanto al diavoletto...

Il tutto si svolge sotto lo sguardo vigile di Venere, consapevole artefice di quelle umane vicende, perché è a lei, luminosa Merica, che si deve il successo dell'impresa!

Il quadro rimanda anche ad antiche cerimonie che si tenevano in aprile in onore della dea Venere, che i Romani definivano anche *Murcia (*da mirto, sua pianta sacra, ma forse vi è un'attinenza con

Merica, intendendola come divinità ereditata dai popoli sumerici?), rappresentandola con un cestello in mano. In esso pare fosse contenuto il *cocetum,* una sostanza ottenuta da un miscuglio di latte, miele e papavero, capace di scatenare un sacro furore seguito da visioni e allucinazioni divinatorie; subentrava quindi uno stato di torpore, un'incapacità di reagire agli stimoli. L'uomo soggetto a tale languore, quasi privo di sensi, veniva definito *murcidus* o *muricidus*[156].

Botticelli, quindi, nel suo dipinto avrebbe sostituito il *cocetum* a base di papavero con la datura, in grado di provocare reazioni ad esso paragonabili...

In fondo gli stessi Medici erano molto interessati alle proprietà delle piante: sembra che essi fossero in origine farmacisti, tanto che le perle (o *palle*) della loro impresa avrebbero avuto origine dalle pillole che erano soliti preparare... Erano anche profondi conoscitori delle spezie e delle droghe, delle quali esercitavano il commercio.

Ne abbiamo un esempio con la storia che spiega l'origine dello stemma e del motto della famiglia Bartolini Salimbeni, loro alleata e partner commerciale.

In esso compaiono infatti gli anelli dei Medici con le piume, fra i quali sono però inserite tre capsule di papavero da oppio, insieme al motto *"per non dormire".*
157

Si racconta che l'oppio fosse stato fornito dai Medici ai Salimbeni per addormentare, durante un banchetto, i rivali presenti con loro al porto in attesa di un importante carico. Grazie allo stratagemma, i

---

156 Leonardo Magini, *Le feste di Venere. Fertilità femminile e configurazioni astrali nel calendario di Roma antica*, L'Erma di Bretschneider, Roma, 1996

157 Impresa della famiglia Bartolini Salimbeni su terracotta invetriata, opera della bottega dei Buglioni

Salimbeni si trovarono da soli ad aspettare l'arrivo del bastimento, accaparrandosene facilmente, e a buon prezzo, tutta la partita di merce.

Allora viene da domandarsi se il dipinto del Botticelli non nascondesse anche un consiglio, ai Vespucci e ai Medici, di guardarsi da un imminente pericolo d'inganno...

Per meglio interpretarlo, ritorniamo un attimo alla descrizione delle caratteristiche mitologiche del dio Pane (e dei panischi che lo rappresentano):

(...) Da lui apprese Apollo l'arte di conoscere e di predire il futuro; e ciò avvenne all'epoca in cui Temrde rendeva gli oracoli a Delfo(...)

(...)Pane ebbe parecchi templi nella Grecia, ma i più rinomati erano nell'Arcadia; ci rendeva gli oracoli in quello che aveva sul monte Liceo.

Quale potrebbe essere l'avvertimento, addirittura la profezia di Pane? Forse è nascosta nel nome stesso del dio, dal quale pare abbia avuto origine il toponimo della *Spagna*, la nazione che con l'inganno, forse con il veleno[158], toglierà ai Fiorentini la gloria della scoperta del Mundus Novus:

"Nome della Spagna. Avendo Bacco raccolto un' armata di Pani e di Satiri, sottomise l'Iberia Europea, e vi lasciò Pane per comandare. Questi le diede il suo nome; e la chiamò Pania, donde venne poscia il nome di Spania."[159]

---

[158] Sono infatti sospette di avvelenamento le morti di Lorenzo il Magnifico, come quella di Simonetta Cattaneo Vespucci, o ancora, del papa Innocenzo VIII.

[159] Girolamo Pozzoli, *Dizionario d'ogni mitologia e Antichità*, Vol. IV, Milano 1823

Insetti nel cielo

Se le vespe che ronzano intorno al capo di Marte fossero invece delle api, esse potrebbero ricondurci alla simbologia della Maddalena e della sua presunta stirpe merovingia... I dipinti del Botticelli potrebbero così identificare anche la Maddalena, oltre alla *stella Venere*, e rappresentare non solo la conquista dell'America, ma pure il precedente arrivo a Firenze del libro sacro e probabilmente di qualche importante reliquia di Maria di Magdala.
160

E' forse il sarcofago della Maddalena quello murato nell'angolo ovest del battistero di S. Giovanni, proprio in direzione della stella Merica al tramonto? Stranamente non si trovano notizie circa il suo inserimento... Esso, nonostante i danni del tempo, mostra ancora

---

160 Stemma di Amerigo Vespucci, nella Cappella Vespucci dentro la Chiesa di Ognissanti a Firenze

scolpita un'imbarcazione, apparentemente fenicia, dalla quale una giovane donna sbarca in una terra rigogliosa, dove pare si stia svolgendo la vendemmia e la pigiatura dell'uva... In corrispondenza, all'interno del battistero, si trovava proprio l'altare dedicato a Maria di Magdala, con la vicina statua della *Maddalena penitente* di Donatello, e lì, a terra, su un tondo di porfido inserito nel pavimento, le levatrici adagiavano i piccoli subito prima che venisse loro somministrato il sacramento del battesimo. Una sorta di rito di purificazione, o un ringraziamento alla Maddalena, assimilata a una dea della fertilità?

I Medici e i Rucellai (Bernardo Rucellai aveva sposato Annina, la Nina, sorella maggiore di Lorenzo), in un primo tempo furono probabilmente alleati con i Pazzi nelle imprese americane, entrando poi in feroce rivalità per il dominio dell'oceano; fu questa rivalità che sfociò nella congiura dei Pazzi? (vi si trovarono coinvolti anche i Vespucci). Un antagonismo derivato non solo da questioni politiche, eonomiche e dal desiderio di accaparrarsi le miniere del prezioso allume, difficilmente reperibile dopo l'espansione ottomana sulle coste della Turchia, ma soprattutto dalla conquista delle terre d'America.

Stranamente anche i Pazzi erano, come i d'Angiò e i Medici, molto devoti a Maria Maddalena, tanto che avremo più tardi una Maria Maddalena de' Pazzi divenuta santa e patrona dell'Accademia della Colombaria.

Le reliquie di Maddalena di Magdala, forse conservate inizialmente proprio nel Battistero di S. Giovanni, furono successivamente tolte per punire in qualche modo oscuro la famiglia dei Pazzi?

In questo caso, dove potrebbero essere state trasferite, se non in Palazzo Vecchio, sotto un manto di stelle a forma di dorati gigli fiorentini su campo azzurro, come il cielo, ma anche come il mare? Un giglio, o iris, o "Isis" (o *apis?*) che esprime in forma stilizzata sia le tre piume, che il divino femminile per eccellenza. Un giglio che probabilmente i Medici esportarono in Francia, e non viceversa.

Ma, non volendo scomodare Maria Maddalena (e volendo evitare anche il riferimento ai viaggi dei Templari, che pure sarebbe legittimo), potremmo semplicemente ipotizzare che i Fiorentini avessero murato il sarcofago nel battistero proprio per celebrare lo "sbarco" in America, guidati da Venere, e che la vendemmia non si stesse svolgendo sulle ridenti coste della Provenza, bensì in una terra oltre l'oceano denominata *Vinland*...

Tale sbarco verrebbe confermato anche da un'altra "strana" opera, la *Battaglia di dieci uomini nudi* di Antonio Benci detto del Pollaiolo, sul cui sfondo svettano infiorescenze che somigliano molto a quelle del mais, nonostante il dipinto risalga appena al 1465!

Ai lati di quella che sembra una piantagione di mais, mimetizzata da siepe di canne palustri, vediamo dei tralci di vite: la cosa non deve sorprendere, anzi, rappresenta un'ulteriore prova, perché le coste dell'America del nord, raggiunte dai Vichinghi prima dell'anno mille, erano state da essi denominate *Vinland, Terra del vino,* proprio per la grande diffusione di piante di vite, che si sviluppavano spontaneamente ad altitudini e latitudini superiori rispetto all'Europa.

In una mappa risalente al 1440[161] circa, ma pare relativa ad un viaggio effettuato nel XII secolo, si può osservare, a sud-ovest della

---

[161] La mappa venne trovata verso la metà del secolo scorso insieme ad un antico manoscritto dal titolo Historia Tartarum. Donata all'Università di Yale, è stata accuratamente esaminata, datata come originale del 1434 e valutata 20 milioni di dollari. La sua autenticità è stata contestata e si è parlato di un'abile falsificazione di un padre gesuita austriaco. La questione tuttavia è ancora aperta.

Groenlandia, un vasto territorio indicato con il toponimo *Vinland*: nonostante la pergamena risulti corrispondente al periodo indicato, vi sono molti pareri contrari sull'autenticità del documento, anche per l'accuratezza nei contorni delle coste.

Resta comunque accertato il fatto che la vite godesse nel Nuovo Mondo di un'ampia diffusione.

Un'altra accurata mappa stellare dell'emisfero sud, inserita nel misterioso Manoscritto di Vienna[162], risalente al 1440 (e perciò anteriore di oltre settant'anni ai planisferi astrali del Durer), ci mostra, oltre la rappresentazione del tracciato meridionale della Via Lattea, la costellazione *Crater*, raffigurata come un tino per la raccolta dell'uva.

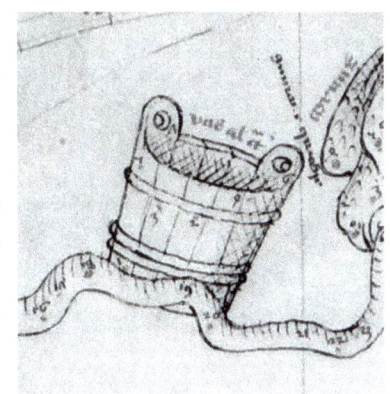

---

[162] http://www.atlascoelestis.com/Manoscritto%20vienna%2001.htm

181

Ma ritornando per un attimo al simbolo dell'ape, vi stupireste di scoprire che nel cielo dell'emisfero australe si può vedere, poco più a sud della famosa *Croce del Sud*, un'altra costellazione meno conosciuta, che gli antichi raffiguravano con l'immagine di un'ape, denominandola appunto *Apis*?[163]

164

[163] Oggi chiamata *Muscas*, mosca.

[164] Immagine tratta da un atlante di Bayer del 1603

Questo asterismo, nella sua forma, somiglia vagamente all'Orsa Minore dell'emisfero settentrionale... Che ne avesse anche assunto il ruolo?
Oggi essa è chiamata *Muscas Australis*, "*Mosca*".
Non vi compaiono astri di particolare grandezza, ma il gruppo pare sia facilmente identificabile, in quanto inserito in una zona del cielo molto scura.

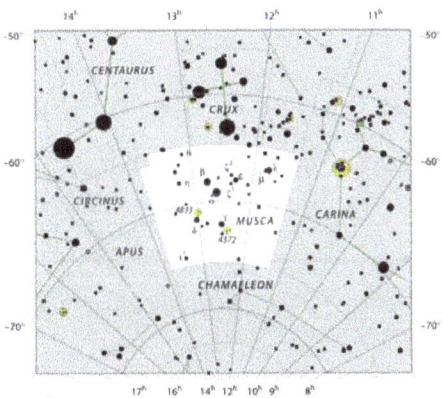

165

Un' omonima costellazione si trova nell'emisfero boreale, a nord di quella dell'Ariete. Prima chiamata *Apis*, nel 1624 essa fu ribattezzata con il nome di **Vespa***,* venne infine indicata come *Musca Borealis* da Hevelius nel 1690.
Curiosamente, le sue stelle fecero parte anche della costellazione del Lilium (giglio), dedicata, pare, a Luigi XIV. Ma potremmo esserne veramente certi?

---

[165] Immagine tratta dall'*Uranographia* di Johann Elert Bode, Berlino,1801

Festina Lente

Un altro simbolo rappresenta i viaggi fiorentini attraverso il mare, ed è quello della vela, che troviamo ad esempio nei decori della facciata di Santa Maria Novella a Firenze, ma anche sulle formelle del tempietto della Cappella Rucellai, associato alle imprese dei Medici, a conferma di un'alleanza delle famiglie nell'avventura oceanica.

Ma c'è un'ulteriore figura metaforica che in questa storia non dobbiamo perdere di vista e che viene associata appunto alla vela: quella della tartaruga.

La tartaruga era uno dei simboli astronomici dei Maya e gli stessi popoli mesopotamici rappresentavano con questo animale l'attuale segno zodiacale del Cancro, che annunciava l'arrivo della stagione estiva.

Ed è lungo il Tropico del Cancro che le imbarcazioni rinascimentali solcavano l'oceano per raggiungere l'America!

Possiamo infatti vedere come anche Martin Waldseemüller, nel suo planisfero, rappresentò la piccola isola *Tartuga* situata lungo la linea del Cancro!

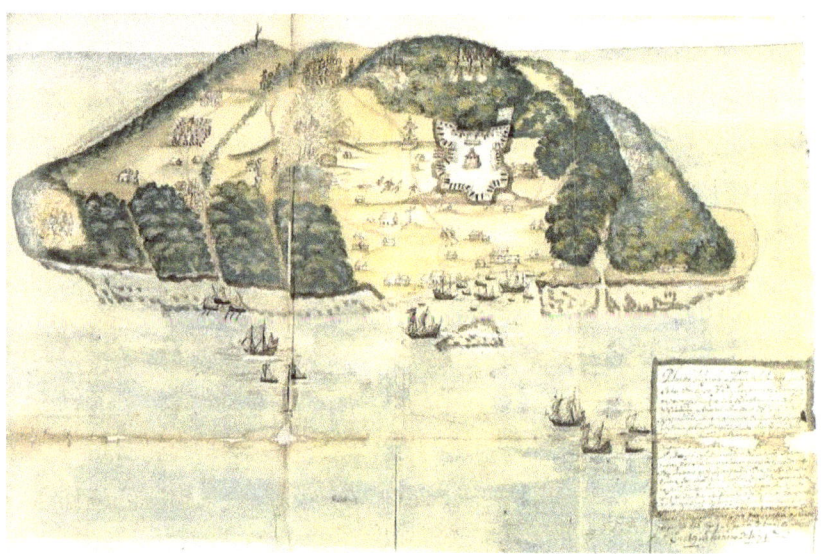

Alla corporatura della tartaruga si ispira la linea delle caravelle e, ancora, il suo profilo richiama quello di una delle prime isole dell'America Centrale da esse toccata, detta appunto *Tortuga* per la particolare forma con la quale appare a chi la osserva dal mare.
Nella mitologia, la tartaruga era sacra a Mercurio, dio dei viaggi e del commercio; proprio col suo carapace Hermes-Mercurio inventò

la lira, il primo strumento musicale, che donò ad Apollo... Mercurio, realizzando il suo strumento, liberò la tartaruga dalla sua prigione terrena per restituirle, attraverso la musica, un'essenza divina!

Ma è ancora una testuggine che Fidia scolpisce sotto il piede sinistro della sua famosa statua di Venere, indicando quindi come questo animale fosse sacro alla dea.

E non ci stupiremo così, recandoci nella splendida piazza di Santa Maria Novella, di scoprire che non solo la chiesa, ma anche lo spazio anteriore, rappresenta un continuo richiamo all'astronomia e ai viaggi: dalla sua forma ellittica, alle tartarughe che sostengono i due obelischi posti alle estremità.

Ma *Turtle Island* era anche il toponimo con cui i nativi definivano il continente nordamericano, che ritenevano fosse stato sorretto fuori dalle acque primordiali dal dorso di una grande tartaruga, che generosamente aveva così offerto una possibilità di vita ed evoluzione a piante ed esseri terrestri; di quella tartaruga il Nord-America aveva conservato la forma.

L'animale rappresenta in tal modo l'elemento di passaggio dalle acque alla terra, oltre a rivestire il ruolo della Grande Madre, simbolo di fertilità, saggezza, salute e lunga vita ...

166

Forse vi stupirà anche scoprire che esiste una specie di tartaruga marina che ogni anno, tra la primavera e l'estate, intraprende un misterioso viaggio: muovendosi in migliaia di esemplari dalle coste dell'Europa e dell'Africa, attraversa tutto l'Atlantico per andare a deporre le uova sulle rive del Golfo del Messico!

La tartaruga potrebbe ricordarci pure la *tarasca*, feroce mostro ammansito in Provenza, secondo la leggenda, da Marta e Maria di Magdala...
Essa richiama anche il Tartaro, il mondo opposto al cielo, e gli stessi Cinesi immaginavano il mondo appoggiato sulla schiena di una grande tartaruga, dalla quale si originava l'asse rotante della Terra...
Ma del resto, la stessa struttura fisica della tartaruga non rappresenta splendidamente l'assioma ermetico del *"Come sopra, così sotto; come sotto, così sopra.."* ?
Allora potremmo ipotizzare anche che questo animale celasse la conoscenza di un pianeta sferico formato da due opposte terre, che

---

166 http://turtleislandscapes.com/TIstory.html

soltanto le vele di una robusta imbarcazione potevano mettere in comunicazione!

La tartaruga diventa così il simbolo segreto della più importante impresa realizzata da Cosimo il Vecchio, dal figlio Piero, dai nipoti Giuliano e Lorenzo e dal casato dei Medici!

Di ciò doveva essere ben consapevole anche Giovanni Stradano, che molto tempo più tardi, in una delle incisioni realizzate nel 1630 e dedicate ad Amerigo Vespucci, non esitò a popolare le acque di simboliche tartarughe in viaggio verso l'America!

167

Ma, tornando ai nostri giorni, la tartaruga con la vela (con il suo sibillino motto *Festina lente*[168]), impresa di Cosimo I e usata come emblema della sua flotta, compare però anche in oltre cento versioni nei decori di Palazzo Vecchio. Potrebbe forse, ancora oggi,

---

[167] Giovanni Stradano, 1630

[168] Il motto *festina lente*, tratto da una traduzione di Svetonio, potrebbe forse interpretarsi così: *affrettati con determinazione per raggiungere l'obiettivo, per essere primo e vincitore, ma con lentezza, intesa come cautela, circospezione, ponderazione, per non compiere passi falsi, magari per non essere scoperto!*

disegnare una mappa per arrivare al luogo in cui sono nascosti importanti documenti relativi ai primi viaggi in America, alle conoscenze templari; o addirittura aiutarci a ritrovare il libro e i resti della Maddalena?

(naturalmente io ho provato a seguirla, facendomi già un' idea dell'itinerario ideale verso il "tesoro"!)

E' a questa "mappa del tesoro" che il Vasari voleva riferirsi, con il suo famoso *"CERCA TROVA"*?

La frase sibillina, dipinta sullo stendardo dell'affresco vasariano, potrebbe segnare il punto di partenza di una grande "caccia", il cui Tesoro costituisca, ora come allora, una gratificante conquista della conoscenza per chi riesce a raggiungerla, seguendo un filo quasi impercettibile, determinato però da ben precisi simboli che guidano il ricercatore come in un viaggio labirintico, snodandosi fra le sale e i corridoi del Palazzo della Signoria, fino a raggiungerne il cuore pulsante, ciò che dà vita ed energia a tutto l'edificio e a ciò che esso rappresenta...

Ecco così che il Palazzo si trasforma in una prova di abilità logica, sfidando i visitatori ad immergersi veramente nell'atmosfera rinascimentale fiorentina, ad assorbirne l'essenza, leggendo, quasi ascoltando, le immagini che ci parlano emergendo dai muri, dai vetri, dai pavimenti dai decori, dove tutto esprime armonia e tutto concorre a comporre un magnifico quadro d'insieme il cui compito supremo è quello di portarci là, dove qualcosa ci illuminerà improvvisamente dicendoci:

"Bravo, ce l'hai fatta, hai capito, hai superato la prova, questo è il tuo premio!"

Ciò che è stato occultato in Palazzo Vecchio, allora, è sicuramente qualcosa di estremamente prezioso, di alto valore spirituale, o piuttosto un segreto di avvenimenti che la storia ufficiale non aveva ancora scritto e che probabilmente ha in seguito malamente deformato...; forse un'antica mappa con un itinerario guidato da una stella come quello dei Magi? O il diario di un viaggio talmente segreto da essere sfuggito alle maglie della memoria? O qualcosa di ancora più prezioso?

Chissà..., sicuramente sarebbe una sfida da raccogliere!

Alla fine, per adesso, nessuna certezza, ma molti quesiti, un invito, e il gioco inestinguibile della ricerca e della scoperta...

Bibliografia

- Jerry Brotton, *La storia del mondo in dodici mappe*, Feltrinelli, 2013
- *Mémoire sur le Golfe de la Spezia par le comte de Chabrol De Volvic: Conseiller d'Etat , Prèfet de la Heine. Paris 1824. / Osservazioni geognostiche e mineralogiche sopra i monti che circondano il Golfo della Spezia di Girolamo Guidoni. Genova 1828.*, in *Antologia Viesseux* N° 105, Settembre 1829
- Treccani, Enciclopedia Italiana
- Treccani, Enciclopedia Dantesca
- Giovanni Schiaparelli, *Osservazioni e calcoli dei Babilonesi sui fenomeni del pianeta Venere, in Scritti sulla storia della Astronomia antica. Tomo I*, Collana Nimesis, Milano, 1997 (riproduzione dall'Ed. del 1925)
- Judith C. Brown, *Pescia nel Rinascimento. All'ombra di Firenze*, Ed. Benedetti, Pescia 1987
- Jacques le Goff, *Alla ricerca del Medioevo*, Ed Laterza 2003
- Robert Graves, "La dea bianca.Grammatica storica del mito poetico", Adelphi, 1992
- Mauro Marrani, *Firenze alla scoperta dell'America*, Ed. Firenze Libri, 2014
- William Robertson, *Storia dell'America*, Palermo 1836
- Ludovico Muratori *Istoria dell'assedio di Piombino*, volume XIV° del *Rerum Italicarum Scriptores*
- Giovanni Sacrobosco, *Tractatus de sphaera,*
- Umberto Eco, *Storia delle terre e dei luoghi leggendari*, ed. Bompiani, 2013
- *Eratosthenis Catasterismi cum interpretatione latina et commentario* / Johann Conrad Schaubach. Gottingae : apud Vandenhoeck et Ruprecht, 1795
- Leonardo Magini, *Le feste di Venere. Fertilità femminile e configurazioni astrali nel calendario di Roma antica*, L'Erma di Bretschneider, 1996
- Franco Foresta Martin, *Laboratorio di astronomia*, edizioni Dedalo , 1988 Leonardo
- Leonardo Magini, *Astronomia etrusco-romana*, L'Erma di Bretschneider, Roma, 2003
- Riccardo Magnani, *La missione segreta di Leonardo da Vinci*, Io Sono ed.,201430
- Sandra Marraghini, *Piero della Terra Francesca. Il sole sorge a Firenze e tramonta a New York*, Ed. Firenze Libri, 2015
- Prospero Omero Baldasseroni, *Istoria della città di Pescia e della Valdinievole*, Pescia, 1784
- Raffaele Gualterotti, *L'America*, Firenze, 1611
- Cesare Vasoli, Le filosofie del Rinascimento, Paravia Mondadori, 2002
- James Hankins, *Salutati, Platone e Socrate*, in www.academia.edu
- Lucio Russo, *L'America dimenticata. I rapporti tra le civiltà e un errore di Tolomeo*, Milano, Mondadori, 2013.
- Lucio Russo, *La rivoluzione dimenticata,* Milano Feltrinelli,1996
- Francesco Galeotti, *Memorie di Pescia*, Pescia, 1659
- *Giornale della Comunità, anno 1444*, c. 226. Passerini, Bibl. Naz. Firenze,
- Tito Lucrezio Caro,*De rerum Natura*, I sec. a.C.
- Vitruvio, *De Architectura*
- James Ferguson, *"Astronomy Explained Upon Sir Isaac Newton's Principles"*, 1799
- Ovidio, *Fasti*
- Dante Alighieri, *Divina Commedia*
- Leonardo Melis, *Shardana, i Custodi del Tempo,*
- *Atlante Geografico dell'Italia* - Milano, Francesco Vallardi Editore, 1868.
- *Mémoire sur le Golfe de la Spezia par le comte de Chabrol De Volvic: Conseiller d'Etat , Prèfet de la Heine. Paris 1824. / Osservazioni geognostiche e mineralogiche sopra i*

monti che circondano il Golfo della Spezia di Girolamo Guidoni. Genova 1828., in Antologia Viesseux N° 105, Settembre 1829
- Mattheus Merian, *Topographia Italiae...,* Francoforte, 1688
- Platone, *Timeo*, 24e-25b
- Claudio Eliano, *Varia Historia*
- Massimo Baldini, *La storia delle utopie,* Armando Ed., 1994
- Giovanni Boccaccio, *Decamerone*
- Francesco Galvani, *Sommario Storico delle famiglie celebri toscane*, vol. 3, Firenze 1864
- Ceramelli Papiani, Archivio di Stato di Firenze
- Basinio da Parma, *Hesperis*
- Pietro Logoluso, *Su le origini del nome "America",* in *I Navigatori Toscani, Quaderni Vespucciani* del Comitato Amerigo Vespucci a Casa Sua, I vol.,Firenze Libri, 2010
- AAVV, *I Navigatori Toscani, Quaderni Vespucciani* del Comitato Amerigo Vespucci a Casa Sua, I vol.,Firenze Libri, 2010
- AAVV, *I Navigatori Toscani. Quaderni Vespucciani* del Comitato Amerigo Vespucci a Casa Sua, II vol.,Firenze Libri, Firenze 2010
- AAVV, *I Navigatori Toscani. Quaderni Vespucciani* del Comitato Amerigo Vespucci a Casa Sua, III vol.,Firenze Libri, Reggello 2011
- AAVV, *I Navigatori Toscani. Quaderni Vespucciani* del Comitato Amerigo Vespucci a Casa Sua, IV vol.,Firenze Libri, Reggello 2012
- Francesco Trucchi, *Dei primi scopritori del Continente Americano, Viaggi ed Esplorazioni 1, Firenze 1842*, Firenze Libri, 2010
- Chiara Amerighi (a cura di), Facezie, motti e burle del Pievano Arlotto, Libreria Editrice Fiorentina
- Michele Cecchi- Enrico Coturri, *Pescia e il suo territorio nella storia dell'arte e delle famiglie*, Pistoia, 1961
- Nuzzo Armando, *Le epistole di Coluccio Salutati,*
- Angelo Maria Bandini, *Vita e lettere di Amerigo Vespucci*, Firenze, 1745
- *Problemi e prospettive della ricerca su Manuele Crisolora,* in *Manuele Crisolora e il ritorno del greco in Occidente.,* Atti del Convegno Internazionale Napoli 26-29 giugno 1997, a cura di R. Maisano e A. Rollo, Napoli, 2002
- A. Centomo, *Galileo, Tolomeo e il moto di Venere*, Giornale di Fisica, Vol. XLII n° 4, Ottobre.dicembre 2001, Padova
- Giuseppe Bonghi, *Biografia di Giovanni Boccaccio*, in http://www.classicitaliani.it
- Censimento dei manoscritti delle biblioteche italiane, in http://manus.iccu.sbn.it/opac_SchedaScheda.php?ID=114837 http://manus.iccu.sbn.it/opac_SchedaScheda.php?ID=114835
- Claudio Tolomeo, Le *previsioni astrologiche (Tetrabiblos*), a cura di Simonetta Feraboli, Milano, Fondazione Valla/Mondadori, 1985.
- M. Raffa, *La Scienza Armonica di Claudio Tolomeo.* Saggio critico, traduzione e commento, Messina, EDAS, 2002
- Claudio Tolomeo, *Geografia*, in http://amshistorica.unibo.it/186
- Giovan Pietro Birago, *Miniatura de La Sforziade*, Biblioteca Nazionale di Francia, Parigi
- *La Sforziade* (*"Rerum Gestarum Francisci Sfortiae Mediolanensium Ducis")*, tradotta in italiano da Cristoforo Landino, impressa da Antonio Zarotto in Milano nel 1490
- G. Tori, *Nicolao degli Onesti Vicario di Montecarlo. Carteggio con Paolo Guinigi 1401-1408*, M. Pacini Fazzi Ed., Lucca, 1977
- Eratostene, *Epitome dei Catasterismi, II*
- *Cronica di Matteo e Filippo Villani con le Vite d'Uomini illustri Fiorentini di Filippo e la Cronica di Dino Compagni*, in Biblioteca Enciclopedica Italiana, vol. XXX, Milano, 1834
- Ovidio, *Fasti*
- Poliziano, *Stanze per la giostra*

- Ferdinando Flora, *"Astronomia nautica", ed. Hoepli*
- *Dizionario Storico Mitologico di tutti i popoli del mondo, compilato dai signori Giovanni Pozzoli, Felice Romani e Antonio Peracchi, Tomo V,* Livorno, Stamperia Vignozzi, 1824
- Girolamo Pozzoli, *Dizionario d'ogni mitologia e Antichità,* Vol. IV, Milano 1823
- *Uranographia* di Johann Elert Bode, Berlino,1801
- Sebastiano Gentile, *Umanesimo e scienza antica: la riscoperta di Tolomeo geografo, Petrarca geografo,* in http://www.treccani.it/enciclopedia/umanesimo-e-scienza-antica-la-riscoperta-di-tolomeo-geografo_%28Il-Contributo-italiano-alla-storia-del-Pensiero:-Scienze%29/
- Grahm Hancock e Robert Bouval, *Talismano, Le città sacre e la Fede segreta,* Ed. Corbaccio, 2004
- Arthur Faram, *La Merica,* 2013
- M. Knapp, *Pentagramma di Venere*, Basel, 1934
- Martin Waldseemüller- Matthias Ringmann, *Universalis cosmographia,* 1507
- Ministero per i Beni e le Attività Culturali, AAVV, *Nel segno del Corvo. Libri e miniature della biblioteca di Mattia Corvino re d'Ungheria* (1443-1490), Modena, Biblioteca Estense Universitaria 2002 - 2003
- Emanuele Repetti, *Dizionario Geografico Fisico e Storico della Toscana,* vol. 4, Firenze 1841
- Jean-Charles-Léonard Simonde Sismondi, *Storia delle repubbliche italiane dei secoli di mezzo,* Volume 13, 1832
- Alfredo Reumont d'Aquisgrana, *Tavole cronologiche e sincrone della Storia Fiorentina,* Firenze, 1841
- Benedetto Dei. *La cronica dall'anno 1400 all'anno 1500,* a cura di R. Barducci, Firenze, Papafava, 1984.
- AAVV, *Atti del Convegno su Coluccio Salutati,* Buggiano Castello, giugno 1980
- M.Zeni, F. Fabbri, *Spigolature storiche. Valdinievole ...ieri,* Ed Casa Giusti, Monsummano T. (PT), 1977
- Ugolino di Niccolò Martelli, *Ricordanze dal 1433 al 1483,* Ed. di Storia e Letteratura, Roma, 1989
- Arnaldo Della Torre, *Storia Dell'accademia Platonica Di Firenze,* Firenze, 1902
- Emanuele Gerini da Fivizzano, *Memorie storiche d'illustri scrittori e d'uomini insigni dell'antica e moderna Lunigiana,* Massa, 1829
- Mircea Eliade, Ioan Peter Couliano, *Religioni,* Editoriale Jaca Book, 1992
- Massimo Capaccioli, *La stella di Natale tra Mito e leggenda,* Napoli, 2003
- Paolo Morini-Marco Garoni, *Il "transito" di Venere e la misura del mondo,* http://planet.racine.ra.it/testi/indtesti.htm
- Maggini Maurizio, *Simboli e toponimi atlantici delle prime carte del Cinquecento,* in *Grandi Viaggi* n°1, 2014
- Placido Puccinelli, *Istoria dell'eroiche attioni di Vgo il grande duca della Toscana, di Spoleto, e di Camerino, ... Di nuouo ristampata con curiose aggiunte, e corretta. Con la Cronica dell'abbadia di Fiorenza, suoi priuilegi pontificij, e cesarei. Il Trattato di circa mille inscrittioni sepolcrali. La Galleria sepolcrale, con l'introduttione della festa di S. Mauro. Et le memorie di Pescia terra cospicua, ... ,* G.C. Malatesta Stampatore, 1664
- M. Carchio, A. del Meglio, R. Manescalchi, *Leonardo all'Annunziata, Le grottesche del Morto,* in Pagine Nuove 3, Grafica European Center of fine Arts, luglio 2009
- Bartolommeo Gamba da Bassano, *Serie dei testi di lingua e di altre opere importanti nella italiana letteratura scritte dal secolo XIV al XIX,* Venezia, 1839
- André Rezler, *Il mito di Atene: storia di un modello culturale europeo,* Pearson Italia S.p.a., 2007
- Cesare Vasoli, *Le filosofie del Rinascimento,* Paravia B. Mondadori Ed., 2002

- *Mémoire sur le Gol/e de la Spezia par le comte de ChaRrol De Volvic: Conseiller tf E tot , Prèfet de la Heine. Paris 1824.*, in *Antologia Viesseux*, Vol. 35, 1829
- *Osservazioni geognostiche e mineralogiche sopra i monti che circondano il Golfo della Spezia di Girolamo Guidoni. Genova 1828*, in *Antologia Viesseux*, Vol. 35, 1829
- Monica Centanni, *26 aprile, giorno di primavera: nozze fatali nel giardino di Venere*
- *Una rivisitazione della lettura di Aby Warburg dei dipinti mitologici di Botticelli*, in: http://www.engramma.it/eOS2/index.php?id_articolo=1342
- *Dizionario di mitologia, ossia dizionario delle favole degli Antichi compilato sui migliori autori da Angelo Sicca, Firenze*, Tipografia di Pietro Fraticelli, 1845
- Giorgio Vasari, *Le vite de' più eccellenti architetti, pittori, et scultori italiani, da Cimabue insino a' tempi nostri*, 1568
- AAVV, *NEL SEGNO DEL CORVO, libri e miniature della biblioteca di Mattia Corvino re d'Ungheria (1443-1490)*, Il Bulino edizioni d'arte, 2002
- Enrico Bassi, *Pirati e pirateria nel Mediterraneo medievale: il caso di Giuliano Gattilusio*
- [A stampa in Praktika Synedriou *"Oi Gatelouzoi tì s Lesbou"*, 9-11 septembríou 1994, Mytilini, a cura di A. Mazarakis, Atene 1996 ("Mesaionikà Tetradia", 1), pp. 343-371 © dell'autore - Distribuito in formato digitale da *"Reti Medievali"*]
- Karl Schlebusch, *"La famiglia di fra Domenico Buonvicini"*, in *Valdinievole Studi Storici* n° 1, Istituto Storico Lucchese sez. Pescia, 2000
- *Storia della Val di Nievole dall' origine di Pescia fino all' anno 1818,* Tipografia Cino, 1846
- Antonio Torrigiani, *Le Castella della Val di Nievole*, Firenze, 1867
- C. Acidini Luchinat, *Botticelli. Allegorie mitologiche*, Milano 2001.
- Johannes de Sacrobosco, Johannes Regiomontanus, Georg "von" Peuerbach, *Sphaera Mundi: Ioãnis de sacro busto sphæricũ opusculum una cũ additionibus nonnullis ... Contraq ue cremonẽsia in planetarum theoricas delyramenta Ioannis de monteregio disputationes tam acurais. q uam uitilis: Nec non Georgii purbachii: in eorundem motus planetarum accuratis. theoricæ: dicatum opus ...*, Io. Baptista Sessa, 1501
- Péter Farbaky,Dániel Pócs, *Mattia Corvino e Firenze: Arte e Umanesimo alla corte del re di Ungheria*, Giunti, Firenze 2013
- Piero Bianucci, Stella per stella. Guida turistica dell'universo, Giunti Editore, 1997

Altre Risorse Web:

- http://www.palazzo-medici.it/mediateca/it/index.php
- http://www.treccani.it/enciclopedia
- http://www.comeallacorte.unina.it
- http://it.wikipedia.org/
- https://www.academia.edu
- https://www.academia.edu/9313905/ I_classici_latini_nella_biblioteca_di_Coluccio_Salutati
- http://www.foglidarte.it/il-rinascimento-oggi/405-la-sforziade.html
- http://archivio.pubblica.istruzione.it
- http://www.miti3000.it/mito/index.htm
- http://www.rhm.uni-koeln.de/106/Barigazzi.pdf
- http://it.wikibooks.org/wiki/Osservare_il_cielo/Costellazioni_australi#mediaviewer
- http://www.atlascoelestis.com/Manoscritto%20vienna%2001.htm

- http://turtleislandscapes.com/TIstory.html
- http://www.rare-atlases.com/atlases/16th-century-atlases/1541-ptolemy-s-geographia-by-laurent-fries
- http://ocp.hul.harvard.edu/expeditions/maps.html
- http://docenti.lett.unisi.it/frontend/?rr=BD_33_11
- http://www.storiadifirenze.org/
- *http://www.igmi.org/*
- http://www.uffizi.firenze.it/
- http://web.unife.it/progetti/matematicainsieme/matcart/tolomeo.htm
- http://www.polomuseale.firenze.it/inv1890/default.asp
- http://planet.racine.ra.it/testi/indtesti.htm
- http://mitologia.dossier.net/index.html
- http://www.palazzo-medici.it/mediateca/it/Scheda_Il_Viaggio_dei_Magi
- http://www.astronomiamo.it/Articolo.aspx?Arg=Tolomeo_Claudio#sthash.RNQQI0IK.dpbs
- http://www.divini.net/benedetti/StoriaAstronomiaAB/index.html
- http://digitale.bnnonline.it/index.php?it/105/le-tavole
- https://www.academia.edu/4521722
  La_Geografia_di_Tolomeo_e_la_nascita_della_moderna_rappresentazione_dello_spazio
- http://www.slideshare.net/gerlos/costellazioni-e-asterismi-presentation?related=1
- http://www.corriere.it/cultura/12_febbraio_06/citati-epopea-vespucci-inventore-america_19830824-50a9-11e1-aa9f-fca1e0292c07.shtml
- http://historiaperuana.com/biografia/huiracocha-wiracocha/
- http://commons.wikimedia.org/wiki/
  File:WLA_brooklynmuseum_18th_century_Viracocha.jpg
- http://www.engramma.it/eOS2/index.php?id_articolo=1342#tab1
- https://archive.org/stream/epistolariodicol17saluuoft#page/n9/mode/2up
- http://www.rare-atlases.com/atlases/16th-century-atlases
- http://www.e-rara.ch/zut/content/titleinfo/727970
- https://books.google.it/books?
  id=SaMScRWRIVIC&printsec=frontcover&hl=it#v=onepage&q&f=false
- http://www.bml.firenze.sbn.it/vocioriente/introduzione.htm
- http://digitale.bnnonline.it/index.php?it/103/claudio-tolomeo-cosmographia
- http://dante.sns.it/tlion-2006/rsolnav.php?
  op=search&type=fetch&contenttype=opera&id=83
- http://hdl.handle.net/2027/uc2.ark:/13960/t9r20sz39?urlappend=%3Bseq=5
- http://thevespuccifamily.blogspot.it/
- http://planet.racine.ra.it/testi/indtesti.htm
- http://babel.hathitrust.org/cgi/pt?id=uc1.$b292329;view=1up;seq=11
- http://www.storiadimilano.it/arte/imprese/Imprese01.htm#indice

(La maggior parte delle immagini presenti nel volume, salvo le foto scattate personalmente, sono state reperite dal web e ne sono stati indicati in nota i link corrispondenti. Ringrazio pertanto infinitamente tutti coloro che, mettendo a disposizione della rete immagini e conoscenze, hanno reso possibile questo mio lavoro. Ove risultasse qualche errore od omissione, prego gli interessati di comunicarmelo, al fine di poter inserire le dovute modifiche.)

INDICE

Finito di stampare nel mese di Luglio 2015
per conto di Youcanprint *Self-Publishing*

www.ingramcontent.com/pod-product-compliance
Lightning Source LLC
Chambersburg PA
CBHW041747010726

47507CB00008B/309

9 788889 196491